重拾胡适

大师和他同时代的人

李传玺 著

九州出版社 | 全国百佳图书出版单位

图书在版编目（CIP）数据

重拾胡适 ：大师和他同时代的人 / 李传玺著.
北京 ： 九州出版社，2024. 10. -- ISBN 978-7-5225
-3283-7

Ⅰ. I267

中国国家版本馆CIP数据核字第2024GZ4561号

重拾胡适：大师和他同时代的人

作　　者	李传玺　著
责任编辑	石增银　赵晓彤
出版发行	九州出版社
地　　址	北京市西城区阜外大街甲 35 号（100037）
发行电话	(010)68992190/3/5/6
网　　址	www.jiuzhoupress.com
印　　刷	鑫艺佳利（天津）印刷有限公司
开　　本	880 毫米 ×1230 毫米　32 开
印　　张	9.125
字　　数	200 千字
版　　次	2024 年 12 月第 1 版
印　　次	2024 年 12 月第 1 次印刷
书　　号	ISBN 978-7-5225-3283-7
定　　价	68.00 元

自序：纽约东 81 街 104 号

纽约东 81 街 104 号，是一幢普通的公寓楼，六层高，上四层外墙是红砖——是那种典型美国式的红砖。在许多大中城市，都能看到这种红砖建的楼，赭色，非常鲜艳，据说掺杂了矿物质，非常坚固。大部分用这种红砖建的楼都已经有上百年历史，已经进入"被保护"的年头。楼的下两层外抹以水泥，已经呈灰白色。隔一幢同样是用红砖建的稍高点的楼，即是 Madison Ave，再往西隔一个街区即纽约著名的 Fifth Ave，旁边就是中央公园。

就是这幢普通的公寓，胡适先生在此居住实实在在有 20 年。在胡适的一生中，没有哪一处能与之相比，即使包括绩溪的老家。

1938 年 9 月 17 日，胡适被任命为驻美大使。一个月后，随着武汉和广州的失守，中国抗战到了生死存亡的关键时刻，他和陈光甫一道，争取到了美国对中国抗战的第一笔借款，为国民政府坚持抗战注入了一针强心剂。也许是劳累的缘故，就在随后的 12 月 4 日，胡适首次突发心脏病，一下住了 77 天院。在这期间，他和护理他的哈特曼夫人产生了恋情。1939 年 6 月 5 日，胡适病后第一次出门远行，前往纽约其母校哥大接受荣誉博士学位，第二天便来到此处同哈特曼夫人相会。这是他首次踏进这座楼，两人的关系从此步入情人关系，并一直维持到各自生命的终结。有人认为，哈特曼是胡适保持关系最久最让胡适生命感到"激荡"的一颗"星星"。哈特曼曾写道："我会永远记得 6 月 6 日至 7 日以后，那些梦所带给我的欢乐。"之后，胡适便把这里当作了"家"。1942 年 9 月 19 日，被免去大使职务的胡适从双橡园搬出，直接搬到了这里。此时，哈特曼夫人住 4 G，她帮胡适租下了上一层对面的 5 H，表面上两人分居，实则进入了同居的"新阶段"。

1946 年 6 月 5 日，胡适回国担任北大校长，离开此处。1949 年，随着国民党的节节败退，胡适不得不再次离开中国，4 月 21 日到达旧金山，盘旋几天后，27 日又一次来到纽约，回到了那个"家"。胡适走后，哈特曼直接住进了 5 H，也就是说，哈特曼仍然在用自己温暖的怀抱"等"着胡适的归来。1950 年 6 月 1 日，江冬秀到达美国，在旧金山叶良才家住了两三天，随后来到纽约。哈特曼只好搬到自己服务的哥大附属医院附近的西 164 街559 号去住，但她的心仍然牵挂在胡适身上。只要江冬秀不在家，她就会"潜"来，帮助胡适或者监督胡适雇的"钟点工"打扫其"脏乱极了"的房子。1958 年 4 月 2 日，胡适离开美国，回到台北担任"中研院院长"。1961年10月18日，江冬秀回到台北，胡适这才彻底地断绝了与104号的关系。

正是在这里，胡适留下了其担任大使期间为中国抗战谋取美国支持殚精竭虑的身影，那是他政治生涯的顶峰。

正是在这里，胡适度过了其爱情"灵"与"肉"最浪漫、最潇洒、最放松、最彻底、最无所顾忌、最美妙的时光。

正是在这里，卸却大使职务后的第一个元旦，他用20美元买齐了鲁迅作品，彻夜拜读没有读过的作品；出席联合国成立大会，并与中共代表董必武恳谈，要求走"和平实现执政"的道路；从不多的积蓄中拿出一千元帮助陈寅恪治疗眼疾；致信钱学森请其回国担任北大教授；甚至想给杨振宁这些晚辈当红娘；当然他也开始为《自由中国》出谋划策，在唐德刚帮助下开始口述历史……

但也正是在这里，他"收获"了其生命最后十几年的无奈、寂寞与悲凉。

1949年从大陆出走，他有种脱离母体的被放逐感。随后，胡适的小儿子声明同其决裂并自杀，大陆一浪高过一浪的批胡运动，使得胡适在自己典型的微笑后也隐藏不住难堪与辛酸。赋闲的胡适去母校哥大的图书馆随便翻阅，在唐德刚眼里，他把世界各地华文报纸副刊的"作家都看成他的学生"，"批评起来简直就是一派教书先生的口气"，"他们的杰作也就是他学生的课堂作业"。

江冬秀来了，她的最大爱好就是打牌，曾一次烧好几顿饭，夜以继日地打牌，胡适只好伺候在侧，三缺一时，还得替补上去应付几个小时。客人走后，老先生只好自己去收拾客厅，洗刷杯盘烟缸，不知那时他心里是不是涌动着一种强烈的相思、冲动与呼唤。胡适没有车，出去要不请学生帮助，要不挤公交车，常常被挤得东倒西歪，"当我用尽平生之力挤出个空位把胡老师安坐下去之后，再看看这位文曲星还不是和众乘客一样，一个瘦骨嶙峋的脊椎动物"（唐德刚语）。虽然许多学生、同辈都明白他和哈特曼的关系，但他为了面子，总是想方设法加以掩饰，也让哈特曼寻找各种借口。辞去大使职务后，他开始专注《水经注》研究，也急迫地想把几部没有下半部的著作（为此遭受了许多讥评）补充完成，但在这样的环境与心境下，一切都付诸一声长长的叹息……

　　我站在104号楼道的玻璃门前，紧盯着门头上方三个数字加以确认时，瞬间一片寂静。我知道这不是外在的寂静，街道两旁停满了车，街道中间也有一辆接一辆车驶过，这里毕竟是纽约大都会的闹市区。此刻，我的心态与心境，让我似乎听到了声声叹息，也似乎听到当年胡适志满意得上楼时，其脚步声的愉快与自信，听到1949年后这段失落时期，转入老境的胡适下楼脚步声的衰疲与滞重。

　　玻璃门紧锁着，只有住在此楼的人刷卡才能打开。真的想进去看看，可即使进去，又能看到什么呢？一位女士走过来，门咔嗒一声开了,她推开门时,回过头看了我们一眼,很是不解。为什么这群中国人要在这门前照相呢?毕竟四十多年过去,谁又能知道这里曾留下一位中国著名文化大师的足迹与故事呢?她要是哈特曼该有多好!

美国当年的建筑在楼墙外都焊有铁架做的紧急疏散通道。这座楼就从这门头架到六楼。据记载,当年一个小偷曾爬进公寓行窃,江冬秀看见后,这位仅会几个单词的老太太临危不惧,大呼一声:GO!盗贼竟然被她的气势给吓跑了。小偷怎么会爬进去的呢?我当年读书时就有疑问,如今看来,恐怕就是这悬梯惹的祸。

赵元任先生在1946年胡适走后,曾来过此处"重温旧梦",看到门内房客一览表上他的小黑房牌还在,只不过换成了哈特曼的名字,其余门外绿布棚子等一切如故。这棚子是给进门的人挡风挡雨用的。如今这棚子仍在,一直架到马路边,只不过颜色换成了枣红色,面向马路的正面印着阿拉伯数字104,面向行人道的两面侧边用英语斜体印着门牌号。如果说1946年过后还有赵元任先生过来,在1958年4月之后尤其是1961年10月江冬秀走后,还有哪位胡适的同辈、学生以及其他想认识胡适的人来过呢?

我来了,还有一群安徽的晚辈也一起来了。

目　录

第一辑　山河故人

第二辑　先生之风

第三辑　史海沉钩

第四辑　觉醒时代

第一辑

山河故人

相去甚远，相期至深：鲁迅与胡适

意识形态的对立，将那一代中国知识分子血淋淋地撕裂了。

于是，在我们的印象中，鲁迅与胡适，两个那个时代中国知识分子的杰出典范，就有了这样的"阵势"：自二十世纪二十年代后半期到三十年代前中期，鲁迅坐在藤椅上，手夹着烟，于烟雾中看着胡适。由于烟雾的阻隔，胡适变形了，一个原本亲近的人成了"二丑"，不管胡适此时言行如何，一律成了鲁迅批评的把柄。

胡适只是自顾自忙自己认定的，从不回应。甚或有时还回首朝鲁迅笑一笑。比如，1929 年 9 月 4 日，胡适就在致周作人的信里说："生平对于君家昆弟，只有最诚意的敬爱，种种疏隔和人事变迁，此意始终不减分毫。相去甚远，相期至深。"一般认为鲁、胡二人直接交往到 1925 年即中断。就是在此信中，胡适面对周作人（也是北京一大帮友人）邀请他回北大的盛情，说了三项不能回的理由，其中最主要的便是"因为党部有人攻击我，我不愿连累北大做反革命的逋逃薮"（因胡在《新月》里痛斥国民党是"反革命",引起国民党从上到下一片声讨）。

在鲁迅逝世后,胡适仍然表达、保存着他对鲁迅的敬佩。面对苏雪林对鲁迅的攻击,胡适写出了他那封著名的信:"凡论一人,总须持平。爱而知其恶,恶而知其美,方是持平。鲁迅自有他的长处。"要苏以及一切对鲁迅有意见的人们跳出"攻击其私人行为"的恶习,"专讨论他的思想究竟有些什么?"以及为鲁迅《中国小说史略》辩诬。这封信大家都比较熟悉。即便许广平后来在《鲁迅回忆录》中将胡适骂得一塌糊涂,但新中国成立前,她动议编鲁迅全集请胡适帮助时,胡适仍欣然应允。胡适于1942年9月初辞了驻美大使后,买的第一套书便是鲁迅的,"（1943年1月1日）昨夜到China Town[唐人街]买到《鲁迅三十年集》全部三十本,价二十元!今天我翻看了他的一些我不曾看过的'杂感'。"当天是新年,胡适交往颇多,"回家看《鲁迅集》,到三点四十五分才睡"。胡适对鲁迅杂感的喜爱足见一斑。

于是当我们今天回望那些批判时,我们无法否定鲁迅的批判,但无论何人都会对胡适的态度发出由衷的赞叹。有人甚至（也只好）说,我们赞美鲁迅的"精彩",但我们必须把掌声送给胡适,因为他表现了一个大师（一个真正大师）的胸怀。而我想说的是,他用自己的言行实践了"我不赞同你的主张,但我尊重、捍卫你说话的权利"这一理论,体现了一个知识分子的思想观。

鲁迅真的从内心将胡适"剔除"了么?

鲁迅 1934 年 10 月所写的《忆刘半农君》一文，在缅怀刘半农的同时，还回顾了他与陈独秀、胡适一道在《新青年》团结战斗的情景。鲁迅说："《新青年》每出一期，就开一次编辑会，商定下一期的稿件。其时最惹我注意的是陈独秀和胡适之。假如将韬略比作一间仓库，独秀先生的是外面竖一面大旗，大书道：'内皆武器，来者小心！'但那门却开着的，里面有几支枪，几把刀，一目了然，用不着提防。适之先生的是紧紧地关着门，门上粘一条小纸条道：'内无武器，请勿疑虑。'这自然可以是真的。但有些人——至少是我这样的人——有时总不免要侧着头想一想。半农却是令人不觉其有'武库'的一个人，所以我佩服陈胡，却亲近半农。"值得注意的是，鲁迅的这一段话是其《关于中国的两三件事》这篇批胡文章发表七个月后写的。

1932 年 11 月 11 日至 30 日，鲁迅因母病回北京。据此时跟在胡适身边的罗尔纲回忆，鲁迅在此期间曾走访胡适。一见面，鲁迅就笑着说："卷土重来了。"一个多么温馨的画面。后来有的人加以改造，非要替之从政治上争个强弱，改造的是：胡适一见鲁迅，劈头就问："你又卷土重来了。"鲁迅当即回应："我马上卷土重去，不抢你的饭碗。"面对这后面的改造，谁都会问：如真是这样，鲁迅干吗要到胡适那儿去。

还有一段史料是到现在为止所有研究鲁、胡二人关系的人都没有关注的。1936 年四五月（距鲁去世不到半年时间）间，斯诺再次来到上海，准备潜去延安，此时为编《活的中国》，他带来了当时夫人海伦·斯诺采访鲁迅请之谈中国现代文学运动的问题表。第一个大问题的第三项为最优秀的诗人是谁。鲁迅的回答是：冰心、胡适、郭沫若。这个回答不仅为早年替胡适"删改"诗作了照应——比如1921年1月18日，周作人给胡适信中说："我当初以为这册诗集既纯是白话诗，去国集似可不必附在一起，然而豫才（鲁迅的"字"）的意思，则以为去国集也很可留存，可不必删去。"——而且表明即便胡适早年有一些不成熟的白话诗，但鲁迅对其开拓性的贡献和相应的艺术品质依旧表示肯定和重视。

鲁迅批胡（包括那时对中间派的批判）真是那么心甘情愿么？许广平同志曾说那时鲁迅的有些批判文章，有时是不情愿的，是冯雪峰硬缠或者先写好，征求鲁迅意思，鲁迅不得已只好听从或改过才拿出去的。《鲁迅回忆录》中有这么一段："鲁迅有时也曾想到扩大统战面，他曾提到，如果自己一到上海时不那么骤然地加入左联，稍稍隐晦些，可以做更多的团结各方面的工作。"鲁迅也许真的很无奈。

独为神州惜大儒：胡适与陈寅恪

胡适与陈寅恪，中国现代文化史上的两座巍峨山峰。他们之间建立联系，从陈寅恪一面，经历了一个从反到正的过程。但一旦从精神上形成沟通，两人便在学术上互相切磋，人生上互相支持，结下了中国知识分子特有的不渝友谊，演绎了现代文化史上一段段学术往还砥砺的佳话。

一、王国维：胡适与陈寅恪建立联系的精神纽带

陈寅恪生于 1890 年 7 月 3 日，比胡适大一岁多。1902 年春，陈寅恪随长兄陈衡恪赴日，1904 年夏天返回，随之冬天考中赴日官费留学，1905 年冬因患脚气病回国，在家调养一年多，于 1907 年插班考上复旦公学。胡适在家乡一直待到 1904 年 2 月才由三哥带到上海。先入梅溪学堂，第二年春入澄衷学堂。一年半后入中国公学。虽然两人几乎同时到上海读书，但由于学校

不同，家境不同，更由于年龄尚小，不见有丝毫联系。1909 年，陈寅恪从复旦毕业，在亲友的资助下，赴德国留学。1914 年第一次世界大战爆发后，欧洲一片混乱，陈寅恪不得不回国。他先是担任蔡锷秘书，后去湖南担任省长公署交涉科长，不久又去江西省教育司担任留德考试阅卷官，三年后，申请到赴欧官费留学资格，于 1918 年再度赴欧美。陈寅恪先在哈佛学习了三年，接着再赴德国，在柏林大学学习梵文和多种东方文字。胡适于 1910 年夏天考取清华"庚款"留美官费生，直到 1917 年 7 月 10 日才回国。虽然此时两颗学术之星已经冉冉升起，但由于时空错位，他们在学术的天空中并没有相聚。1924 年初，清华学校在各方要求下，顺应时代大潮，正式启动"改办大学"程序，于是历史的风云将两人吹到了一起。

　　时任清华校长的曹云祥准备请胡适出任筹建中的清华国学研究院院长，没想到胡适坚辞，同时建议曹云祥采用宋元书院的导师制，吸取外国大学研究生院学术论文的专题研究法来办研究院。曹云祥同意了，这才引出清华国学院的四大导师：王国维、梁启超、赵元任和陈寅恪。陈寅恪是时任研究院办公室主任的吴宓邀请回来的。正是在吴宓那儿他首次形成了对胡适其人其文的印象，并在随后的留学生涯中经历了印象从反到正的转变。在哈佛时，他和吴宓订交，而吴宓正是胡适提倡白话文学的反对者。吴宓在 1919 年 12 月 14 日的日记中这样说："……今之盛倡白话文学者，其流毒之大，而其实不值通人之一笑。明眼人一见，即知其谬鄙，无待喋喋辞辟，而中国举世风靡。哀哉，吾民之无学也！"这给陈寅恪很大影响，1920年2月12日，"……陈君寅恪来，谈中国白话文学及全国教育会等事。倒行逆施，贻毒召乱，益用惊心。呜呼，安得一生常住病院，洞天福地，不闻世事，不亦幸哉"。但当1921年离开美国来到德国柏林大学研究院深造后，他又听到了对胡截然不同的评价。陈到柏林不到两年的时间，傅斯年、毛子水、赵元任、杨步伟等人也先后来到这里学习。傅与毛都是胡适的得意门生，而赵是胡适早年留学美国的同学，情同手足，杨又是赵的妻子。以上四人都是胡适新文学主张的大力支持者，也是新文化运动的有力推动者与开拓者。1934年8月5日，傅斯年与俞大彩结婚，俞是陈寅恪表妹，又是表弟兼妹婿俞大维的妹妹。陈寅恪在和这些好友的了解接触过程中，对胡适思想与学术的认识开始客观全面立体起来。

陈寅恪回国后，据陈的女儿流求回忆说："父亲从不满足自己掌握的治学工具，每逢星期六的上午，不分寒暑都进城到东郊民巷找一位叫钢和泰的外籍教师，学习梵文。"而胡适也与这位钢先生有着深厚的友谊。他的日记中这样记载道："民国七年，我因Sir Charles Eliat的介绍，请他到北大教梵文，并教印度古宗教史。他的古宗教史是我替他口译的，我们合作两年，我得益不少。"共同的好友拉近了两人的距离。

王国维是胡适巧设妙计拉入清华国学研究院的。曹云祥接受胡适建议后，拿着聘书去请王国维，王国维不同意。曹云祥回来请胡适想办法，胡适说好办。因此时王国维正在给溥仪当老师，胡适通过溥仪给王国维下了道"圣旨"，王国维只好来了清华。陈寅恪在法国留学时，通过王国维介绍认识了著名东方学家伯希和（1908年伯曾从敦煌取走6000多卷经卷），从伯那儿陈获得了很多教益，并对他以后的学术发展产生了很大影响。王国维还把陈寅恪当作自己学术事业的传承人。当王国维决定投湖自杀时，其遗书上明白写着："书籍可托陈、吴二先生处理。"因此，陈寅恪不仅对王国维在学术上充满崇敬，更对他充满了感激。清华国学研究院的办学方针是胡适确定的，王国维先生是胡适设计请来的，再加此时胡适又开始大力提倡运用西方科学方法整理国故，通过这一切两人实现了学术精神上的沟通。陈寅恪第一次正面评价胡适正是对胡这一切的肯定。1927年6月2日，王国维投湖自杀后，陈寅恪怀着极其沉痛的心情写下了《王观堂挽词》，文中说："鲁连黄鹤绩溪胡，独为神州惜大儒。学院遂闻传绝业，园林差喜适幽居。"前一句正是在高度称赞胡适推荐王国维出任清华国学院导师的功绩，正是胡适的推荐，才使中华学术许多方面的"绝业"在清华研究院通过王国维得以传播和承续。

二、学术：胡适与陈寅恪精神交流的主要方式

胡适与陈寅恪从书信往还到直接交流，基本上是围绕着学术

来展开的，这也促进了两人各自学术的发展。

1928 年 3 月间，陈寅恪得知胡适撰写的《白话文学史》(上卷) 将有专章论述"佛教的翻译文学"。为此，他特将新著《童受〈喻鬘论〉梵文残本跋》从北京寄给胡适作参考。陈寅恪在信中说，近年德国人在龟兹之西寻得贝叶梵文佛经多种，柏林大学路德施教授在其中检得《大庄严论》残本，并知鸠摩罗什所译的《大庄严论》，其作者为童受而非马鸣，又知此书即普光、窥基诸僧所称之《喻鬘论》。陈寅恪在文中列举了其他一些证据对路德施教授的考证与结论给予了有力补充，并通过罗什译本与原本互校，阐述了罗什译经的艺术，"一为删去原文繁重，二为不拘原文体制，三为变易原文"。很显然这是陈寅恪在把自己掌握的学术前沿动态与自己最新研究成果贡献给胡适。胡适看过后，感到"证据都很可贵"，为了感谢陈的盛情厚意，胡适不仅在"附记"里做了说明，并且摘录其大作后半题为《鸠摩罗什译经的艺术》，署上陈寅恪大名，作为该章的附录。这表明了胡适对陈寅恪支持的重视、尊重与感谢，友谊已经在两人间建立了起来。

1929 年 1 月 19 日，清华研究院另一位导师梁启超病逝，胡适从上海赶到北平参加梁先生遗体入殓仪式。这是胡适与陈寅恪第一次见面，二人一见如故。从此以后，两人的友谊便更好地发展起来，学术上开始互相关怀。回到上海不久，胡适便收到陈寅恪寄来的几篇文章。胡适不仅认真阅读，而且对其中的《大乘义章书后》给予高度评价，"精当之至""论判教一段，与年来的鄙见尤相印证，判教之说自是一种'历史哲学'，用来整理无数分歧的经典，于无条理系统之中，建立一个条理系统，可算是一种伟大的工作"。同时对陈寅恪的行文风格提出了建议："鄙意吾兄作述学考据之文，印刷时不可不加标点符号；书名、人名、引书起讫、删节之处，若加标点符号，可省读者精力不少，又可免读者误会误解之危险。此非我的偏见，实治学经济之一法，甚望采纳。"可能陈寅恪嫌麻烦，在以后行文中对标点等建议并没采纳。1937 年 2 月 22 日，胡适对陈寅恪有个综合评论，再次对他的标点等行文风格给予了批评："读陈寅恪先生的论文若干篇，寅恪治史学，当然是今日最渊博最有识见最能用材料的人。但他的文章实在写的不高明，标点尤赖，不足为法。"

1930 年 5 月 19 日，胡适辞去中国公学校长一职。同年 11 月 28 日，胡适全家由上海搬回北平，这使胡陈二人有了更多的接触机会。

1930 年 12 月 17 日是胡适 40 岁生日，陈寅恪与赵元任、毛子水、傅斯年、顾颉刚、刘半农等人一起致送《胡适之先生四十正寿贺诗》："适之说不要过生日，／生日偏又到了。／我们一般爱起哄的，／又来跟你闹了。 今年你有四十岁了都，／（原注：都，副词，即都有四十岁了。）／我们有的要叫你老前辈了都；／天天儿听见你提倡这样，提倡那样，／觉得你真有点对了都。你是提倡物质文明的咯，／所以我们就来吃你的面；／你是提倡整理国故的咯，／所以我们都进了研究院；／你是提倡白话文学的咯，／所以我们就啰啰嗦嗦的写上了一大片。　我们且别说带笑带吵的话，／我们也别说胡闹胡搞的话；／我们并不会说很巧很妙的话，／我们更不会说'倚少卖老'的话；／但说些祝颂你们健康美好的话，／这就是送给你们一家子大大小小的话。适之老先生、嫂夫人四十双寿／拜寿的是谁呐？／一个叫刘复，一个叫丁山，／一个叫李济，一个叫裴善元，／一个叫容庚，一个叫商承祚，／一个叫赵元任，一个叫陈寅恪，／一个叫徐中舒，一个叫傅斯年，／一个叫赵万里，一个叫罗莘田，／一个叫顾颉刚，一个叫唐擘黄，／毛子水算一个，最后李方桂，／有星儿的夫妇同贺，／没星儿的'十分惭愧'。"（最后的诗是毛子水抄录的，原注：在写字的时候，有人问毛子水有没有太太，他说"十分惭愧"）诗写得幽默风趣、亲切随意，似乎能看到这群朋友之间亦庄亦谐、以庄为谐、形谐实庄的热闹。它既写出了胡适的人生之路和学术贡献，也表达了朋友们对他的美好祝福。陈寅恪列名其中，表明他已经走进所谓"我的朋友胡适之"的交际圈。

1931 年 5 月，陈寅恪致信胡适，推荐两位后学并请胡适在翻译上给予帮助支持。"浦君（指已在清华担任老师的浦江清）本专学西洋文学，又治元曲，于中西文学极有修养，白话文亦流利，如不译此书，改译他书，当同一能胜任愉快也。又清华研究院历史生朱君延丰（去年曾为历史系助教，前年大学部毕业生）欲译西洋历史著作，不知尊意以为如何？是否须先缴呈试译样本，以凭选择？大约此二君中，浦君翻译正确流畅，必无问题，因弟与之共事四五年之久，故知之深。"胡适接到信后，对浦江清问题没有不同意见，对陈寅恪托付的朱延丰立即根据其实际情况做出了安排。"朱延丰先生愿译历史书，极所欢迎，他愿译那一个时代的历史书！有什么 preference 没有？ Shotwel 前告我，勿译《文学的历史》，当译学者的历史；他举 Breasted：Ancient Times 为例……近日读其书，始知此书确是极好的书，是能代表最新的考古成绩而文字尤可读，一九二七有修正放大本（已成为名著）。我想寻一位可靠的人译此书，文字务求通畅明白，使此书成为西洋史的人人必读的门径书。你看朱君能胜任此事吗？乞酌复。"这里可看出胡适对陈寅恪托付之事的认真负责。与此信一同送出的，还有胡适收藏的刚裱好的《降魔变文》，请陈寅恪题跋。

不久，陈寅恪又将自己刚写就的《支愍度学说考》赠送胡适。此文论述了"皆以心无之义创始于支愍度"，"心无之义至道恒而息也"，只"心无义乃解释《般若经》之学说，何以转异于西来之原意"。胡适于 8 月 29 日夜里读过后，立即怀着激动的心情给陈寅恪写了封信，称赞此书"今夜读过，得益不少"，"尊著之最大贡献，一在明叙心无义之历史，二在发现'格义'之确解，三在叙述'合本'之渊源。此三事皆极重要"。同时对陈寅恪所证明"心无"之为误读提出了自己的看法，"'心无'似即是'无心'，正如'色无'即是'无色'；在文句中可用'无心''无色'，而单用作术语，则换作'色无'义'心无'义。似未必是由于误解《道行般若》。"陈寅恪此文以《世说新语·假谲篇》中的一段作开头话题，"愍度道人始欲过江，与一伧道人为侣，谋曰：'用旧义在江东，恐不办得食。'便共立'心无义'。既而此道人不成渡。愍度果讲义积年。后有伧人来，先道人寄语云：'为我致意愍度，无义那可立？治此计，权救饥尔！无为遂负如来也。'"《说文》："假，非真也。"又："谲，权诈也。"假谲者，谓设诈谋以诳误于人而便其私意也。《世说新语》将此段故事放在此节中，无非是在批判支愍度在提倡"心无义"学说方面的背信与盗名，当然也暗含有这样的讥刺，一个应该坚持信仰、信念之人，却为时势所迫随便轻易放弃了信仰，改变了信念。陈寅恪写此文并将此作引子时，只抽取了支愍度创设"心无义"学说的话题，并没有兼及其他，但其中包含的批判却牢记在心，并为他坚持学术品格乃至人格树立了一道警示牌。抗战爆发后，陈寅恪历尽艰辛辗转至云南西南联大，在昆明所上第一节课，首先讲授的即是此节，重点讲了伧人寄语。在随后为陈垣所著《明季滇黔佛教考》所撰序文中，陈寅恪再次引述了这个寄语。为什么要讲、要引这个寄语？陈寅恪在"序"中的解释是："忆丁丑之秋，寅恪别先生于燕京，及抵长沙，而金陵瓦解。乃南驰苍梧瘴海，转徙于滇池洱海之区，亦将三岁矣。此三岁中，天下之变无穷，先生讲学著书于东北风尘之际，寅恪入城乞食于西南天地之间，南北相望，幸俱未树新义，以负如来。"从这段话我们可以看出，陈寅恪反复引述这个寄语，无非是在告诫自己也是在告诫后学者，在任何时候都不要阿附时势而随便更改自己的学术主张，在以学术为生命的学人身上，这同时也是人格骨格，在民族危机之下，无疑也是一种民族品格的体现。

在送还胡适的题跋时，陈寅恪给胡适带去唐景崧的书法遗作，请他题签。恰在那两天，九一八事变爆发了。那几天胡适正为宋子文邀请他出任新成立的国家财政委员会委员是否就任一事伤神。虽然对东北局势日益紧张感到忧心，但他并没有想到这么快就会出这等大事，而且中国军队竟然没有抵抗。当第二天一早得知这个消息时，胡适先是震惊，继尔失望，又继尔对自己这帮文人在国家生死存亡关头不能为国家做出实实在在的贡献而忧愤。胡适在19日的日记记道："今早知道昨夜十点，日本军队袭攻沈阳，占领全城。中国军队不曾抵抗。午刻见《晨报》号外，证实此事。此事之来，久在意中。八月初与在君（指丁文江）都顾虑到此一着。中日战后，至今快四十年了，依然是这一个国家，事事落在人后，怎得不受人侵略。"在和丁文江等人碰面时，众人都感到"大火已烧起来了，国难已临头了。我们平时梦想的'学术救国''科学建国''文艺复兴'等工作，眼看见都要被毁灭了"，丁文江甚至以偏激的态度说："从前许劭说曹操可以做'治世之能臣，乱世之奸雄'。我们这班人恐怕只是'治世之能臣，乱世之饭桶'罢！"唐景崧的书法上有言："一枝无用笔，投去又收回。"胡适看到这两句，联想到眼下现实，真可谓触诗想史，想史生情，于是一股脑将这种情绪投放到了诗句中。9月19日下午，他在唐景崧的书法遗作上题下了这样一首诗："南天民主国，回首一伤神。黑虎今何在？黄龙亦已陈。几枝无用笔，半打有心人。毕竟天难补，滔滔四十春。"

陈寅恪的夫人唐筼是唐景崧的孙女。唐景崧，1841年生，广西灌阳（今桂林）人。1865年（同治四年）进士。1867年授吏部主事。1882年（光绪八年），法国侵略越南。唐景崧自请赴越南招刘永福黑旗军抗法。次年劝刘永福内附。1884年中法战争时率"景字军"迎战法军有功。次年受任福建台湾道，1891年出任台湾布政使司，1894年接替邵友濂出任台湾巡抚。1895年，清朝在甲午战争中战败，签订了割让台湾岛的《中日马关条约》，同时命令所有清廷委派的官吏返回大陆。台湾民众激愤，上书唐景崧："万民誓不服倭，割亦死，拒亦死，宁先死于乱民之手，不愿死于倭人手。"在台中绅士、原工部主事丘逢甲的倡议下，唐景崧向朝廷发出"台湾士民，义不臣倭，愿为岛国，永戴圣清"的电报，并于5月25日成立台湾民主国，唐景崧出任总统，刘永福为大将军，丘逢甲为义勇统领，年号"永清"。同时成立议院，推行改革新政。而后在这一政权的领导下，台湾人民展开了反对日军占领台湾的英勇斗争，终因寡不敌众，内援不济，10月19日台南陷落，刘永福和唐景崧等主要官员先后内渡，仅仅维持了五个月的"台湾民主国"告终。日后唐景崧以抗命见黜，回到桂林后致力于戏剧和教育事业。1903年病逝。

胡适不仅对这段历史熟悉，更对它有着刻骨的感受。胡适出生于上海，随之被调往台湾任职的父亲胡传于 1893 年初带到了台湾。唐景崧到任后，胡传被任命为台东直隶州知州，又兼领台东后山军务。1895 年胡适不到四岁，割让台湾岛的消息传来，胡传于年初先是将夫人和儿子送回大陆，接着便披挂上阵，和唐景崧、刘永福等人打响了保卫台湾之战。胡传就是在这场战争中死去的，可以说是"台湾民主国的殉难者之一"。胡适自己在写《四十自述》时，也称颂其父为"东亚第一个民主国的第一个牺牲者"。

也许正是有这层关系，陈寅恪才把唐的遗诗送给胡适题签。胡适也因这层关系接了下来。没想到历史就是这么巧合。就在此时，九一八事变发生了。

"南天民主国，回首一伤神"，当我们今天再去回首那段历史时，仍然不禁黯然神伤。这不仅是由于刘永福、唐景崧等人的抵抗已湮入历史风烟，也不仅是由于唐景崧的悲叹如今被他们这帮文人重复，最主要的原因在于，那场战争过去快四十年了，这个国家并没有多大的改观，东南的天没有补上，东北的天如今又将缺失，被同一民族敌人倭寇占领。我们这个国家何时才能强大，民族何时才能翻身。全诗暗含着思考、质问，涌动着一腔压抑的悲凉。

陈寅恪收到后，立即产生了共鸣。23 日回信："昨归自清华，读赐题唐公墨迹诗，感谢感谢。以四十春悠久之岁月，至今日仅赢得一'不抵抗'主义，诵尊作既竟，不知涕泗之何从也。"胡适对这首诗是相当看重的。过一个星期，胡适写信给周作人，将这首诗郑重地抄给了周："十九那天，什么事也不能做，翻开寅恪要我题的唐景崧（他的夫人的祖父）遗墨，见那位台湾民主国伯里玺天德说什么'一枝无用笔，投去又收回'，我也写了一首律诗在上面。"通过这些介绍，一是印证了胡适那天的心情，一是可以看出胡适对这首诗的喜爱。

三、力荐对方：胡适与陈寅恪惺惺相惜

抗战时期，两人虽身分两国，但彼此从未淡释对对方的牵挂。

胡适力荐陈寅恪出任牛津中国学教授。1938 年，牛津大学"中国"教授 Monle 退休后，由谁来继任成了一个问题。牛津大学方面想从中国的学者中挑选一位，陈寅恪作为候选，牛津大学方面是十分乐意的，但对他能不能在牛津安居表示怀疑。抗战爆发后，胡适被国民政府委派前往美国进行抗战宣传。1938 年 7 月 13 日，胡适前往瑞士参加世界史学大会，19 日到达巴黎，24 日到达伦敦。当他得知牛津选聘中国学教授的消息后，先是于 1938 年 7 月 29 日致信（牛津）推荐陈寅恪为牛津大学教授。"陈寅恪教授〔原文是'Professor Yingchiuh Chen(陈寅恪)'〕年约 47，江西义宁人，出身书香门第，其祖父在戊戌变法时任湖南巡抚，父亲陈三立乃著名的旧体诗人，兄长之一陈衡

恪是一位甚具天赋的画家。他不但是古文的大师，而且也懂梵文，我想他的梵文是在哈佛大学学习的。如果我没有记错，他也懂得藏文。他曾在佛教研究方面和已故的钢和泰 (Baron A. von Stael Holstein) 合作。在我这一辈人当中，他是最有学问、最科学的历史学家之一。他已经发表了许多有价值的专论，包括他对中国佛教、道教、唐代文学、唐皇室的种族源流等方面的历史研究。他的研究成果大多刊载在中央研究院的集刊和清华大学学报。他唯一的英文著作是他关于韩愈及其时代的小说（这里指的是《论韩愈与唐代小说》）的研究，该文刊载于早期的哈佛亚洲研究学刊 (The Harvard Journal of Asiatic Studies)。1937年，他获由中国基金颁发的历史学科学研究奖。在任职国立清华大学历史教授的同时，他已担当历史语言研究所历史组主任达 10 年之久，该所是中央研究院的 10 个研究所之一。"又于 9月 2 日，在给傅斯年的信中说明了牛津的怀疑和对此事的关切："Cambridge 大学（由于剑桥是从牛津分出，两者那时在一些外人那儿往往不分，故胡适此时用的剑桥）的中国教授席，寅恪最有望。但 Cambridge 的朋友有两点怀疑：1. 寅恪能在此留五年以上吗？ 2. 此间书本不充足，他能安居吗？我到 Cambridge去看了一次，藏书确不多，图书馆虽新造，但远不如美国图书馆便利舒服。Cambridge 的人都对寅恪期望甚殷。若寅恪能带一些应用书来，安心住五年，可在欧洲立一'中国学重镇'。此二点乞兄与寅恪切实一商，电告我或电告复初（Guotaichi,

'Sinoembasy' London，）（本书作者注：即郭泰祺，时任驻英大使）越早越好。Cambridge 有《大正大藏》，有《明实录》（稍残），但应用书太少，丛书太少。"后来牛津确定聘请陈寅恪为教授，遗憾的是陈由于抗战时期路途艰难以及身体等原因一直没能成行。我们今天在说到陈寅恪被聘牛津教授时，往往只看到中英庚款委员会总干事杭立武及其组织的中英文化协会，以及伦敦大学中国艺术与考古学教授颜慈的推荐，全都忽略甚至没有关注到胡适的推荐。从胡适当时的名望以及牛津的担忧很快反馈给胡适的情况来看，胡适的推荐恰恰可能起了关键性的作用。推荐中国学教授是从 1935 年年初开始启动的，牛津大学注册处最早出现陈寅恪的名字是 1938 年 10 月 28 日，从时间上判断，牛津大学决定的时间，岂不正好是胡适在英国以及推荐释忧的时间。

陈寅恪力推胡适出任国民政府中央研究院院长。1940 年 3 月蔡元培病逝，由谁继任中央研究院院长，这一问题成了当时学界甚至政界的热门话题。陈寅恪一直主张由胡适来担任，在刚刚开始议论这个问题时，他专门跑到重庆，并说此行来就是为了投胡适一票。当有人说要投翁文灏、朱家骅和王世杰时，他不以为然地说，我们总不能单选这几个"蒋先生的秘书"吧。当听说蒋介石专门写了个条子发了个指示，要把顾孟余选上后，在正式选举前一晚翁文灏、任叔永宴请大家的酒席上，刚一谈到此事，他即站出来慷慨陈辞：这是在选举中央研究院院长，中央研究院是国家最高学术研究机构，我们一定要坚持学术自由的立场，同时院长也必须在外国学界有声望有影响，否则还要我们来投票干什么。让蒋介石写条子选顾孟余，本是王世杰等人的运作，因王世杰等人早知学界要选胡适。在许多人眼里，驻美大使是美差，许多人眼红觊觎，此时主掌行政院的孔祥熙因这帮知识分子的关系早想把胡适换回，此刻就在造谣要换胡适。王世杰等人生怕行政院以此为由头把胡适换掉，故而通过陈布雷运动蒋介石写条子令选顾孟余，以期保住胡适。没想到条子一下，相反更激起这帮知识分子的反弹，更坚定了他们要自主选举以及非要选胡适的意志。结果胡适入选，顾落选。蒋介石本对此并没十分在意，及至听到这些消息，发现众人真不把他的话当作一回事，真把顾选掉，于是十分不高兴。他曾在第二天对人说，既然你们要胡适回来，那就把他换回来吧。结果王世杰等人只好再次运作，这才保住了胡适大使的职位。这个反弹中就有陈寅恪的慷慨陈辞影响在内。同时通过这件事，足见胡适在人们心目中的地位，也可看出陈、胡两人此时的友谊与互相倾敬。

四、热情相助：胡适为陈寅恪眼盲带来的中国学术损失感到悲哀

陈寅恪小时乃至青年时代的苦读，导致他的视力严重下降，到清华任教后，长期超负荷的研究和教学工作，无形中加重了本已高度近视的眼睛的疲劳。抗战爆发后，随之在北平居住的父亲陈三立老人，带着对国难的忧虑，生病后毅然拒绝吃药，甚至以拒食相抵抗，终于 9 月 14 日在愤懑中离世。陈寅恪作为当时跟在父亲身边唯一的儿子，以古礼来办丧事。不意叩首等礼节对高度近视者极为不利，结果丧事还没办完，他右眼的视网膜即脱离。本要住院手术治疗，他又担心手术后一时无法从沦陷区脱身而放弃。父亲丧事"七七"满期后，他悄悄携妻带女抱病南下。在这个过程中，右眼由于耽搁治疗终至失盲。抗战期间，在极端艰苦的条件下，陈寅恪仍以极大的毅力从事教学研究工作。1944 年 11 月，陈寅恪跌了一跤，左眼受到震动，也开始昏瞀不明，入院诊疗，结论也是视网膜脱离。12 月 18 日进行手术，因战时医疗条件简陋，手术竟然没有成功。抗战胜利后，1945 年 9 月应英国皇家学会和牛津大学之约，陈寅恪去伦敦就教职并治疗眼疾。到达伦敦后，由 Sir Steward Duke-Elder(斯图尔德·杜克 - 埃尔德) 负责治疗，斯氏是当时第一流的最著名的眼科专家，由于国内手术失败时间太久，一切都已经固化，陈寅恪的眼睛在

第一次手术后有好转，但仍模糊，只好进行第二次手术，试图再努力一次把脱离的视网膜粘上，可惜仍以失败告终。医生最后下了双目失明已成定局的诊断书，同时告诉他以后不要再做手术，不然只是徒增痛苦。休息一段时间后，陈寅恪带着无尽的失望，辞去牛津教职，于 1946 年春乘 Priam(末代王) 号轮船途经美国回国。

胡适此时正在收拾行装准备回国执掌北大，忙得焦头烂额，甚至心脏病都犯了。但听到这一消息后，仍然充满了关切。他立即致电陈寅恪表示，船到纽约后，不妨下船在美国小住一段时间，请哥伦比亚的眼科专家再检查一次，看有无挽救的良方。陈寅恪接到电报，立即将斯氏的最后意见书请熊式一寄给胡适。胡适收到此意见书后，于 1946 年 4 月 15 日请自己 1938 年突发心脏病住院后的特别看护，后成了情人此时正同居的哈特曼夫人将之送到哥伦比亚眼科研究所，请麦克尼博士会同同院专家阅读后协商诊治办法。由于是胡适所托，这些专家都很认真，可看过后，大家一致认为，斯图尔德·杜克－埃尔德尚且无法，他们恐怕也没办法补救。哈特曼将消息带回后，胡适"很觉悲哀"（胡适日记语，以下引号内语均出自于此）。

陈寅恪将于第二天到达纽约。胡适先把这个"恶消息"写了一封信，请准备去接船的全汉昇先生带给陈寅恪。在写信时，胡适说他"回想到三十年前我看 Forbes-Robertson(福布斯－罗伯逊) 演 Kipling's(吉卜林的) 名剧 'The Light that Failed'

《灭了的光》)"，于悲哀中又"不胜感叹"。胡适有哪些感叹呢？
在第二天日记中胡适说："寅恪遗传甚厚（本书作者注：祖父陈
宝箴、父亲陈三立皆当世文化大家），读书甚细心，工力甚精，
为我国史学界一大重镇。今两目都废，真是学术界一大损失。"
从陈寅恪自身和我国学术界两个角度对陈的不幸遭遇表示了巨大
的惋惜。但胡适的热情相助并不仅此。4月15号，胡适一天都
在等哥伦比亚眼科研究所的消息，16日一大早，胡适于"百忙"
中请人立即去银行办理了一张1000美元的汇票，请全先生带给
陈寅恪。胡适想到了战时中国文人的艰难，想到了陈寅恪几次手
术的巨大花费，想到了此番回国后陈在双目绝望后面临的各种不
便。胡适大使交卸后，一直在靠不多的积蓄、稿费以及美国一
些文化机构的资助生活，1000美元对他来讲可不是一笔小数目。
但胡适为朋友掏了。

　　之后两人相继回国。胡适仍然在关心着、帮助着陈寅恪。

　　陈寅恪回国后，先在南京俞大维处住了一段时间。离开祖国
十年的学生季羡林先生此时回国，听说陈寅恪先生在南京，特地
前去晋谒。陈寅恪在英国时，还在德国的季羡林知道后，立即给
陈寅恪先生写了一封长信，汇报了十年来留学德国的情况，并将
自己在哥廷根科学院院刊及其他刊物上发表的一些论文寄呈。出
乎季羡林意料，陈寅恪先生很快回信，也是一封长信，告诉了对
方自己的近况和行程后，重点说了想向北大校长胡适、代校长傅
斯年、文学院长汤用彤介绍他到北大任教。季先生非常高兴，立

即回信答应。此时在南京见面，师生更是高兴，详谈了十年来情况后，陈寅恪先生随即叮嘱季羡林先生到南京鸡鸣寺中央研究院去拜见傅斯年，特别叮嘱带上用德文写的论文。正是由于有陈寅恪的推荐，北大录用了季羡林先生，而且仅隔一个星期就将之提为正教授，并兼东方语言文学系主任。季先生后来回忆说，这个提拔时间之短，完全可以进入"吉尼斯世界纪录"。他说国内有他特别感谢的四个人，除了冯友兰，另三个便是胡、汤与陈。陈寅恪先生回到清华后，季先生时时去看望陈先生。随着内战加剧，国统区通货膨胀越来越严重，知识分子再次陷入贫病艰难的境地。眼盲仍坚持上课的陈寅恪同样如此。当看到陈先生的艰难后，季先生将情况对胡适先生说了。胡适再次朝陈寅恪伸出了救助之手。

据季先生回忆，"在解放前夕，政府经济实已完全崩溃。从法币改为银元券改为金元券，越改越乱，到了后来，到粮店买几斤粮食，携带的这币那券的重量有时要超过粮食本身。学术界的泰斗、德高望重、被著名的史学家郑天挺先生称之为'教授的教授'的陈寅恪先生也不能例外。到了冬天，他连买煤取暖的钱也没有"。关于陈先生此时的艰难，蒋天枢在《陈寅恪先生编年事略》中有详细说明："（1947年）是岁甚寒。清华各院本装有水汀，经费绌，无力供暖气，需住户自理。先生生活窘苦，不能生炉火。"季先生看到这一切后，立即将此报告给了胡适。季先生回忆："胡先生最尊重最爱护确有成就的知识分子。当年他介绍王静庵先生到清华国学研究院去任教，一时传为佳话……现在却轮到适之先生再一次'独为神州惜大儒'了，而这个'大儒'不是别人，竟是寅恪先生本人。"胡适再次决定赠给陈寅恪先生"一笔颇大数目的美元"以帮助陈先生渡过难关。也许是想到大家都在艰难中，也许已经受过一次帮助，这次陈寅恪得知后，坚决拒绝。但胡适也是诚心想帮助陈寅恪，不得已，陈先生做了让步，拿自己的藏书交换。

胡适让季先生开自己的汽车去清华陈先生的家中装了一车"西文关于佛教和中亚古代语言的极为珍贵的书"。陈先生只愿收 2000 美元。季先生回忆"这个数目在当时虽不算少，然而同书比起来，还是微不足道的。在这一批书中，仅一部《圣彼得堡梵德大词典》的市价就远远超过这个数目了。这一批书实际带有捐赠的性质"。也许陈先生是用此对胡适的诚心与曾经的帮助表示感谢。尽管有了这笔钱，但陈先生仍然不敢随意使用，"闻仅一室装火炉而已（蒋天枢语）"。

1948 年 12 月初，北平解放前夕，国民党曾派专机到北平要接走陈寅恪。直到 12 月 15 日陈寅恪才与胡适同机离开北平。他曾对邓广铭先生说："前许多天，陈雪屏曾专机来接我。他是国民党的官僚，坐的是国民党的飞机，我决不跟他走！现在跟胡适先生一起走，我心安理得。"但到了南京后陈寅恪并没再跟胡适走，而是去了广州。而胡适去了美国，后又回了台北。两人从此隔海相望。

五四运动师生首度联袂作战：胡适与傅斯年

1919 年 5 月 4 日，北京多所学校学生的游行示威，拉开了五四运动的大幕。大家都认为，那天游行示威的总指挥和举旗者傅斯年，随后退出了运动行列。然而，傅斯年并没有真的退出，他遭受了谣言的攻击，为此事他和老师胡适首度联袂作战，开创了师生二人在以后历史岁月中总是互相支持的先河。

一

王汎森在《傅斯年——中国近代历史与政治中的个体生命》一书中说："傅斯年在挨过一个耳光后，拒绝继续参加任何进一步的活动。"（该书三联书店 2012 年 5 月版第 35 页）这个观点来自罗家伦在傅斯年刚去世时的回忆："孟真在五四的前夕，是参加发难的大会的，为当时被推的二十个代表之一。五四那天，他是到赵家楼打进曹汝霖住宅的。不知为何第二天在开会的时候，有一个冲动到理智失去了平衡的同学，同他打了一架，于是大怒一场，赌咒不到学生会来工作。可是他在旁还是起劲，大约他看见书诒（本书作者注：段锡朋）出来主持一切，他可以放心了。"（罗家伦：《元气淋漓的傅孟真》，转引自焦润明《傅斯年传》，人民出版社 2002 年 12 月版第 53 页）罗家伦也是主要组织者，他的回忆应该具有相当强的历史真实性和权威性，所以后来大家基本上都沿用他的说法。历史是不是真的这样呢？在傅斯年当时的信件中，可以看出其实并不是这么回事。傅斯年一直在为运动的开展操心着，并为此遭到安福系谣言的诬蔑。

他自己是怎么说的呢？ 1919 年 6 月 27 日，傅斯年和罗家伦联名给段锡朋、许德珩、陈剑修、黄日葵（本书作者注：这几人也都是"五四运动"期间的学生领袖）的信中说："此番'五四运动'，实中国历史上惟一之光荣。此光荣竟如 X 光线一样，一切人类，洞澈骨髓。弟等自五月三日晚始，至五七同学保释日止，每日未有睡过五小时以上者；恒不得暇饮食，每日一餐者若干日；至于所作事项，谅亦不无小补。自五月五日起，吾辈定'北京学界打头阵，将来发展不限北京，更不限学界'之大政方针，又分半副精神维持吾校，使其不为无代价之牺牲。此种经过，苦极倦极。"（《傅斯年遗札》，社会科学文献出版社 2017 年 6 月版第 1 卷第 9 页）最近有人在追索五四运动最早称谓由谁提出，什么时候提出。5 月 19 日《北京中等以上学校学生联合会致各团体电》最早使用了这个称谓，此信是比较早沿用这一概念的；信中所说"五月三日晚"，根据周策纵《五四运动史》记载，5月3日下午1时，最活跃的一群学生鉴于情况紧急，在国立北京大学贴出一则通告，召集所有北京大专学校学生代表举行临时紧急会议。这次会议当晚在北京大学法科（亦称"第三院"，地点在皇城东北河沿，孟公府及箭杆胡同之间）大礼堂举行，参加学生有一千多人。会议通过了若干决议，其中紧重要的一项是在晚上11时通过的，即决定提前于5月4日召集所有北京的大专学生举行群众大会，以抗议政府的外交政策。作为《新潮》的主编，傅斯年在北京学生圈中非常引人注目。在本科学习期间，由于在学习上成绩出色和广泛参加组织各种学生社团，傅斯年已经是一个潜在的学生领袖；他曾给北大职员讲授继续教育课程，曾领导辩论队，并以最高票当选为进德会的评议会成员，这些都证明他具有很好的组织领导能力。此番当从蔡元培先生处得知巴黎和会中国外交失败的消息后，他更是表现出高昂的爱国热情。由此，此次会议推定他为第二天游行示威的实际主要指挥者之一；信中所说的"五七同学保释日"，五四当天，北京专门以上各校学生2.5万人电各报馆、各省教育会、商会、农会、各学校、各团体，吁请7日"一致举行国耻纪念会，协力对外，以保危局"，因为1915年5月7日，是日本向袁世凯政府就《二十一条》提出最后通牒的日子，随后袁世凯竟然全部接受，由此，"五七"在大家心目中成了国耻日。5日，北京中等以上各校学生代表集会，为了营救被捕学生和推

动爱国学生运动的发展，决定成立永久性的"北京中等以上学
校学生联合会"，并出版《五七》日刊。5月22日，京师警察
厅以《五七》日刊"未曾立案，违背出版律"为借口，通令禁
止发行。北大学生徐骧等四人前往警察厅理论，结果被拘。23日，
《五七》日刊继续出版。警察厅派警察四处搜索，见有阅者即强
行夺去，并将承印该刊的文益印刷局封闭，经理拘押，《五七》
日刊被迫停刊。后在傅斯年以及从上海回来的胡适等人的努力
下，5月26日，《五七》被捕学生被释放。从信中这段话可以看
出，傅斯年并没有很快从五四运动的大潮中退出，至少到5月
底，傅斯年仍然积极扮演了五四运动方针的制定者、运动开展的
组织者、被捕学生的营救者、北大利益维护者的角色。

　　傅斯年在这封信中详细列出了在营救《五七》被捕学生的
三天中的所作所为，更可见他此时的努力和作用。"星期六（即
《五七》编辑四人被捕之次日）上午，斯年、家伦在干事会与锡
朋兄谈蔡先生事。下午，在法科大礼堂，适当军警示威，即在会
场中与锡朋、楚苏两兄接谈当日之办法。待军警将会场中人解
散，即返新闻股作新闻。是夜，干事会推斯年、家伦为代表往见
袁次长（袁希涛，教育部次长），请其保释四位同学。""星期日，
斯年上午同刘、狄、张诸君往见袁次长，十二时干事会派赴工
院，调查军警包围消息。下午约校中教职员并校外人赴警厅保四
同学，得可以释放之消息（此时干事会中人许多目见）。夜，与
兄等谈数小时……""星期一，斯年上午约温代校长（本书作者

注：温宗禹，时任北京大学代理校长）赴厅保四同学，以至在校长室决裂。下午偕狄、刘两君先到文科会同胡适之、陈百年、沈士远、刘半农四先生同赴警厅，交涉《五七》被捕同学事。直到八时，然后归会计股小坐，即归寓就寝……"而就在星期日晚上的聚谈中，他们仍讨论了这样几个运动开展的问题："（一）明日联合会宜否，秘密地点宜何在；（二）闻政府取干涉校内强迫签名之手段，宜如何对待之；（三）闻部中有维持三日以后严厉之说，当设法使部中觉悟；（四）火速赴外求援；（五）王亮畴诸先生之善意不便拒绝；（六）群认北京大学当维持不解散，然后外援可得而为力"。"斯年、家伦当时所主张者，一面设法使教育部仍继续维持阻止军警方面之行动，一面应陈告各校教员，速将所谓教职员维持会者取消（当时黄人望君曾以教职员维持会事相告，年当晚语熊梦飞君云：'维持会一名称该打，劝导会一名称该杀。'熊君为之粲然，诸兄亦在坐也），将教职员联合会即日恢复（当时已声明解散），一面赶派多人赴上海树援，一面由王、范（本书作者注：范源濂）诸公与当局委它，迁延时日。而吾等同学则不散不上课，在校内静以待援，盖暂取守势，待外援来作第二战场也。此意兄等亦复相同。"（《傅斯年遗札》第1卷第6页）应该说，傅斯年是"五四运动"初期有主见、敢担当、不畏风险、善于交涉的学生领袖。

说他过早退出运动大潮也有所本，原因是他5月29日回到济南参加山东留欧学生考试，6月20日才回来。正是在此一时段，总统徐世昌下令封闭学生联合会，宣布北京戒严，6月2日到4日，北京开始大规模逮捕学生，6月4日上海开始罢工罢市，"五四运动"开始向全国范围尤其是其他大中城市扩散，由单纯的学生运动向其他社会阶层尤其是工人阶级扩展，运动迎来了新高潮和性质的转变（这也是傅斯年他们决定"赴外求援""赴上海树援"的结果），恰此时，傅斯年不在，给人的印象是傅斯年过早退出了，再加上罗家伦等人的权威回忆，似乎从五四第二天开始，傅斯年即不在五四"现场"了。再从原因上说，以傅斯年的性格，也不能是一个耳光就可以把他从运动领袖打不干的。也是在这封信中，他道出了一个更深层的原因，那就是在胡适的影响下，以及"年来学问的感化"，他认为"惟学问可以益人益己，学本无成，出而涉世，本无当也"，正是这促使他于5月底返回山东参加留学考试，抽身从运动中走了出去，并立志"终身不入政治界，终身不脱教育界"。

二

正是由于傅斯年在运动中的地位与影响，不仅有人写恐吓信来吓阻他，当时的安福系也开始试图以谣言的方式来中伤傅斯年，借此挑拨离间这些学生领袖们的关系。而安福系首先选中傅斯年，也足见傅当时并没有从学生运动中退出。

1918 年 3 月，北洋政府国务总理段祺瑞为控制国会，唆使其亲信徐树铮及政客王揖唐、曾毓隽等在北京安福胡同建立俱乐部，拉拢、收买议员，操纵选举，从而结成政客集团，被称为安福系。正是北洋政府在巴黎和会上的妥协与无能引发了"五四运动"，而在背后支撑它的安福系也由此在国人心中更加臭名昭著。

谣言是 5 月 27 日造出来的。说傅斯年、罗家伦等接受安福系的宴请，还说《新潮》整体都被安福系收买。谣言一出，很快被中美通讯社接收扩散，并且还传到上海等地。上海的几家亲安福系通讯社和报刊更是推波助澜，比如张敬尧所办的通信社，张厚载所办的半谷通信，还有《时报》等。以傅斯年的爆裂性格，他如何能容忍这种把他们与安福系勾搭起来的谣言。但面对谣言，他体现了一生中少有的冷静。他并没有拍案而起与之争辩和愤怒澄清，而是从当时形势出发，立足运动发展的需要，"当时弟等仅请锡朋兄追究，未投函各报。诚缘当日情形与今迥异，飘摇旋转，不知所届。弟等既有所更正，自不能不举内幕而揭出之；一经揭出，不保不别生枝节，殊非团体之福。又以谣言一物，恒自生自灭，见怪不怪，其怪自败，故一切不理"。同时害怕其他同学由此担心和疑虑，傅斯年还把谣言所涉及几天的自己的一切行踪详细写出来报告给大家，并请大家证明。但傅斯年他们"初不虞倾陷者（本书作者注：傅知道造谣者何人，以及为何造谣，但他和罗家伦还是考虑留给对方面子，没有把名字直接写出）之永不罢休也"，而且还造出了新"说法"。此时正在上海等地陪同杜威夫妇的蒋梦麟后来回忆说："我识孟真远在一九一九年，他是五四运动领袖之一，当时有人要毁掉他，造了一个谣，说他受某烟草公司的津贴。某烟草公司有日本股份，当时全国反日，所以奸人造这个谣言。我在上海看见报上载这个消息，我就写信去安慰他。"(《蒋梦麟自传》，华文出版社 2013 年 1 月版第343 页) 从蒋梦麟的回忆看出，谣言扩散到上海等地，随着运动向社会其他方面、其他阶层扩展，还是引起了到其他地方争取声援的同学们以及社会各界代表人士的不安，他们知道傅斯年回去参加留学考试了，就把信写给了胡适。等傅斯年回来后，胡适将信交给了他，然后傅斯年以他和罗家伦两人的名义回了信，对谣言涉的一切一一做了澄清，也透彻地表露了自己的心声。

不回击谣言，不等于傅斯年一味隐忍。终于抓住了机会，傅斯年开始还击。五四运动发生后，蔡元培将被捕学生营救出来后，于 5 月 9 日请辞并悄然离开北京；6 月 3 日学潮又起，北京学生遭到大量逮捕。徐世昌明令曾于民国三年至五年担任过北大校长的胡仁源署理校长，这一命令遭到北大教职员与学生，甚至是学界的公开反对。北洋政府只好再请蔡元培尽快回任，谋求解决。没想到这个时候安福系却鼓动蒙古族议员克希克图于 7 月向国会提案，要教育部恢复民国元年大学制而废除蔡元培等后来所修改的办法，企图阻止蔡元培回任，同时也希图借此遏止学生运动及教授宣传新思想。学生们得知消息后，群表反对。傅斯年更是用他自己的话说"不惜一晚上的工夫"，撰成《安福部要解散大学了》长文来加以批驳，并揭露其险恶用心。用一夜的时间写出一万多字，一方面可以看出傅斯年的才思敏捷，一方面可以看出傅斯年把对方对自己污蔑与造谣所引起的愤怒通过此文全倾泻了出来。

全文一个序段，七个主体部分。序段开门见山，用斩钉截铁的两句话点出此次阴谋的祸首与目的："破坏的人——克希克图、胡仁源 / 破坏的方法——变大学制，换大学校长。"这两句话简短有力，非常容易引起读者注意，让读者抓住重点，这也表现出傅斯年是带着感情写的，也看出那时的他已然有着高超的文章技巧。然后将克希克图与安福系联系起来，痛诋安福系及其险恶用心。"北京城里有个什么新国会，新国会里有个什么安福部，安福部里有个什么克希克图。这个克希克图新近提出一个《恢复民国元年大学学制意见书》，我见报上说，在安福部里通过了，不久就要提出这个'所谓国会'了，他这意见书的外表是恢复民国元年大学制，骨子里面是把几年来蔡校长辛苦经营的大学改革事业一齐推翻，弄得蔡校长不能回来，便达到他们的安福部吞并教育界的计划。读者诸君请想，安福部是个什么东西？等到他们吞了教育界，抢得大学校长，应当是什么现状？就是年来安福部所演的，一切丑状，都有地方传授罢了。应当多么样糟糕？我真所谓'不寒而栗'，所以不惜一晚上的工夫，把北京大学历年的变更，新大学制的真精神，简单说明。再把这个克希克图的意见书分条的驳去，更把他们的用心所在完全揭破，唤起国人的注意，而共同图谋抑制的方法。"（刘广定《傅钟 55 响》，台湾独立作家 2015 年 10 月版第 118 页）是不是有种嬉笑怒骂的味道。然后傅斯年用六个部分去逐条批驳。第七部分是收束和总结，再次强调安福系的用意，同时提出"我们对待的方法"。"克希克图的意思，原不在什么学制不学制，因为安福部不是个有心教育的东西，克希克图不是个懂得学制的人。况且他这意见书又不成理由，造了许多谣言，杜撰了许多事实"，"他这意思，竟是'蔡某不该做大学校长'。因为对人的关系，牵连到制度上，求达到他的目的，不惜把几年来惨淡经营的大学制根本推翻，不惜这硕果仅存的国立大学成个落花流水的现象，这居心真不可问了。况且他的目的还不止消极的去蔡氏，而在积极的弄他们同党的胡仁源来"，"蔡校长现在维系全国教育界，一旦用这手段把他请走，换个胡仁源，全国教育界永没有容易恢复旧状的希望。我劝诸君不要认这事以为是大学校长个人问题，要认定这事件与全国教育界的前途有无量关系，多想法子，拼命的抵制去"，"抵制的方法：第一步，是把蔡校长请回，蔡校长此刻回来，牺牲实在很大，将来成败祸福，都未可知，但是为这事牺牲，也还应当。第二，是预防胡仁源的各种阴谋，揭破他，让他无所用其伎俩。第三，大家对于克希克图的意见书，和安福部的其他作用，必须用方法发现其隐衷。第四，教育界全体——不分学生教职员，应当谋有实力的团结"（同上书第 131 页）。

傅斯年的长文对粉碎安福系抵制蔡元培回任的图谋起到了重要作用。

三

回到北京的胡适，紧紧地站到运动的一边，也紧紧地和自己的好学生傅斯年站到了一起。

胡适是什么时候回到的北京，回到北京后对待五四运动的态度如何？这个问题后来一段时间由于资料欠缺和从某种政治概念出发产生的"推断"，存在着许多错误和误解。对胡适回到北京的时间，安徽教育出版社出版的《胡适年谱》记载的是5月29日。中国台湾地区出版的《胡适之先生年谱长编初稿》则说是6月初。笔者前不久在解读傅斯年和罗家伦给段锡朋等同学信中傅斯年所列举5月24日至26日那三日所作之事时，曾认为是5月25日或26日。对五四运动，胡适一开始认为新文化运动催生了五四运动，五四运动促进了新文化运动，两者都是中国的"文艺复兴"，但到了20世纪40年代末，他又认为五四运动变成了政治运动，中断了新文化运动的思想启蒙，并且开启了学生动辄采用运动方式过度干预政治的"恶习"。据此，后来人们认为胡适是五四运动的"两面派"，并进一步推断胡适在五四运动中一直起阻碍作用。

认为胡适5月底或6月初才回到北京，基本上都是依据杜威来北京的时间，认为胡适一直在陪自己的老师并担任翻译。随着胡适信件的不断被发现，胡适回京的日期已经能够被确定。

1919 年 5 月 3 日，胡适有致蔡元培电，汇报了迎接杜威的情况
及杜威的行程安排："杜威博士夫妇于 30 日午到上海。蒋、陶
（本书作者注：蒋梦麟、陶行知）与我三人，在码头接他们，送
入沧洲别墅居住。这几天请他们略略看看上海。昨晚上我在教育
会讲演实验主义大旨，以为他明日讲演的导言。今天（三日）、
明天（四日）他有两次讲演。五日他去杭州游玩，蒋梦麟陪同"，
"大约三星期后，即来北京。哥伦比亚大学似尚无回电来。昨晚
与梦麟商量，可否请先生商请教育部发一正式电去。电稿另纸录
呈，请先生斟酌施行。教育部所拟暑假讲演会事，昨晚袁次长有
电来。今天我们同杜威先生商量定了，再行回答。我送杜威先生
行后，即回京。约星期三、四到京。请先生告知教务课，续假两
日（星期二、三）"（潘光哲主编《胡适中文书信集》，胡适纪念
馆 2018 年 10 月版第 358 页）。杜威先生从日本来华讲演，是胡
适、蒋梦麟、陶行知等人争取的，他们还设想多留杜威一段时
日。此信便是在同蔡元培校长讨论此事。就在此信中，胡适说他
5 月 5 日在杜威夫妇去杭州时回京，那天是星期一，他说星期三、
四到京，即是说 7 日或 8 日回京，根据当时从上海到北京的路途
时间，这一时间应是差不多的。但是正是由于介入五四运动的耽
搁，胡适在原定时间内并没能赶回去，而是迟了三四天。在 6 月
22 日又一封致蔡元培先生的信中，他明确地说自己"5 月 12 日
到京"。

那么回京的胡适做了什么事呢？

他首先是处理杜威在华讲学事宜，涉及哥伦比亚大学的批准和杜威在华的所有经费。由于蔡元培的出走，应该说如果没有胡适的努力，此事将陷入非常尴尬的局面。6 月 22 日的信的内容实际上是胡适在向蔡元培诉苦，"杜威博士（John Dewey）的事，最为使我难为情。我五月十二日到京，十三日收到 Columbia 大学 Butler 校长先生覆先生的去电，说'杜威给假一年'。十五日又得一电，说'前电所给假是无薪俸的假，速覆'。两电来后，一个月内，竟无人负责任可以回电；也无人负责任计划杜威的事。袁次长去职后，更无人替我分负责任了。我觉得实在对不起杜威夫妇，更对不起 Columbia 大学。后来那边又来一电，问何以一个月不覆电（我已用私人名义回电了。6 月 17 日发）。那时范静生先生到京，我同他商量，他极力主张用社会上私人的组织担任杜威的费用。后来他同尚志学会商定，担任六千元。林宗孟（本书作者注：林徽因父亲林长民）一系的人，也发起了一个'新学会'；筹款加入。我又和清华学校商量，由他们担任三千元。北京一方面共认杜威。"（同上书第 364 页）

此时五四运动正如火如荼地展开，胡适不可能置身事外。在上海时，他即于 5 月 7 日参加了国民大会的游行，声援北京学生运动；一回到北京，因蔡元培离校，他全力协助温宗禹处理校务，并且迅速投身到了对学生运动的支持和被捕学生的营救中去。丁守和在《五四图史》中说："五四运动并不单纯是一个学生运动，而是一个文化运动。新知识分子的带头人，即教授、教职员和那些新锐作家们充满生机的理论，为这个运动奠定了强大的思想基础。陈独秀、胡适、蔡元培、李大钊、钱玄同、鲁迅、周作人、刘半农、高一涵等《新青年》和《每周评论》的撰稿人，以及进步党的一些老领导人，如林长民、汪大燮和国民党的领导人如王宠惠等，通过激发青年学生对国家事务的关心，号召青年应当担负起监督政府、改造社会的责任，使他们对当代世界的现实有所认识，从而促进了运动的发生和发展"，"胡适和教育界的重要人物蒋梦麟、蔡元培一样，也一直关心学生运动的进展，并适时给予帮助和指点"（辽海出版社 1999 年 4 月版第155 页）。

在蔡元培出走、蒋梦麟仍在陪同杜威的情况下，早些时间回到北京的胡适成了学生领袖们的顾问、主心骨，同时也亲自担负起营救学生的责任。傅斯年在信中就曾说自己 5 月 25 日晚上，"以托人要求教育部撤退军警事至胡适之先生宅"，26 日胡适又陪他们去警察厅保释因《五七》被捕的四位同学。当天上午傅斯年本是去约代理校长温宗禹一块到警察厅保释同学的，没想到温不干，傅斯年当场就同温吵了起来，以至于"决裂"。而胡适并没有推辞甚至畏惧，和陈百年、沈士远、刘半农三人一起带领几位同学前往警察厅，从下午直到晚八时才回，足见在警察厅交涉时间之长，过程之艰难。两相对比，体现了胡适等几人的义无反顾，和对学生的一片诚挚的关爱之情。

6 月初北洋政府对学生进行大逮捕之时，胡适始终坚持在现场给被捕的学生们以保护以关爱。6月4日，胡适给张东荪信，如实地说了那两天学生被捕的情况，如今我们在说那几天情况时，这封信也为我们保留了难得的历史资料。"今天我借得了一张'执照'（上有京师员警厅总监的印章），走进学生第一监狱，就是北大的法科，去看看里面的情形。昨天捉进去的学生，实数只有176人，都被拘在法科大礼堂。昨晚段芝贵有令，不许外面送东西进去。后来好容易办了许多交涉，方才送了一些被褥进去，共有三十几个铺盖"，"昨晚大雨，天气忽然大凉"，被捕的学生们很容易生病，"今天各校继续进行，自上午九时到我进去的时候，共捉去了八百多人。这八百多人分监各讲堂，不许同昨日来的学生相见""但是精神都很好""昨天来的人听说曾吃了两顿饭。今天捉进来的学生，从上午十时到下午五时，还不曾有东西吃。我问警察，警察说有饭吃，但是来不及开饭。我想，这个饿死学生的罪名，本该让段芝贵、吴炳湘、王怀庆担任的。不过我既然看见了，实在不忍坐视，所以出来的时候，请大学里一班教职员派人去办一些面包送进去""法科的花园中央，扎了一个大蓝布帐篷。四围都是武装的兵，地上一排一排的都是枪架。大门外从骑河楼口到东安门桥，共扎了二十五个黄帆布的临时营幕，行人非有执照不能往来。北京各校的学生听说大学成了监狱，大家都要来尝尝这种监狱的滋味。今天各中学都出来讲演了。五点钟时，第四中学的学生三四十人被捕送来，法科已收留不下（法科连预科平日有一千学生）。那时北大理科已被军警占领，作为'学生第二监狱'。第四中学的学生就都被送到理科，监禁在第一教堂。后来陆续捉来的，也拘在此，到六点钟时，已有两百人了。理科门外也是刀枪林立，北大寄宿舍东斋的门口，也扎起营帐了。文科门口也有武装警察把守，文科门口共扎了五个黄营帐。到了明天，大概文科一定要做'学生第三监狱'了。以上所说，都是我眼见的事实"（《胡适中文书信集》第 1 卷第359 至 360 页）。

胡适所说所做，在杜威 6 月 5 日的家信中也有记录。"此刻是星期四的早晨。昨天晚上，我们听说，大约一千名学生在前天被捕。昨天下午，一位朋友拿到了通行证，可以去学生们被监禁的建筑物内探望。他们挤满了法科的楼，现在开始挤理科的楼了"，"到昨天下午四点的时候，十点被逮捕的那拨人还没有吃饭。我们的那位朋友出去要求大学拨了一笔钱，然后订购了一车的面包，送了进去""无论如何，这些孩子有了食物，虽然不是警察花的这笔钱。总体来说，警察的溃败已经是注定的了。他们很快就会占满整栋建筑，而且有越来越多的学生热情地涌来。最令人难以置信的是，警察也很吃惊，他们原本确实以为，抓捕一批人会吓退别的人。这样一来，每个人都接受了教育"（《杜威家书》，北京师范大学出版社 2016 年 8 月版第 208 页）。胡适在信中曾说，那两天突然下雨，夜里变得很冷。虽然他通过努力送进去的铺盖不够用，但毕竟也能对体弱的学生起到保护作用。而通过杜威的家信，我们能够感觉到，胡适对学生的保护一定程度上消解了警察抓捕学生所预想的惩戒作用，让学生们觉得始终有老师有学校在他们身边，使他们更受鼓励，更加无所畏惧。同时，如果我们联系当时的实际，蔡元培先生出走后，当时各校处于群龙无首的状态，胡适能够主动站出来，走到现场，更体现了他对运动本身的支持态度和责任精神。

四

最主要的是，当傅斯年和罗家伦遭到污蔑时，胡适不仅联合其他教授学者为其澄清，还联手傅斯年一起完成了对安福系的批判，挫败了安福系阻止蔡元培回归的图谋。

1919 年 5 月 25 日，傅斯年、罗家伦与安福系勾连的谣言出现后，陈独秀首先表示了对谣言的愤慨。还是那封信，傅斯年和罗家伦写道："当日陈独秀先生曾坚称系安福之诡谋。次日陈独秀先生接到一匿名函，谓弟等二人与徐君彦之如何如何。陈独秀先生气极，谓必系受安福指挥之学生所造，即电某报调查，请其将此诡计揭穿。"（《傅斯年遗札》第 1 卷第 7 页）这种行为完全符合陈独秀的性格。

当谣言甚嚣尘上，傅斯年和罗家伦不得不写信向其他学生领袖加以说明时，胡适坐不住了。段锡朋等人给傅斯年、罗家伦的信就是由胡适转交的，胡适应该清楚此时这般谣言所可能产生的影响与危害，他不能不出手帮可爱可敬的学生们一把。给傅斯年、罗家伦回信同时，胡适在《每周评论》刊出随感《他也配》："自学生爱国运动发生以来，有人造出一种谣言，说北大的新潮社社员傅斯年、罗家伦被安福俱乐部收买去了。上海有一家大报的驻京访员竟把这种谣言用专电传出去！那些鱼行的通信社自然不消说了。近来有许多朋友写信来问究竟这事是真是假，我们正式回答他们：'安福部是个什么东西？他也配收买得动这两个高洁的青年！'"（潘光哲主编《胡适时论集》，胡适纪念馆2018年10月版第1卷第431页）随即他又和周作人、陈大齐、李大钊、刘复、高一涵、钱玄同、唐伟等八人联名致信《申报》，替傅、罗二人辩白，"近来有人散布谣言，说新潮社的傅斯年、罗家伦两君被安福俱乐部收买去了。这种谣言本来不值得一笑，因为安福俱乐部是个什么东西？他也配收买这两位高洁的青年？不幸国中缺乏常识的人太多了，居然有人相信这种谣言，居然有许多通信社和报馆极力传播这种谣言！我们心里不平，不能不替他们两位辩个清白。"这个声明是7月2日刊登的，把它与胡适那篇随感联系起来一看，就知道这是胡适的手笔，也完全可以推测这个声明可能是由胡适发起串联的，所以发表时，胡适排在第一位（上面那个排序是按发表时排序排的）。这表明胡适，当然也包括很多新文化运动的大家对此谣言的关切，对谣言中伤者的关心，和有可能对五四运动产生不利影响的担忧。如果再把此文和此信同傅斯年批驳克希克图提案的那篇长文联系起来看，那文中也有

"安福部是个什么东西"这么一句，无疑傅斯年在写作长文，给安福系下"定义"时受到了老师的"启发"。

如果说师生二人在回击谣言问题上，胡适更多体现出的是对这两位作为运动领袖学生的主动支持，那在批驳克希克图提案问题上，则是老师在前，学生紧随其后，虽然也有着学生对造谣者的愤怒，但是更体现着学生对老师的支持，对蔡元培校长回归的渴盼。

胡适的文章叫《论大学学制》，发表在 1919 年 7 月 9 日《民国日报》"觉悟"，傅斯年的文章发表在 7 月 16 日、17 日、19 日、20 日四天的《晨报》。

胡适的文章不长，一千五六百字。开头这样写道："现有安福部议员克希克图提议请恢复民国元年的大学学制。这个提议很不通，为什么呢？因为'民国元年大学学制'所指的是元年的'大学令'呢，还是元年的大学原状呢？若说是'大学令'则元年的大学令和六年的大学令，除了第八条预科修业年限由三年改为两年外，其余的并无根本的区别。两年以来大学的改革除了预科一项，并无和元年大学令不相容的地方。若说是'大学原状'，则元年的组织有许多不能恢复的，也有许多决不该恢复的。如元年的农科已于三年改为农业专门学校了，这是不能恢复的；又如元年各科各有学长又各有教务长，这种制度是决不该恢复的。至于民国六年以来大学之成绩为全国所公认，若非丧心病狂，决非主张回到八年前的原状之理。如此看来，这个提案的用意不出两条：第一是恢复工科大学；第二是想公然破坏蔡校长两年余以来的内部改革，使蔡校长难堪，使他无北来的余地。"(《胡适时论集》第1卷第437页)胡适的文章首先点出此提案的险恶用心。接下来，胡适从正面论述蔡元培校长改革的合理性与所取得的成绩，最后再次归结到此提案的用意，并呼吁全国各界来共同抵制这种无理的提案。蔡校长的改革有那么多好处而无一弊，何以还有人偏要反对呢？"原案具在，利害得失，都可覆核。我因为一二腐败政客任意诋毁蔡校长一片苦心，故不能不把这里面的实情报告给全国知道。"胡适的文章仍是他那种风格，在严密逻辑性的基础上，平实客观，娓娓道来，从正面筑牢自己的阵地，取得对方无法攻击难以攻破的效果。两相比较，傅斯年的文章在立意上和老师是一致的，但比老师的更充满感情，更辛辣尖锐，反击得更具冲击力。他从反面立论，着重分析批驳对方观点的荒谬，如果把对方观点比作敌方一个个将领的话，傅斯年通过一个个挑落马下，取得巩固己方阵地的效果。傅斯年的文章虽然有着自己对对方造谣自己的愤怒，但从用意上讲，是对老师的呼应，也是对老师的延伸，还透着师生二人对蔡元培的一片拥戴真情。

正是由于怀揣着对安福系造谣惑众和采用阴谋手段抵制蔡元培回任的愤怒，所以当看到"前几天北京《公言报》《新国民报》《新民报》（皆安福部的报）和日本文的《新支那报》，都极力恭维安福部首领王揖唐主张民生主义的演说，并且恭维安福部设立'民生主义的研究会'的办法"时，胡适本着对马克思主义的敬仰，对马克思主义纯洁性的维护，生怕安福系这样一个"什么东西"像"阿猫阿狗"样对马克思主义产生玷污，于 7 月中旬写下了《多研究些问题，少谈些'主义'》一文。我们后来者在谈论评价随之发生的论争时，往往都忽略了这个背景和胡适的这个动机。

胡适此段时间还帮陈独秀翻译了《北京市民宣言》，6 月 12 日，又和高一涵陪同陈独秀来到"新世界"娱乐场散发这个传单。陈独秀由于在胡和高走后继续散发而被捕，胡适不仅邀约马其昶和姚永概等出面营救，自己还找到北京警察总监、老乡吴炳湘作保，将陈独秀保释出狱。

胡适此段时间还写了一些随感短论，如《爱情与痛苦》《研究室与监狱》《北京大学与青岛》《数目作怪》《怪不得他》《七千个电报》《孔教精义》《微妙之言》《辟谬与息邪》等，对陈独秀的被捕进行声援，对五四运动中出现的怪现象进行一针见血的批判。

大家都知道傅斯年与胡适相识的故事，胡适来北大后，由于在讲授中国哲学史时，讲授方法同陈翰章等老先生的讲法不一样，引起了一群学生的怀疑，甚至还有些人准备采取手段将胡适赶下台，顾颉刚先生去请在同学们中有极高威望的傅斯年来听听，然后裁决，没想到傅斯年听后，制止了同学们的危险举动，称赞胡适所走的路是对的，并且自己很快投到了胡适门下，一辈子以弟子之礼待之，坚决维护老师的威望与地位，也使得两个人在以后三十年中，每到历史的关键时刻，总是能步调一致，相互支持。五四运动时期，师生二人对待运动的相同态度、在面对谣言和克希克图提案时所采取的一致言行，应该说，是他们联袂作战的第一回，开创了二人互为奥援的先河。

移植当代英国文学最美的鲜花：胡适与萧乾

上海文史馆等单位联合举行纪念萧乾先生诞辰100周年座谈会。萧乾先生的夫人也是著名翻译家的文洁若向上海鲁迅纪念馆赠送了三卷本《尤利西斯》和萧乾先生的一些遗物。此书是萧乾先生在八十高龄前后和文洁若先生共译的。先由文先生直译，后由萧先生在此基础上润色意译。两人付出了巨大辛劳，终于成就了这本文学"天书"的最佳译本。为此，朱镕基同志致信祝贺并高度赞扬。那么萧乾先生是什么时候接触这本书，又是什么时候动念翻译此书的呢？

1940年6月3日，时在英国的萧乾先生给胡适先生寄了自己的《篱下》和两期《P.E.N.News》（《国际笔会通讯》），同时给胡适先生写了封信。这是萧乾首次给胡适写信，也是他们首次直接交往。信是这样写的："我不知道应怎样介绍自己。我只六年前在海甸燕大礼堂上看见过您，但您一定看不到我。1937年我在珞珈山通伯先生家避难，您访陈先生辞行时，我不巧刚过江。但我读书上最好的老师今甫先生（指杨振声），写作上最好的老师从文先生，恰巧都是您的'门生'。所以论辈数，我是称不起您弟子的。但和这一代千万青年一样，我也是您手创的文学革命的产儿。乾是去秋大屠杀序幕揭后来的欧洲，现在东方学院混事。半年来，在此间笔会和汉学界遇到了不少您的旧友，如 Mr.Arthur Waley。他们见着中国人，第一句几乎总是打听您的近状，也许是出于礼貌，也许是关切。但他们都相信您的地位是今日中美邦交最好的保障。此间工作已谈不到，心境尤不容易写作。近与一爱尔兰青年合读 James Joyce:《Ulysses》[詹姆士·乔伊斯（爱尔兰小说家）:《尤利西斯》]，这本小说如有人译出，对我国创作技巧势必有大影响，惜不是一件轻易的工作。满心想恳求您在读书作文上的指教，但目前这欲望是近于'不识时务'了，只好盼望回北平那一天。请恕我写这草率的'随便'的信。我不是写给以一代学术大师主持中美邦交的胡大使，是写给五千年来文体的解放者，新文艺的创基人，适之先生。"

这里对此信稍加说明。"您访陈先生辞行"是指胡适 1937 年 9 月 8 日接受国民政府派遣赴美进行抗战宣传，经过武汉时，于 12 日午饭后去陈垣与凌叔华家拜访并将大儿子胡祖望托他们代为照顾。而此时萧乾正带着"小叶子"王树藏从北平逃难到武汉，帮杨振声编中小学教科书，就租住在珞珈山下。"去秋大屠杀"是指 1939 年 8 月 31 日希特勒进攻波兰，欧战爆发。恰此时萧乾前往英国伦敦东方学院任教。通过这封信，我们可以看出萧乾对胡适的尊敬和胡适在英国文化界的影响。此信最主要的是交代了萧乾先生什么时候接触这本书和动念准备翻译这本书，以及对翻译这本书可能会给中国现代文学创作产生什么作用的认识。这应该是此信的重心所在。萧乾先生为什么会把这个想法告诉胡适？因为胡适1918年就提出，翻译西方古典文学要有组织有系统地进行，并建议以五年为一个周期，选译一百部长中篇小说、五百篇短篇小说、三百部戏剧，以及五百位散文家的作品，同时亲自实施这一计划，组织翻译出版《中英文化丛书》。萧乾先生对胡适这一做法给予高度赞同。在英国期间的有关介绍中国新文艺运动的著作中，萧乾先生不仅对胡适的这些做法专门介绍，而且给予高度评价："与以前的翻译不同，这次是选择那些不光有热情，还要精通中英两种语言的出色学者来翻译。几乎每本译著都有长篇序言，书后附有详细的集注。"同时对胡适扶持起来的这种翻译趋势进行了预测并提出了期望："翻译完维多利亚时代和乔治时代的古典名著，我们的翻译家自然会抓住机会移植当代英国文学最美的鲜花"，"要想深入细致地了解英国，就得读还在世的当代英国作家的著作"（《苦难时代的蚀刻》）。也许正是此书的价值与对"趋势"的判断激励着他。而我们从现在萧、文二先生的《尤利西斯》的译本，也可以隐约看到胡适做法的影响，全书共自拟自释了六千多条注解以帮助读者更好地理解作品。

这里顺带说一下胡、萧二人的交往。对萧乾此信，我们没有看到任何资料表明胡适回了信。这不是胡适的风格，但可能由于

第一辑　山河故人

忙于战时对美外交，以及此时宋子文、高宗武等人到来需要照顾接待，外加蔡元培先生去世，国内一群知识分子推举他继任中研院院长引起的风波，胡适无暇无心回信而耽搁下了。1939年底，胡适在演讲中即带着对国联的失望提出了未来"联合国"的观念，"未来的联合国必须是一个'强制执行维持和平的联盟'"，1945年联合国正式成立时，胡适自然成了国民政府派出的代表之一。萧乾作为记者以及《大公报》胡政之的随员采访了成立大会。胡适与《大公报》关系一直很好，长期为其写星期论文，在会议期间两人肯定有所接触。遗憾的是胡适当年日记整一年缺失，而萧乾先生由于政治原因避讳"胡适"，在有关文章中也几乎不提这段历史，为这段交往留下了空档。胡适回国担任北大校长后，萧乾先生此时在上海，空间的错位以及胡适此时为应付日益复杂的各种局势忙得疲于奔命，两人也没有什么来往，但当《新路》准备创刊时，胡适还是在日记中留下了一笔当时的动议与人事安排："（1948年1月24日）吴景超来谈。他说，钱昌照拿出钱来，请他们办一个刊物。要吴半农主编，景超任社会，刘大中任经济，钱端升任政治，萧乾任文艺。"吴景超一是来征求意见，一是来请胡适给予支持。萧乾由于杨刚的反对没有参加，但为该刊写了稿，为此在新中国成立后成了一个始终摆脱不了的"阴影"。

寒不怕，老不怕，朋友们，看此画：胡适与刘海粟

胡适因提倡白话文，当时被有些人看成中国文学的"叛徒"。刘海粟因首创"模特儿"人体写生，被卫道者诬为"艺术叛徒"。两个叛徒在二十世纪二三十年代有过一段密切的交往，并给当时的书画界带来一段佳话。

胡适曾用他那标准的胡体送给刘海粟一副条幅："刚忘了昨儿的梦，又分明看见梦中的一笑！十四年九月初识海粟。写小诗乞正。"这幅字道出了胡适与刘海粟相识的时间。

胡适这首小诗写于 1924 年 1 月 15 日。当天日记，胡适说那半个月也就是新年以来，"烦闷之至，什么事也不能做"，于是写了这首诗。上一年从 4 月 21 日到 12 月 5 日，胡适在杭州西湖养病，期间和曹诚英同居，也算是过了段神仙般的生活。这种情绪和这首诗的意象应该都是这段生活和情感的"返照"。关于这首诗，胡适在《一九二四年的年谱》中这样评价，"今年做的诗有几首"，这是"最得意的"。胡适用自己最得意的诗题赠刚

结识的刘海粟，说明对与刘海粟结识的重视和对刘海粟艺术行为的高度赞许。

同一时期，刘海粟还将自己在杭州西湖所作的高庄写生扇面请胡适题字。胡适在扇的另一面题道："我来正值黄梅雨，日日楼头看烟雾；才看遮尽玉皇山，回头已失楼前树。海粟作了这幅革命的画，要我在反面写字，我却规规矩矩地写了这样一首半旧不新的诗，海粟许笑我胆小咧。适之"这首诗作于1923年9月29日。胡适还用散文体写过，"我来正碰着黄梅雨，天天在楼上看山雾；刚才看白云遮没了玉皇山，我回头已不见了楼前的一排大树。"但后来给朋友们欣赏或用书法题赠朋友们皆用格律体了。10月7日，当时还不能称为汉奸的汪精卫给胡适来信，称赞"你那首看山雾诗，我觉得极妙"。由此也可说，胡适给刘海粟题写的都是自己的"上品"。

由这个扇面引出了当时沪浙一带许多文化人争要两个"叛徒""合璧"的扇面。

1925年11月17日，刘海粟给胡适一信：

"适之：

西湖你大概没有去，到新新找你几次也没有找到。南海对你颇器重，有一天他在康庄请吃饭，请你也请不到。你几时回京，近来精神上当多安慰。你在海上写了不少扇面，好了，现在都找到我的头上来了。他们都是一样说，要合两个叛徒于一扇方成完璧，但是苦了我了!

前次请你题的两幅彩菊,请你快写好寄沪,因为我不日要开展览会。

上海美专要请你做校歌,想来你一定乐意的,因为美专的校歌,实在非你不能办。等你歌词做好再作曲。

志摩会见么?他近来十分努力,想必精神也已经有了归宿了! 再谈吧。

海粟　11 月 17 日"

8 月 18 日,北京大学评议会为了反对教育部长章士钊摧残北师大,议决与北洋政府教育部脱离关系,胡适等五教授则反对学校卷入政潮与学潮,向北大评议会提出"抗议",由此遭到批评;25 日,反清大同盟因胡适前次反对驱逐溥仪出宫,最近又于有关复辟文件中,发现有"昔胡适既见皇上,为皇上所化"等语,拟呈请求警察厅,将胡适驱逐出北京。胡适就是在这段时间又来到了沪浙。8 月 27 日,胡适在杭州烟霞洞写了《老章又反叛了》,奉劝章士钊:"凡自夸'摈白话弗读,读亦弗卒'的人,即使他牵羊担酒、衔璧舆榇,捧着'白话歪词'来投降,我决不收受了!"随后北上。一个月后又南下赴武汉大学邀请进行系列讲座,10 月 5 日结束。然后去上海医治痔疮,同时在上海、南京等地的多个大学讲演,直到 1926 年 5 月结束。刘海粟的信应该就是这段时间写的。

　　信的容量十分丰富。胡适去杭州喜欢住新新旅馆。刘海粟认为胡适还住那，曾去找过他。也是在这段时间，刘海粟曾带胡适去拜见过康有为。见面时，康说胡适反对孔夫子，胡适说不是。据同刘很熟的谷苇后来记载，这让康觉得胡适说谎。其实胡适说的是实话，胡适并没有真正反孔，他只是把儒学从独尊的地位搬下来，搬到同各家学说同等的地位用科学的方法加以研究。同康的会见，也加重了外人认为胡适融入康有为"保皇党"的印象。这也是此信中康有为要请胡适吃饭的缘由。信中还说到要请胡适为上海美专写校歌。谷苇采访刘海粟，刘说胡适写了。但现存上海美专校歌是蔡元培先生写的。胡适各种记载里不见为此写的歌词。

　　这封信里的一个重要记载就是许多文化人要两人合璧的扇面。既然许多人找刘海粟要，胡适肯定题写了不少，刘海粟最后也肯定画了不少。遗憾的是，胡适那年日记写得很少，这些题写都没有保留下来。相应的，诗集里也只保留了一首《题凌叔华女士画的雨后西湖》："一霎时雨都完了，云都散了。谁料这雨后的湖山，已作了伊的画稿，被伊留在人间了？九百五十年的塔也坍了，八万四千卷的经也烂了。然而那苍凉的塔影，引起来的许多诗意与画意，却永永在人间了。十四，七，二十七"。令人高兴的是，胡适为刘海粟题写的两首"彩菊"诗都留了下来——不过一首变成了"梅"。两诗为："一、《黄菊与老少年》：寒不怕，老不怕，朋友们，看此画。二、《寒梅簑灯》：不嫌孤寂不嫌寒，也不嫌添盏灯儿作伴。"

胡适和刘海粟一直保持着良好的友谊。1927 年 5 月底，胡适从美国领了博士证书回来，因张作霖在北京的白色恐怖，也因有人骂他是"共产党"，他没再北回，而是在上海租了极司菲尔路（今上海万航渡路）四十九号的一幢楼房住了下来。两人很快有了联系。11 月 3 日，胡适致信刘海粟，"海粟兄：屡次相左，前承邀吃饭，又不能到，抱恨之至。因忘了你的住址，故不曾作书道歉。久别甚思一见，何时到这边来时，请来一谈。我下午总在家时居多，如怕相左，请先用电话（西六九一二）通知。你的新住址，也请告我。"之后，两人还一同为国事而焦虑，为共同的朋友徐志摩遇难而难过。1931 年 12 月中旬，刘海粟致信胡适，"日前寸缄，当达记室。大驾何日南下？时局糟到如此，无话可说，唯有放声痛哭而已。此间定二月十日公祭志摩。昨晤申如先生，渠愿瘗之于硖石。其余一切均等吾兄到沪商定。朔风多厉，希珍卫。"15 日，胡适在接刘海粟两信后回信，"南京别后，世界更不像样了！志摩死后，我在他房内检点遗物，有你送他的画一幅，今日读来书，更增感叹。一月中南来，甚盼一见。匆匆问好。"1931 年 10 月 21 日到 11 月 2 日，胡适到上海参加太平洋国际学会，胡适信中所说"南京别后"当在此时；"一月中南来"，1932 年 1 月 8 日，胡适再到上海出席中华教育文化基金董事会第六次常会。由此，足见两人交往的频繁和在徐志摩后事上配合密切。

美国人知道的第四个中国人：胡适与梅兰芳

　　陈凯歌的艺术大片《梅兰芳》中有一场，刚红的梅兰芳演出时，蔡元培、胡适以及片中高喊的"袁大总统"都来捧场——这可能是该片的一个失误：1917年6月，胡适从美国归来。他因提倡新文学运动成为名人，而袁大总统早在一年多前因复辟不得人心而一命呜呼。他们是不可能坐到一个戏园子来听戏的——这虽是一个虚拟的场景，但现实中胡、梅二人还是有较多交往的，胡对梅兰芳的表演艺术也还是有较深理解的。此片中一个重头戏是梅兰芳赴美考察演出，胡适就曾给予大力支持并为此受到舆论的批评。

　　1930年1月，梅兰芳率领梅剧团受北平戏剧学院委托访美演出。胡适不仅帮助梅兰芳了解美国的风土人情、美国民众的欣赏习惯、美国剧院的格局布景，以及美国的戏剧特点等，还参与了演出筹备工作，对剧目的选择、说明书的撰写也多有指点。当时正在给胡适做助手的罗尔纲先生回忆说："他在准备到美国去演出之前，邀请胡适去看他的戏，替他选定哪几出戏可以在美国演唱，哪几出不适宜在美国演唱的。"梅兰芳离沪时，曾有大规模的欢送会，胡适前往送行。7 月 18 日，梅兰芳载誉归来，胡适又前往迎接，19 日上海各界人士在大华饭店为梅兰芳访美归来举行欢迎会，请帖的 40 多位主人名单中，胡适和徐志摩名列其中。北京出版社 1997 年出版的《一代宗师梅兰芳》大型画传中就收有当年的两张图片，一张是上海各界人士欢迎梅兰芳归来的合影照片，胡适先生手握烟斗出现在第二排中；另一张是请帖的照片，胡适的姓名清晰地印着。

最主要的是胡适在梅兰芳赴美考察演出时，专门用英文写了篇《梅兰芳与中国戏剧》，对中国京剧及梅兰芳的京剧艺术造诣做了推崇性的介绍。在旧金山，有一位叫欧内斯特·K·莫 (Ernest K·Moy) 的先生编纂了一本题为《梅兰芳太平洋沿岸演出》(The Pacific Coast Tour of Mei Lanfang) 的英文专集，内收多篇评介京剧和梅兰芳生平及艺术表演的文章，第一篇就是胡适撰写的《梅兰芳和中国戏剧》(MeiLanfang and The Chinese Drama) 。梅绍武曾亲自将其译出。在文中，胡适这样称赞梅兰芳"是一位受过中国旧剧最彻底训练的艺术家。在他众多的剧目中，戏剧研究者发现前三四个世纪的中国戏剧史由一种非凡的艺术才能给呈现在面前，连那些最严厉的、持非正统观的评论家也对这种艺术才能赞叹不已而心悦诚服"。"梅兰芳演出的一些早期剧目却具有重要意义。譬如，《思凡》一剧从头到尾是一出独唱剧，剧本读起来就像罗伯特·布朗宁描述的一位中世纪僧侣画家在寺院斗室里的心理活动那首戏剧性诗篇。这一时期的另一出戏《贵妃醉酒》则是一系列艰难而精美的舞蹈。""皮黄剧则来自人民。梅兰芳先生的一些朋友近年来竭力在创作不少以他为主角的皮黄剧目。《群英会》是出自大众舞台的，但《木兰从军》和《千金一笑》却是新近的创作。""梅兰芳先生这些新剧是个宝库，其中旧剧的许多技艺给保存了下来，许多旧剧题材经过了改编。正是在这个意义上，他的一些新剧会使研究戏剧发展的人士感到兴趣。"文章的最后对梅兰芳此次出访美国演出所具有的意义给予了高度评价："梅兰芳先生是个勤奋好学的学生，一向显示要学习的强烈愿望。在他那些博学多识的朋友协助下，他已经建立了一所中国戏剧图书馆和博物馆。这次出外远行所加的必要限制，使他不得不轻装上阵，并且对他的剧目多多少少做了些修改。不过，这种修改是依据他自己丰富的艺术知识完成的。他和他的朋友们为这次访问演出所准备的许多中国戏剧图表和其他解释性资料，对研究世界戏剧艺术史发展的人士来说，无疑具有极大的价值。"

　　一个新文学运动之父，在强调中国戏剧也要进行革命改良的时代风潮下，对此次京剧在梅兰芳的带领下走出国门做这样的评价，如果没有对京剧的客观认知与对梅兰芳人与艺术的相知是无法做出的。

　　为此，胡适的送行竟然受到一些媒体与舆论的批评。此时胡适因发表《人权与约法》等一系列批评国民党一党专政的文章，正遭到国民党的强烈批判，于是一片纷然的批判声中出现了令人好笑的多声部。《中国晚报》当时登载了一个署名"自在"的以读者来信形式出现的文章《致胡适之一封信》，对胡适送行梅兰芳一事给予了冷嘲热讽："我在最近闻着你的一件行动，就把我十多年来钦敬崇拜的心理，降到零点以下，好像这宗事不是你胡适之所应该做的事了。什么事呢？就是善于男扮女性来唱戏的梅兰芳出洋，你竟亲自送行，这真是出乎我意料之外了。梅兰芳的艺术怎样，我是素来不屑看那些男性扮女性做戏的，究竟他的好坏，我不敢说，人家说他在民国以前是做些什么，我也不大清楚……我真估不到新文化运动的领导者如先生，竟无聊至此。亲送男扮女性的戏子出洋！《中国哲学史大纲》还未写完，你又何必花有用的光阴，去做那无聊事体。实在替你十分的可惜，并且替中国的学者可怜。难道是你现在真要开倒车不成？适之先生，愿你不要这样腐化吧。亡羊补牢未为晚。望你勇于觉悟，恢复你原有的精神。"当然这个批评与国民党的批评不一样，可能有对京剧艺术的不解、对梅兰芳的不解而产生的误解。第二天《中国评论周刊》又刊登了一篇《民族特征与时代需要》一文，我们虽然今天不能看到完整的内容，但看这名字与胡适的当日备注："这篇文字似乎还是对我的"，里面的批评似乎还应是针对胡适送行梅兰芳一事的。由于胡适此时正在就国民党的批评以及国民党宣传部门对《新月》的查禁进行反击，无暇对这些批评做出相应的回应。

梅兰芳可能对胡适遭到批评一事不知晓，但对胡适给予他的帮助非常感激。他在赴美途经日本时，曾致信给胡适表达谢意。当他回到上海一经安顿下来，就于7月25日到胡适家拜谢，向胡适详细介绍了在美国演出的情况，并谈到想去欧洲演出的计划。梅兰芳征求胡适的意见，胡适"劝他请张彭春先生（南开大学创始人张伯苓弟弟）顺路往欧洲走一趟，作一个通盘计划，然后决定"。罗尔纲记载了那天梅来拜谢的情景："下午2时后，突然听到一阵楼梯急跑声，我正在惊疑间，胡思杜跑入我房间来叫：'先生，快下楼，梅兰芳来了！'他把我拉下了楼，胡思猷、程法正、胡祖望、厨子、女佣都早已挤在客厅后房窥望。思杜立即要厨子把他高高托起来张望。我也站在人堆里去望。只见梅兰芳毕恭毕敬，胡适笑容满面，宾主正在乐融融地交谈着。""梅兰芳的到来，给这个亲朋断绝的蜗居家庭带来了一阵欢乐。"之后的几个月里，胡适的日记里又几次出现梅兰芳。胡适8月24日日记记载："见着吴经熊，他新从哈佛回来，说，美国只知道中国有三个人，蒋介石、宋子文、胡适之是也。我笑道，'还有一个，梅兰芳'。"这个记载应该是胡适听了梅兰芳的介绍后以及通过美国朋友了解梅兰芳在美所产生反响的确证。10月13日下午，胡适在北平会见来访的顾养吾、陈百年、梅兰芳、冯芝生（冯友兰）、王家松等人。胡适遭到强烈批判后，辞了中国公学校长，准备北返北大，此次就是来看即将入住的房子。梅兰芳应该是听到了这个消息后前来欢迎和慰问胡适的。

随着胡适北迁，梅兰芳定居上海，胡、梅二人的直接交往渐少，但通过此事，无疑加深了二人的彼此理解。胡适的书架上一直放着本英文版《梅兰芳传》。当梅兰芳 1961 年 8 月 8 日逝世的消息在中国台湾地区的报纸上登出时，胡适对所做的介绍由于意识形态原因出现偏颇颇有微辞，他对秘书胡颂平说："我们是根据日本的电讯，日本是从大陆收到的消息。只说梅兰芳在苏俄演戏的历史，不曾提他在美国献艺的经过。"显然胡适对那次他参与运作的梅兰芳赴美考察演出一事一直惦记在心。

二人还有着一个共同的嗜好，即喜欢收藏火花和火柴盒。

从天而颂之，孰与制天命而用之：
胡适与杨振宁

胡适是杨振宁父亲杨武之的老乡、好友，应该是杨振宁的父辈。由于父亲对杨振宁婚事的关怀，并委托胡适帮忙，从而引发了一段杨振宁和胡适的交往。胡适对杨振宁的关注与呵护，也可看出胡适作为一个真正学人，虽然从事的是社会科学，但有对一切科学成就的敏锐和对一切取得成果的青年学子的拔擢与爱护。

一、新婚题字

1922 年 10 月 1 日，杨振宁出生于老合肥四古巷，当时父亲杨武之正在当时安徽安庆省立一女师任教。怀宁位于安庆，故按照"振"字排辈，取名振宁，当然也有振兴安徽之意。1923 年 7 月，杨武之赴美留学。1928 年夏天，杨武之学成归国，将杨振宁接到身边。抗战爆发后，杨武之曾将杨振宁送回老家。

1937 年 11 月，随着合肥战事日紧，杨振宁又随他就读的庐州中学迁往 90 里外的三河暂时上课，而这里是他母亲的娘家，也就是他的外公家。三河如今已打造成著名古镇景区，其内的一人巷旁就是杨振宁当年居住的地方，也修建成了杨振宁旧居。在展陈中，有一幅字很是醒目，居然是胡适先生在杨振宁同杜致礼结婚后两人拜见他时，应两人之请给他们新婚小两口题写的。他题写的是荀子的名言："从天而颂之，孰与制天命而用之。"而杨振宁同胡适先生交往竟然也是因为他的婚事。

1945 年夏，杨振宁踏着父辈的足迹也前往美国留学，先在芝加哥大学跟随费米等，取得博士学位后，转学普林斯顿高等学术研究所。胡适先生 1949 年春赴美后，于 1950 年 9 月，几乎与杨、杜二人结婚的同时，接任普林斯顿大学葛斯德东方图书馆馆长。都在一个校园内，胡适、杨武之是老乡更是好朋友。而胡适更是当时中国青年学子的学术偶像，人人欲见之近之。杨振宁不可避免会走近这位父辈大师，更何况还有父亲这个托付。

据杨振宁自己后来回忆，1949 年夏，他转去普林斯顿高等学术研究所，"父亲对我在芝大读书成绩极好，当然十分高兴。更高兴的是我将去有名的普林斯顿高等学术研究所，可是他当时最关怀的不是这些，而是我的结婚问题。1949 年秋，吴大猷先生告诉我胡适先生要我去看他。"杨振宁小时在北平曾见过胡适一两次，得到这个口信，他便跑去拜见胡适。见了面，胡适十分客气，说了些称赞杨振宁学业的话，然后说出国前曾看见过杨武之，杨武之托他关照杨振宁找女朋友的事。接下来胡适还极风趣地幽默了一句："你们这一辈比我们能干多了，哪里用得着我来帮忙！"

1950年8月26日，杨振宁和杜致礼在普林斯顿结婚。杨振宁结婚后，胡适曾多次到杨振宁家做客。第一次来时，胡适又对杨振宁幽默了一句："果然不出我所料，你找到了这样漂亮能干的太太。"

胡适一辈子都非常乐意亲近青年学子。当小两口请他题字时，他肯定不会推辞。但出乎人们意料的是，胡适没有去写一般祝福的话，而是写了荀子这句人定胜天的名言。胡适在《中国古代哲学史》中对这句话曾有这样的分析："荀子在儒家中最为特出，正因为他能用老子一般人的'无意志的天'，来改正儒家、墨家的'赏善罚恶'有意志的天；同时却又能免去老子、庄子天道观念的安命守旧种种恶果。荀子的'天论'，不但要人不与天争职，不但要人能与天地参，还要人征服天行以为人用。""这竟是培根的'戡天主义'（Conquest of Nature）了。"但"荀卿的'戡天主义'，却和近世科学家的'戡天主义'大不相同。荀卿只要裁制已成之物，以为人用，却不耐烦作科学家'思物而物之'的功夫。"抗战胜利后，胡适回归担任北大校长，他提了一个超前性的大胆设想，要在北大建立原子能研究中心，"集中全国研究原子能的第一流学者，专心研究最新的物理学理论与实验，并训练青年学者，以为国家将来国防工业之用"，同时写信给陈诚等国民政府要员请求支持，并邀请钱三强、吴大猷等 9 位顶级科学家回国，还争取中华教育文化基金会给予 10 万美元，全数交给物理系以建立现代物理学研究体系。胡适给杨振宁题写这样一幅字，无疑包含着对杨振宁在现代物理学上做出一番大成就的激励。杨振宁说他记住父亲的两个家训，一个是小时父亲教他唱的"中国男儿，要将双手擎天空……古今多少奇丈夫，碎首黄尘，燕然勒功，至今热血犹殷红。"还有一个是他 1971 年首次回到新中国后，父亲给他的教诲："每饭勿忘亲爱永，有生应感国恩宏。"第一个激励他在学业上争取上进，第二个激励他要多多报效国家（他放弃美国国籍回国，许多人不理解，实际上这正是他对父亲教诲的践行）。他把胡适的题字一直保留着，恐怕不仅仅是因为这是一幅名人题字，还在于这里面的激励。

二、拔擢人才

自此之后，胡适开始关注杨振宁的科学研究及其取得的成就，并极力给予拔擢、保护与促进。

1956 年下半年，杨振宁、李政道和吴健雄合作，完成了宇称不守恒定律。1957 年 1 月 15 日，在哥伦比亚大学物理系公开宣布，轰动全球物理学界。2 月 4 日，纽约华人为庆贺三位中国青年科学家取得如此成就，举行聚会。三位科学家出席。胡适也应邀出席，并对他们的成就致介绍辞。

1957 年 4 月 9 日，胡适在给陈之藩的信中最后稍带了一句："今天杨振宁、李政道两君来看我。谈的很好。"这是杨振宁的名字首次出现在胡适的笔下。从胡适日记的语气看，胡适对二人来谈相当重视。

1956 年，胡适、朱家骅等人启动了"中央研究院"第二届"院士"评选工作。1957 年 4 月 2 日，"中央研究院"在台北召开了第二次"院士"会议。4 月 3 日召开了第二届评议会首次会议，由评议会负责对"院士"提名人进行资格审查，由"院士"会议负责对"院士"候选人通过投票遴选的机制再次确立。根据遴选规定，"院士候选人可由五个或五个以上的院士提名""至少应有三人与所提名者为同一组别"，一人为提名人，其他人为协同提名人。虽然杨、李、吴是小字辈，是年轻人，此时还不太广为人所知，但胡适敏锐地感觉到，他们的研究成果将会在物理学界产生划时代的意义，必须尽快把他们纳入新一届"院士"评选。1957 年 6 月 27 日夜，在酝酿本届"院士"候选人提名时，胡适在复时任"中研院院长"朱家骅的信中说："前几天，曾与润章兄商量，请他赶紧同吴大猷兄商酌共提物理学候选人。今天我打电话给润章，他说，尚未收到大猷回信。今晚我又催润章给大猷去信。明早我要给大猷去电，催他提出杨振宁、李政道诸人，我可以副署。"同一信又说："因物理学今年人才太多，而大猷信尚未来，故润章、元任与我都主张提名截止限期（本月底）

似可以展限 10 天。我今晚与元任通电话，即请他从太平洋岸发电与吾兄，请展限 10 天，以便有时间可以从容补办一些应办的提名手续，此电今晚已发，想兄已收到了。"在 7 月 8 日复赵元任的信中，胡适说："大猷提出了物理学的李政道、杨振宁、吴健雄、袁家骝，但说，如嫌四人太多，则袁家骝可留待下一年。我同李书华（本书作者注：上文所说润章）都可以附议。也盼望你写信去附议（三人或四人）。"为了让杨振宁、李政道、吴健雄能提名进入中国台湾地区"中央研究院院士"候选人，远在海外的胡适不惜向台湾方面提议展延提名截止日期，而且四处联络多方设法，自己还要协同提名副署，爱护人才拔擢人才的心愿多么强烈；这里也可看出，胡适虽然从事的是社会科学研究，但作为一名真正的学人，他对自然科学也有着强烈的敏感。

1957 年 10 月，杨振宁和李振道获得诺贝尔物理学奖。蒋介石在"上星期反省录"中第一条即记："杨振宁、李政道教授在美获得'诺贝尔'奖金，乃我民族传统优秀不凡之事实，自可对美国最近对我民族鄙视之警告，私心自觉荣幸。"11 月 4 日，接见"中央研究院"历史语言所所长李济，商谈"中央研究院院长"人选，李济表示决推胡适，蒋介石旋即任命胡适为"中央研究院院长"，然后电促胡适返国就任，并嘱代邀李政道、杨振宁到台北讲学，同时致电杨、李二人并请胡适代转。6 日，胡适回电，以体力尚未恢复为由辞谢院长之职，推荐李济继任院长，接着说："总统致李杨两君电文，昨已转达。惟适观察两君皆抱继续努力创作之雄心，日夜孜孜不懈，谢绝一切应酬讲演，一时恐不能回国讲学。总统爱护青年学人，定能嘉许其专力笃志之精诚，予以原谅。"1957年初，杨振宁去瑞士讲学，经周恩来批准，杨武之赶去日内瓦与之相见，杨武之曾告诫杨振宁，即使种种原因暂时不能回大陆，但也绝不能去台湾，当前的形势是大陆会一天天兴盛起来，而台湾会一天天衰落下去。胡适的话从侧面表现了杨振宁听从了父亲的告诫，有着不愿去台湾的意愿（杨振宁一直到1986年7月28日才以祝恩师吴大猷80大寿的名义去台北参加"院士"会议），另一方面也表现了胡适对二人的了解、体谅与一定的爱护。

三、保护杨振宁和李政道

1958年1月4日，胡适致信赵元任，表达了对本届"院士"选举票数问题的担忧，但对自己极力推荐的杨振宁等人入选充满了自信。"要选出十五个院士，每人须得十六票，大非易事。我看，若有点组织，或有十一二人可当选。若无组织，我怕只有四个（或三个）物理学家，及李卓皓等四人当选。"4月8日胡适回到台北，10日上午9时就任"中央研究院院长"，并发表演说，他认为今后的学术研究，应该多多给予年轻人鼓励，同时表示，世界已进入原子时代，国家亟须良好的学术的基础，愿与各同人共同努力。这个讲话明显有着对世界科学发展趋势的把握，以及有着对杨振宁、李政道等人宣扬的影子。10 时主持第三次"院士"会议，审查上一年度 34 名"院士"候选人资历与著作。第二天上午，举行"院士"选举会议，选出 14 名新"院士"，物理学就有胡适等极力推荐的杨振宁、李政道、吴健雄等人。下午对记者发表谈话，称"对于此次院士选举之结果，甚感满意"。在随后致赵元任的信中，他又说："外面舆论似很好。"

1958 年 6 月 16 日，胡适又一次回美，料理家务准备彻底回台居住。11 月 5 日回到台北。当年 3 月份准备回台就职时，曾和吴大猷商议起草了一个"发展学术、培植人才的五年计划"。1959 年 2 月 1 日，主持召开"中央研究院"与"教育部"联席会议，讨论通过了在这个"计划"基础上形成的《国家长期发展科学计划纲领》，组成了国家长期发展科学委员会及其执行委员会。14 日，他在致李书华的信中，首先报告了这一消息。接着请李书华将此情况"便中与健雄、政道两位谈谈，能得大猷、振宁、廷黻、袁贻瑾诸位参加更好"。继之谈了准备实施此计划的第一个设想，"想先从'国立研究讲座教授'与'国家客座教授'开始"。"研究讲座教授"为国内能做研究的教授，"国家客座教授"专为延请国外的中国学人回国做短期讲学。最后便鼓动李书华请人。"请你们几位想想——健雄能回来走走吗？振宁、政道两位能回来作短期的逗留吗？数学家能有一位（林家翘）回来吗？兰成可以回来一趟吗？老兄能同大嫂回来走一遭吗？"在有关杨振宁回忆录中，曾说到此时不断有人或有电来"拉拢"他去台讲学或工作。于此也可获得印证。

杨振宁、李政道两人获诺贝尔奖之后，蒋介石是想请他们回来一趟，替他"争光"的。1957年12月12日，蒋介石按照胡适请求，任命李济代理"院长"职务。12月14日上午，蒋介石接见李济，勉励其加强工作，表示"政府"支持之意，同时再次表示对李政道、杨振宁获得诺贝尔奖感到兴奋并快慰。蒋介石虽然打了电报，并请胡适转交以示郑重，又多次这样表示自己的态度，但两人却没领情。又加1957年杨振宁与杨武之相见，之后联系不断，大陆方面对杨、李二人学术上的成就也公开表示祝贺，并致电赞扬。这样，虽有胡适上面的代为委婉说辞，但还是引起了台湾方面的猜疑。郑介民由此开始在海外启动对四人（吴大猷、杨振宁、李政道、吴健雄）的"调查"。胡适知道后，于1959年5月10日夜写信给张紫常（胡适抗战时期任驻美大使时任洛杉矶总领事），信是这样的："吴大猷先生是当代第一流理论物理学者。大前年（1956年）回来讲学四个月，带了夫人与儿子同来，前年（1957年）始返加京，他在讲学时，备受学生敬爱。寒假一个月假期中，不但不休假，并且特别增钟点，听讲者受其感动。亦无一人辍学者！这种诲人不倦的第一流学者最爱好自由，决不会受任何妄人的诱惑，请兄转告郑介民兄，让他相信我的话，切不可轻信小报告，使忠贞之士感不安……吴大猷先生是李政道、杨振宁的老师，这些人都是国家的瑰宝，国家应该完全信赖他们，不必多疑自扰。"在国外的学者，稍有点"风吹草动"，台湾地区的特务机构就想监控，足见台湾地区那时的学术和言论环境隐藏着怎样险恶的暗礁。胡适这封信应该会对这批杰出的科学家在国外安心科研起到一定的保护作用。

之后，胡适和杨振宁还有三次直接或间接的"交往"。一次好像是为李、杨二位与科学会之间的矛盾，胡适在 1959 年 5 月 28 日致黄少谷（"行政院秘书长"）的信中说："我们（本书作者注：指和梅贻琦）觉得此中经过似可由我向杨振宁、李政道两君说明，使他们知道美国政府方面有深感地位困难的情形，既不便劝告 Academy of Science，又不便劝阻杨、李二君。"同时写信给吴健雄，并将有关人员信件寄给她，请她以物理界"大姊"身份"和杨、李二君细谈一次，最好邀吴大猷参加一谈"。1959 年 7 月 3 日，胡适前往檀香山出席夏威夷大学主办的东西方哲学研讨会，8 月 4 日到达纽约，9 月 4 日，参加中华教育文化基金董事会第 30 次年会。9 月 25 日一早到普林斯顿去了一天，"见着杨振宁、林家翘两院士，火车上与李政道同来同往，家翘今年休假在 Institute 研究，我劝他在 Princeton 完事之后，来台北讲学一个短时期"（9 月 7 日致吴大猷信）。不知和杨振宁是不是谈的同一个话题。胡适最后一次提到杨振宁是 1962 年 2 月 14 日在"中央研究院第五次院士会议上的讲话"。在讲话中，他为此次会议海外的四位"院士"（吴健雄、吴大猷、袁家骝、刘大中）回来参加而高兴，用他自己的话说是"实在是给我们一种很大的 inspiration"，接着他向大家说了这样一个故事："我常向人说，我是一个对物理学一窍不通的人，但我却有两个学生是物理学家：一个是北京大学的物理系主任饶毓泰（饶就读旧中国公学时，胡适曾教过其英语），一个是曾与李政道、杨振宁合作证验'对等律之不可靠性'的吴健雄女士（二十世纪二十年代末，胡适曾担任中国公学校长，吴健雄苏州市第二女子师范学校毕业后，曾到该校就读）。而吴大猷却是饶毓泰的学生，杨振宁、李政道是第四代了。中午聚餐时，吴健雄还对吴大猷说：'我高一辈，你该叫我"师叔"呢。'这一件事，我认为平生最得意，也是最值得自豪的。"胡适就是在此时突发心脏病去世的。人们普遍认为胡适是高度兴奋引起的心脏病。而海外回来的"院士"和这个"故事"无疑是兴奋的一大诱因。胡适最后系念的恰是他们和他们身上体现出来的"科学价值"。

第二辑

先生之风

"学士"与"博士"

近日在欧美同学会翻阅有关资料，看到胡适先生填的两张入会申请表，在学历一栏填的都是"学士"。

学历问题是"胡适研究"一大学案。美国两位华人大家，唐德刚先生认为胡先生博士学位是"大修通过"；余英时先生则认为唐先生是"臆测"，胡先生博士学位当时未拿仅是学位论文没有及时向哥大缴上 100 本（本书作者是赞同余先生的，其一，因为美国的规矩不是哪个人，即使再有名，想改就能改动的，即使杜威想把"大修通过"改为"小修通过"也未必可以；其二，1922 年 1 月，胡适的博士论文以《先秦名学史》为名出版时，他对前言做了个"附注"，"不断的研究，较成熟的判断，文字的简明以及专家的指教，使我的中文著作增加了许多新材料，这都是我在美国写这篇论文时所得不到的。最近四年，我很想有机会对这篇论文作彻底的修订，但由于工作的繁忙而搁置下来，这就是它长期未能出版的原因"。既然一点都没修改，何来大修与小修，即使改成"小修通过"，胡适如此不也是太不给导师们

"面子"了么）。当然还有美国华人女学者李又宁的观点，她认为是"大修通过"，但不是因为胡适论文质量问题，而是在于当时胡适真正的主修导师是夏德，此人是美国第一位丁龙汉学讲座教授，虽如此，他在校内只是一件学术点缀品，主持胡适博士论文答辩的六位教授除了夏德外，其他人包括杜威对"汉学"完全不知所云，故而胡适的博士论文答辩才会出现这个结果。

但不管怎么说，胡适回来任教北大时，确实没把博士学位带回来。

三十岁不到的小家伙，竟然在北大开起了中国哲学史课。而且一改陈汉章等老先生的讲法，"这一改把我们一班人充满着三皇五帝的脑筋骤然作一个重大打击，骇得一堂中舌挢不能下（顾颉刚语）"。虽如此，但胡适还是很快赢得了学生们的称赞与欢迎。一年过后，胡适把他的讲义稍加整理，以《中国古代哲学史大纲》之名公开出版，蔡元培先生欣然作序，从"证明的方法""扼要的手段""平等的眼光""系统的研究"四个方面给予高度评价，并建议商务印书馆在书名下加上"胡适博士著"。就这一加坏了，在美国和胡先生就白话文进行激烈论辩的老乡梅光迪一见不乐意了，你明明没拿到博士，怎么弄这个名头去唬人呢，这不是弄虚作假么，这不是人品有问题么。胡适学位"学案"正是由此而来。以致于还在美国的好友朱经农一见，连忙于1919年9月7日给胡先生写信："今有一件无味的事体不得不告诉你。近来一班与足下素不相识的留美学生听了一位与足下'昔为好友，今为雠仇'的先生的胡说，大有'一犬吠形，百犬吠声'的神气，说'老胡冒充博士'"，"只有请你把论文赶紧印出，谣言就没有传布的方法了"。——这是余先生认为胡先生博士学位没拿到就是因为论文没印出缴上的一大证据——由此可以看出胡适博士学位问题在当时美国引出的"热闹"。

胡适一回来应该说就加入了欧美同学会。随着欧美回来的人越来越多，由此加入欧美同学会的人越来越多，入会和会务必须加以规范，于是1925年初，欧美同学会决定凡会员重新填表申请登记（以前没有表与申请，凡欧美回来的同学都算自动入会）。2月7日干事会议议定了两项标准：曾在大学或专门学校毕业后在欧美各国实习或研究者；曾在欧美各国中学以下肄业复于回国后在大学或高等专门学校毕业者。胡适1月19日最早一批填表，2月7日获干事会通过。在这一批现存704张欧美同学会表中，胡适的表有两张，一为52号，一为285号，时间、内容一致，可能表一式两份，自存的一份胡适没有带走，就这样作为档案保留下来了。胡适的表与别人的有不一样的地方，即凡申请者要有两名介绍人，胡适介绍人一栏空白。

笔者对两张表学位栏留心细看，均填的是Cornell（康奈尔大学）"学士"。看来胡适先生在学位问题上是诚实的。虽然此时论文已经寄往哥大，博士学位只需去应个"授予"形式的"卯"就可以了，但胡适先生还是不欺，博士学位暂时没拿到就没拿到，眼下该是什么就是什么，该是"学士"就是"学士"。

顺带说一下，704 张表中，除了少数几人重的外，胡适先生共介绍了 28 位先生入会。他们基本上都是大家：陈源、潘渊、袁同礼、周鲠生、章元善、张慰慈、张歆海、饶毓泰、傅斯年、孙叔群、汪敬熙、杨亮功、周炳琳、姚从吾、王亮、王化成、张佛泉、张玺、冯式权、张龙翔、罗士苇、张景钺、王焕如、王序、陈之迈、顾味儒、张熙若、兰采瑜。

胡适一生共获得了 36 个博士学位。他获得的正式博士学位是美国哥伦比亚大学哲学博士学位。其余的 35 个皆是荣誉博士学位。时间跨度从 1935 年至 1959 年。按学科分：法学 25 个，文学 9 个，人文学 1 个；按国家和地区分：美国 31 个，加拿大 2 个，英国 1 个，中国香港 1 个。

胡适所获荣誉博士学位名录：1935 年 1 月 7 日接受香港大学荣誉法学博士学位；1936 年 9 月 16 日至 19 日接受美国哈佛大学荣誉文学博士学位；也是在此次美国之行中，接受美国加州大学荣誉文学博士学位；1939 年 6 月 5 日接受美国哥伦比亚大学荣誉法学博士学位；6 月 13 日接受美国芝加哥大学荣誉法学博士学位；1940 年 6 月，接受美国杜克大学荣誉法学博士学位；9 月 21 日接受美国宾夕法尼亚大学荣誉法学博士学位；另外还接受了美国韦斯尔阳大学荣誉法学博士学位、克拉大学荣誉法学博士学位、卜隆大学荣誉法学博士学位、耶鲁大学荣誉法学博士学位、联合学院荣誉法学博士学位、柏令马学院荣誉博士学位；1941 年相继接受美国加州大学荣誉法学博士学位、加拿大麦吉尔大学荣誉文学博士学位、多朗多大学荣誉法学博士学位、美国森林湖学院荣誉法学博士学位、狄克森学院荣誉法学博士学位、密达伯瑞学院荣誉法学博士学位、佛蒙特州大学荣誉法学博士学位；1942年接受的有美国达脱茅斯学院荣誉文学博士学位、第纳逊大荣誉文学博士学位、纽约州立大学荣誉文学博士学位、俄亥俄州立大学荣誉法学博士学位、罗却斯德大学荣誉法学博士学位、奥白林学院荣誉法学博士学位、威斯康辛大学荣誉法学博士学位、妥尔陀大学荣誉法学博士学位、东北大学荣誉法学博士学位、普林斯顿大学荣誉法学博士学位；1943年接受的是美国伯纳克尔大学荣誉文学博士学位；1945年接受英国牛津大学荣誉法学博士学位；1949年获得美国柯鲁开特大学荣誉文学博士学位；1950年接受美国克莱蒙研究院荣誉文学博士学位；1959年7月9日接受美国夏威夷大学荣誉人文学博士学位。

从这份长长的名单中我们看出，胡适的27个荣誉博士学位都是在他担任大使期间获得的。以致有人指责胡适不务正业，只顾着演讲与接受学位。针对此，胡适是怎么想的呢？

第一，胡适并不是什么学位都接受的。1939年3月5日，胡适在日记里记道："Wesleyan Univ.(Middletown,Conn.)[威期利安大学（康涅狄格州，米德尔城）]校长来信，说大学董事会决定要于六月十八给我一个学位，我因那学校是 Methodist[卫理教]教会办的，故不愿接受他们的学位，托故[实在也因为六月十八我已答应 Cornell(康奈尔同年'回校')]辞了。"

第二，有些学位是无可再辞后无奈接受的。1940年8月14日，傅斯年来信，在说到国内反对胡适的人对胡适的指责时，说了两个意见：一是胡适只拉拢美国对中国同情的，而不与反对党接触；一是胡适"只好个人名誉事，到处领学位"。对后一种意见，傅斯年自己也有看法："此自非坏事，但此等事亦可稍省精力，然后在大事上精力充足也"。当时胡适没有回信，第二年4月30日，傅斯年又给胡适一信，信中说到自己高血压很厉害，胡适出于对亦生亦友的傅斯年的关心，结合去年傅斯年的长信，于5月16日回了信，在表示了对傅的关切后，对学位一事做了说明。"'学位'一层，更是冤枉。前年（1939年）借新病起为名，辞去几个学位，最后只受了 Univ. of Chicago（先已辞了两次）和 Columbia 两处的学位。到了去年（1940），那些前年辞却的几处又回来了，又加上两三处新的，所以去年夏间得了六个学位（全年连春秋共得了八个）。有些地方是绝对无法辞的，例如 Univ. of Pennsylvania 二百年纪念，东方只有我一人；又如 Univ. of Chicago 在 Dec.12.1938；March 12.1939，两次要给我学位，我都辞了；第三次 June.13.1939，我去受了，三次均只是我一人，可见他们的不轻授学位，我岂能辞到三次以上？"

第三，是把接受学位当作联谊宣传的一种途径。1940年9月18日，胡适前往宾夕法尼亚大学参加其二百年纪念大典并接受荣誉法学博士。19日下午两点半，胡适在该校豪斯顿大厅作了《作为一个政治概念的工具主义》的讲演。对于这个题目，胡适认为："这论题是我廿年来常在心的题目，我因自己不是专门研究政治思想的，所以总不敢著文发表。去年 Dr.Dewey[杜威博士] 八十岁，我才作短文发表；今年改为长文，登在 'The philosopher of the common man' [平民哲学家] 论集里。今回又重新写过，费了一个月工夫，还不能满意。但这一年的三次写文，使我对此题较有把握，轮廓已成，破坏与建设两面都有个样子了。"胡适的演讲在该校引起了轰动。豪斯顿大厅"讲堂都挤满了，有许多人站着听"。20 日中午，宾校校长托马斯 .S. 盖茨博士宴请胡适等人，下午该校正式举行二百周年纪念庆典，可坐二万人的大礼堂全坐满了，而且还临时加了不少座位，庆典上罗斯福总统、加拿大首席大法官莱曼·波尔·达夫爵士和欧文 .J. 罗伯茨法官等三人作演讲，罗斯福总统和达夫接受该校授予的法学荣誉博士学位。第二天早上胡适和另十二位学者接受了该校荣誉博士学位。从这个事例看，胡适是把这个过程当作广泛接触美国各界人士的一个有效手段。

第四，为了树立中国形象。胡适在给傅斯年信中说："这些东西（本书作者注：指学位），饥不能吃，寒不能穿，有何用处？不过人家总说，'中国大使的名誉学位比任何大使多'，这也是一种国家体面罢了。大热天去受学位，老实说，真是有苦无乐！我在欧洲受命来此。我那时早就明白认定我的任务不在促进美国作战（我知道那是时势一定会促成，而决不是任何个人能造成或促进的），而在抬高美国人士对我国的同情与敬意。我在此已两年零七个多月了，所能看见的成绩，可说毫无。若就那空泛不可捉摸的方面说，我大概替中国留下了一点'Civilizedpeople'的印象，如此而已。"此中胡适虽然有谦虚的成分在内，但所说抬高美国人对中国的敬意，却也是胡适就动机方面所说的实话。

"我的朋友胡适之"

在现代文化圈，胡适为什么人缘那么好，有人甚至以"我的朋友胡适之"自豪。除了学问、人品之外，胡适对需要帮助的人，不论有没有向他求助，只要他知道了，能帮则会尽量施以援手。作为一个只靠教授工资生活的人，这点很难得。

顾颉刚在1949年写的自传中，冒着一定政治风险，念念不忘胡适两方面对他的帮助与救助。一是胡适对他治学方法的指路作用，"我的研究古史的方法，直接得之于胡先生，而间接得之于辩证法"。一是胡适对他经济上的救助。"我在北大毕业后回校工作，是胡适之先生的主意，他因助教薪水开头只有50元，知道我有一妻二女，这点钱不够用，拿他私人的钱每月借给我30元。"试想，如果没有胡适的帮助，顾先生留不成北大，而没有胡适的"方法"指引，他开展古史研究，即使最后成功了，恐怕也将走很多弯路，进行更多无效的摸索。

1916年，林语堂以第二名的优异成绩从圣约翰大学毕业，被推荐到清华学堂担任英文教员。根据清华当时规定，在校任教三年可以由校方资助留美。1919 年，林语堂顺利获得了这一机会。当时学生留美，由"庚款"每月给予津贴 80 元。但是，作为教员的林语堂只获得每月 40 元的津贴，而他竟然要把即将新婚的夫人廖翠凤一同带去。这样两人每月仅有 20 元。那时一块银圆略高于一块美元，廖翠凤有 1000 块银圆陪嫁，林语堂心想加上这笔钱应该差不多了。消息传到胡适那儿，他才从美国回来两年，对美国的生活水平了如指掌，80 元每月勉强对付，如果再出点什么事，那就艰难了。他非常欣赏林语堂的才华，这会儿正帮北大搜罗人才，于是心生一计，立即以北大的名义告诉林语堂，愿每月再资助 40 美元，只是有个条件，毕业回来后来北大任教。这每月 40 美元的资助对林语堂留学生活起了很大作用。林语堂也应诺，回来后加入北大。可他很快走到了胡适等人的对立面，成了"语丝"社的中坚，经历了"厦大"一系列风波后，才又走入胡适派文人的圈子。胡适帮助林语堂的事，直到胡适逝世后，林语堂来胡先生墓地献花道出此事，才为世人所知。

抗战胜利后，陈寅恪去伦敦治疗眼疾。由于国内手术失败时间太久，一切都已经固化，两次手术仍以失败告终。休息一段时间后，陈寅恪带着无尽的失望途经美国回国。胡适此时正在收拾行装准备回国执掌北大，听到这一消息后，他立即致电陈寅恪，船到纽约后，不妨下船在美国小住一段时间，请哥伦比亚的眼科专家再检查一次，看有无挽救的良方。陈寅恪同意，并将诊断书寄给胡适。胡适收到后，于 4 月 15 日将诊断书送到哥伦比亚眼科研究所，请麦克尼博士会同同院专家阅读后协商诊治办法。由于是胡适所托，这些专家都很认真，可看过后，一致认为没办法补救。哈特曼将消息带回后，胡适"很觉悲哀"（胡适日记语）。陈寅恪到纽约时，胡适先把这个"恶消息"写了一信，请准备去接船的全汉昇先生带给陈寅恪。同时请人立即去银行办理了一张 1000 美元的汇票，请全先生带给陈寅恪。胡适想到了战时中国文人的艰难，想到了陈寅恪几次手术的巨大花费，想到了此番回国后陈寅恪双目失明可能面临的各种不便。胡适大使交卸后，一直在靠不多的积蓄、稿费以及美国一些文化机构的资助生活，1000 美元对他来讲可不是一笔小数目，但胡适为朋友掏了。

胡适对李敖也提供过帮助。1961 年 2 月，李敖从军中退伍，回到台北，担任姚从吾先生的助理，月薪 1000 元台币。由于台湾"长期发展科学委员会"成立不久，一切还没有走上轨道，常常拖欠助理人员的工资。"我深受其害，我忍不住了，决定不使姚从吾老师为难，直接'通天'了——我在 10 月 6 日写信给老师的老师胡适，向他抗议。"7 日就收到胡适的回信，信中说："现在送上一千元的支票一张，是给你'赎当'救急的"，"你的信我已经转给科学会的执行秘书徐公起先生了。他说，他一定设法补救"。胡先生在信的最后还不忘细心地补注："这张支票可以在台北馆前街土地银行支取。"李敖后来说："我收到胡适的信和一千元后，非常高兴，也很感动"，"他对我的赏识，纯粹是基于我的治学成绩使他讶异，他有眼光看出我是最有潜力的台大学生，我很感激他对我的特别照料，这一千元的确帮了我的大忙。也许有人说风凉话，说胡适此举，意在收买人心。但是他老先生这样做，对人有益，对己无害……又何乐而不为？别的老先生，高高在上，会这样帮助一个年轻人么？一比之下，就知道胡适的高人一等了"。

袁瓞1949年流落台北，为生活所迫，以卖烧饼为生。可他空余时间，仍然喜欢读书，并常常与人讨论英美的政治制度。为了弄清英美政制，1959年的一天，他贸然给胡适写了一封长信，向大学者胡适请教。胡适不仅回信，而且之后两人竟成了忘年交。一天，袁瓞又来胡适家，闲谈中袁瓞告诉胡适，鼻孔里长了一颗小瘤，恐怕是鼻癌。胡适马上对他说："我听说台大医院新到了一批钴六十，作放射用，可治癌症。你去确诊，去治疗，一切费用都由我承担。"还没等袁瓞再说什么，胡适就拿起笔给台大医院院长高天成写了一封信，然后交给袁瓞。胡适在信中说："这是我的朋友袁瓞，一切治疗费用由我负担。"袁瓞含泪拿着胡适的信，前去台大医院做细致的检查。有幸的是，这只是一场虚惊，他患的并非癌症！如果说胡适帮助李敖，有着对李敖的治学能力赏识的话，袁瓞那时可真真是生活在社会底层的"草根"。

胡适还帮助过很多人。比如，后来留在大陆的罗尔纲、吴晗和周汝昌等，有的是在经济上生活上，更多的是在知识上学问上，甚至做人上。曾和胡适在驻美大使期间共事四年的傅安明先生后来回忆："有一天晚上，胡先生在使馆宴客，客散后，他叫我到书房去，交了几封私函给我，托我次日到银行替他买几张英镑的汇票分别附在这几封信内，然后用挂号信寄到英国伦敦去。原来他在伦敦的几个门生，由于第二次世界大战爆发，失业断粮，他寄去小款，或为他们在英生活费，或为来美路费。并叮嘱我：'此事不可对人言。'他说：'中国读书人最重气节，不愿受人馈赠。故我每次寄款总说暂借，以免伤到他们的自尊心。'听说胡夫人常说：'适之帮助穷书生，他开起支票来活像一个百万富翁，待我，他就好像一个穷措大。'""这类汇款，每月他都会托我去办一两次。有些学人后来经美回国，来见胡先生，对他的'甘霖'接济，真是感激涕零"，"胡先生对生平助人之事，是终身不提一字的"。傅先生说胡适此时这些钱基本上是出去演讲所得。胡适担任大使不久首发心脏病，治疗费用还靠借贷，如果联想此，胡适的这般行为就更是令人景仰。为此傅先生评论道："我亲眼看到他关怀每一个与他接近的人，不分长幼，不分尊卑，不分男女，不分国籍，都受到他同等的尊重。人有一长，他赞不绝口，人有过失，他温语婉劝，从不说一句刻薄话，也从不在脸上表露出丝毫不悦之色。"胡适先生是一位真正以平等待人的长者，把民主观念与日常生活打成一片的贤者！

胡适逝世后，清点他的余款竟然只有 153 美元。

为学要如金字塔

　　安徽省档案馆曾举办过馆藏档案精品展，其中有一幅安徽省文教委员会当年征藏的胡适的字："为学要如金字塔，要能广大要能高。"从书法层面来看，胡适写得很认真也很飘洒，体现着他一如既往的风格：大大方方，俊朗挺拔；也一如他的为人，春风般和煦但又内敛着一股凛然风骨。应该说这幅字是他题字中的精品。

　　胡适有很多为学论述。从人的天赋来说，他说："凡治学问，功力之外，还需要天才。龟兔之喻，是勉励中人之下之语，也是警惕天才之语，有兔子的天才，加上乌龟的功力，定可无敌于一世。"这话他对吴健雄说过，后又对余协中说过，并请余转赠给他的儿子余英时；从方法来说，最经典的莫过于"为学要在不疑中有疑"；有了疑之后怎么办？"大胆假设、小心求证"；如何小心求证？在于养成勤、谨、和、缓的良好习惯。从此来看，此幅题字在胡适为学论述方面有什么独特之处呢？如果说前面都是在说方法论的话，这里胡适应该说的是一个人为学最后所要达到的境界与目标。

如果我们再看看这幅字的话，还会发现一个独特之处。这幅字没有明确所要赠字的对象，只在署名后面有一个简单的题写时间："卅六，十二，十七"。这是民国纪年，对应的是 1947 年 12 月 17 日。这个时间是什么呢？胡适的生日；新中国成立前，它还是北大的生日。胡适掌校后，往往把"两个生日"一起过。那么胡适为什么要在这一天题写这幅字？

这一天，胡适在南京，同样是两个生日一起过的。他在日记中写道："第五十六个生日，满五十六岁了。北大同学会庆祝北大校庆，并给我做寿。"那一天来庆生的应该比较多，胡适也就用他特有的方式，写一些感言的字来答谢。这应该就是其中一幅。

双生日写这幅字，可能还暗含他的心曲，即还是想在学术的道路上继续完成他的志愿。

他是 1947 年 12 月 11 日从北平南下的，目的在开中华教育文化基金会年会，讨论从中提出 25 万美元支持一些高校购置基础设备开展基础科学研究。没想到一到南京，他即陷入了被劝说再赴美国担任国民政府大使为蒋政权争取美国援助的漩涡之中。这是他抗战期间担任大使之初，被派往美国和他一起打开美国援华抗日之门的陈光甫的建议。蒋介石高度重视该建议，不仅让王世杰设宴劝说，还亲自出面设宴单独劝说。王世杰劝说时，胡适拒绝了，理由是自己老了；蒋介石劝说时，胡适只好委婉地表示考虑考虑。生日这天，胡适晚上回到所住中央饭店后，立即给王世杰写信，彻底回绝出任大使之事，也想请这位多年好友、此时蒋身边信任之人把此回绝带给蒋介石。

胡适的理由如下："（一）受命办学校（注：指1946年7月初回到国内正式出任北大校长），才一年半，毫无成绩，即去作他事，在道义上对不住国家、学校、自己。（二）我今年五十七了，此时若改行，便是永远抛弃学术上的事业了。这是不是一件大损失？至少我自己有点不甘心！（三）我一九三七～八年出任外交事，确有了点准备——五年编辑《独立评论》，三次参加 I.P.R 会议（注：指太平洋会议），都是好训练。但一九四二年九月以后，我用全力理旧业，五年不注意国内外形势，实已是'外行'了，一时不容易恢复从前的自信力。"

胡适于信中，在"永远抛弃学术上的事业了。这是不是一件大损失？""用全力理旧业"下都加了黑点着重号，表示将专注学术事业——由此看来，胡适当天写这幅字，既是在期勉他人，是不是也暗含着自己"全力理旧业"的某种焦虑呢？自己多部著作下半部还没完成，自己离这个目标还有多远呢？

第二天，胡适害怕他们再找自己，一大早跑去了上海。

附说一句，胡适这个题字也在学人中间播下了种子。

安徽老一辈著名文史学者李诚在对学生阐述为学之道时，就表明自己"喜欢"的恰是胡适的这句话。这也表明胡适的这幅字回到了安徽，并在广大知识界产生了很大影响。

勃朗宁的诗句"给了我新的勇气和希望"

　　这句话是时任国民政府驻美大使胡适于 1939 年 6 月上旬接受《纽约时报》记者沃尔夫采访时说的话,用以表达他对中国抗战最终将得到世界爱好和平的人民和国家的支持并一定会取得胜利的信心。此篇专访 6 月 11 日刊出,所用标题为《胡适为中国鼓与呼》,题记为:"胡适,在勃朗宁诗歌中寻求慰藉,坚信乌云终会消散。"专访较长,翻译过来达 4500 多字。大致分三个部分:第一部分交代采访胡适的背景、氛围与对胡适的印象;第二部分是胡适对中国抗战性质与前途的分析与信心;第三部分由胡适提倡新文学的教育渊源,引出他此时"听从召唤为国效忠"的使命感。此篇专访在如今看到的《胡适全集》里没收。由于较长,且时机是"眼下,中国大地战火绵延,大好河山在炮火轰鸣中战栗,一座座珍藏千百年文物的古城遭到日本军队的大肆掠夺。就在这个当口,一位中国文人思虑着自己的祖国",我们还是重点来看看胡适对中国抗战的态度与所付出的努力。

一、胡适对中国抗战的分析

"大使先生腼腆内敛，讲起话来措辞精准。他虽然大部分时候极其严肃，但不像许多学者那样学究气十足。他兴趣广泛，从孔夫子的《论语》到小仲马的《浪荡的父亲》，旁征博引，娓娓道来。引用起范缜哲学或者勃朗宁的诗歌来也得心应手。在旁征博引之间，不时萌出诙谐幽默的火花。"

胡适说："中国在2100年前结束封建制度。之后，中国人一直生活在王权统治之下，有着统一的法律和统一的教育体系。中国人建造帝国，追求和平，阻止战争，倾力建造一个唾弃战争的和平主义的国度。而日本，直到上个世纪中叶，一直处在一种高度尚武的封建专制社会。1200年以来，武士阶层统治着日本社会，武士身份是男人能够达到的顶端。东西方交往数百年，日本是欧洲之外惟一吸取欧洲'兵法'为己所用的国家。以日本的背景，出现目前这种情况是当然的。"

胡适说："民族意识始终存在于中国发展历程中，这种使人口众多的中国在民族、文化、历史上形成统一的民族意识，每当中国与外族或外来文化交往时，就会凸显出来。……几十年来，中国政府的软弱使得列强对中国垂涎三尺，跃跃欲试。只是最近十年，中国才认真地开始统一国家，促进机构现代化，建立高效稳定的政府。对此日本非常愤怒。它决不允许出现一个统一的、现代化的中国，所以下决心要摧毁她。日本对中国的大屠杀反映出的根本问题，就是中国的民族主义面对忍无可忍的日本侵略被迫决死抵抗。"

胡适认为，中日战争背后更大的问题，是日本的军国主义挑战了世界新秩序对道德的约束。"上个世纪后几十年，争夺殖民地的斗争白热化，丛林法则盛行。但新世纪以来，出现了一种崭新的、更具人道精神的国际关系……不幸的是，某些国家的军国主义势力认为世界新秩序妨碍了他们的侵略野心。7年前，日本占领了满洲，将被国际关系新思潮所遏制的暴虐发挥得淋漓尽致。近两年来，中国人民竭尽全力抗击侵略，为民族存亡而战。然而，竭尽全力还远远不够，以血肉之躯与精良的机械设备对抗，能力毕竟有限。为了尽快结束这场可怕的战争，恢复太平洋地区的国际秩序，解除几千万人民的苦难，极有必要采取一些积极的国际行动。让我提醒一下贵国是如何诞生的。历史学家一致认为，美国独立战争的胜利取决于两个因素：第一，在几乎无法克服的困难面前美国军队没有放弃战斗；第二就是当时的国际环境。英军在约克镇投降的前一年，英国几乎在和全世界交战，它在各地的殖民地都受到了严重威胁。这种不利情况阻碍了英国向美国战场增兵。我作这个历史类比的寓意很明确。中国的最终胜利，也同样取决这两种因素。中国别无选择必须战斗到底。国际局势也必将朝着有利于中国的方向发展。我们不指望任何国家拿起武器为中国而战，但我们确实希望，而且我觉得我们有权利希望，正义的良知和共通的人性终占上风，感动那些热爱和平的民主国家的男人和女人后，拒绝向一个违反条约、破坏世界和平的国家提供不人道的军火和战争原料。"

胡适稍作停顿，再开口时换了一个声调："在"那些最黑暗的日子里，多亏在贵国学到的乐观精神，我才保持振作。我记得曾写给一位朋友，除非你我因绝望而放弃，否则世界上就没有绝望二字。这些天，我经常引用勃朗宁的诗句，它给了我新的勇气和希望。

　　他从不退转而是挺胸向前，

　　从不怀疑乌云会消散，

　　从不胡思乱想，纵然对的受挫败，错的获胜利。

　　仍认为我们跌倒以便再起，挫败以便再战，

　　沉睡以便苏醒。"

（引自《浴火重生——〈纽约时报〉中国抗战观察记（1937—1945）》，中国当代出版社 2016 年 8 月第 1 版第 152 至 154 页）

二、胡适此番谈话的目的

胡适此番谈话的目的就是想利用媒体舆论推动美国中立法朝

着有利于援助中国抗战方向发展进行修改。

1937年9月8日，胡适被国民政府派往美国进行抗战公共外交。到达美国后，他发表广播讲话，拜会美国总统罗斯福及其他政要，在各种场合面对各界民众广泛宣传，随后又于1938年1月下旬到3月中旬，冒着严寒克服牙疼痛苦和脚部不适，在东西部各大城市马不停蹄进行了近两个月近60场的演讲。针对美国各界和广大民众对中国抗战的中立态度，甚至由于美日贸易数额较大出现的倾向日本的偏袒，"胡适所有的宣传游说，最终归结到一点，就是争取欧美民主国家对中国抗战的同情和支持，重点是让美国政府和人民了解中国人民抗日的决心和大义，劝他们放弃'为中立而中立'的退缩政策，为中国的抗日，为世界范围的反法西斯正义战争作出自己的历史性贡献"（莫高义著《书生大使》，广东人民出版社2006年5月第1版第67页）。正是由于此，1938年9月17日，抗战爆发一年两个月后，国民政府让胡适取代老牌外交家王正廷出任驻美大使。

他上任之际，正赶上武汉和广州相继沦陷，抗日战争转入极其艰难的相持阶段。国民政府是战是和也走到了一个十字路口，汪精卫等人出逃更是打击了国民政府继续抗战的信心，此时极需要国际社会对中国抗战注入一剂强心针。受命于危难之际的胡适和此时派来争取美国援助的陈光甫通力合作，在蒋介石迟迟不来电令的情况下，甚至不惜自作主张改孔祥熙电报为蒋介石的名义，展示中国政府的坚强决心，打动罗斯福签署了援助中国抗战的第一笔桐油贷款。这段时间的奔忙劳累甚至四处求人的屈辱，终于让胡适于 12 月 4 日突发心脏病。第二天，他只好住进医院，77 天后才出院。

第一次世界大战后，美国很多人认为自己是被骗参战，加上美国特殊的地理位置，很快在社会上又形成了较浓厚的"孤立主义"氛围。在这个基础上，美国国会于 1935 年 8 月 31 日通过《中立法案》，随后又于 1936 年 2 月和 1937 年 5 月进行修改。但不论是最初的总统宣布交战国后，"凡以军械、军火或战备，自美国之任何地方，或其属地之任何地方，输出而运至该交战国，或运至任何交战国所利用之任何中立国港口者，均为违法"，还是首次修改增加的禁止对交战国借款的规定，还是第二次修改增加的交战国在现款自运的条件下可以向美国购买军火的规定，均对中国抗战争取援助或从美国购买军火不利。因此，国民政府从抗战一开始就多方呼吁美国不要实行中立法，不要在中国生死存亡的抗战道路上设置障碍。在胡适上任之初，国民政府对他的指令中也要求他争取美国修订中立法，在该法中能够明确区分侵略国与被侵略国，从而使该法在实施中具有制裁侵略者和帮助被侵略者的作用。

恰此时，希特勒开始进攻捷克斯洛伐克，欧洲上空战云密布，罗斯福立即动议修订中立法，参议院也提出此议。胡适认为这是推动美国政府加大对中国抗战援助和对日本侵略制裁的好时机，不顾刚出院的赢弱身体，立即投入到策动修订朝着有利于支援中国抗战方向发展的活动中去。3 月 21 日，他在大使馆招待美国两会议员等 400 多人，宣传中国抗战信念；24 日，拜会美国国务院和提出修改议案的议员毕德门，陈述中国立场；29 日，约见国务卿赫尔，希望对方充分考虑中国抗战实际与待援需求；4 月 19 日，直接谒见罗斯福，请求废止中立法。这些是大的活动，还不包括私下进行的一些拜会交谈交流和运作争取。可谓是四处奔波、想方设法、殚精竭虑。

正是在这个背景下，胡适接受了专访，并进行了如上谈话。胡适之所以从历史上去分析中国是个爱好和平的国度，日本是个崇尚武士且接受西方"兵法"的国度，进而强调此次中日战争的性质是面对日本忍无可忍的侵略，中国是被迫决死抵抗的反侵略战争，正是为了促使美国在修改中立法时能够区分战争的性质，从而制定援助与制裁的规定；之所以分析日本对中国的侵略也是对世界和平新秩序的破坏与挑战，将中国抗战与美国独立战争进行类比，正是为了进一步增进欧美各界对中国抗战的认知，密切中国抗战与欧美各国的关联度，推动美国开启对日本实施实质性的制裁。所以胡适在说了中国最终将会同美国独立战争一样取得胜利后，呼吁美欧"拒绝向一个违反条约，破坏世界和平的国家提供不人道的军火和战争原料"。

三、胡适信心的成效

胡适随之展示了自己的信心，但他不是简单地直白，而是通过勃朗宁的诗来表达。胡适的信心与努力最终取得了成效，就是罗斯福开始通过废止《美日通商条约》首次对日本侵略中国实施实质性制裁。

胡适为什么用勃朗宁诗来表达自己的信心呢？这个勃朗宁是指罗伯特·勃朗宁（1812—1889年），英国维多利亚时代的代表诗人。除了诗闻名，当然还有他的爱情故事。1844年，勃朗宁游历意大利时，读到了女诗人伊丽莎白·巴雷特的诗。然后，他疯狂地爱上了巴雷特。此时的巴雷特已经38岁，不仅比勃朗宁大六岁，而且自15岁骑马摔伤后就一直没有站起来且一直没有出过家门。爱情不仅使两人私奔走向结合，也神奇地使巴雷特重新站了起来。巴雷特为爱情写下的十四行诗蜚声诗坛诗史。虽然此时勃朗宁已经创作了大量诗歌，但并不如夫人那样有影响。可在夫人于1861年夏天去世后，他的诗名开始骤然响亮。并被评论界认定为"是十九世纪后期最强者诗人""超越了同代大诗人丁尼生和包括叶芝、哈代、斯蒂文斯在内的二十世纪主要诗人""获得和保持了领先于他们的前驱者的地位"（《勃朗宁诗选》，外语教学与研究出版社2013年8月第1版第2页）。

随着勃朗宁诗歌影响的扩大，在美国留学且开始转向文科并修习英美文学课程的胡适不可能不留意到勃朗宁的诗。根据他在康奈尔大学的课程表，1913 年春学期，他开始学习"维多利亚时代的诗歌"，课程介绍为"学习丁尼生、布朗吟（即我们现在通常翻译的勃朗宁）、马修·阿诺德、克拉夫、威廉·莫里斯、斯温伯恩、罗赛蒂等人的代表作，学习维多利亚时代诗歌的特征"（席云舒《胡适考论》，商务印书馆 2021 年 1 月第 1 版第 45 页）。1913 年 10 月 16 日，他的留学札记中开始出现阅读勃朗宁诗歌的体会，"西文诗歌多换韵，甚少全篇一韵者。顷读 Robert Browning，见两诗都用一韵……以其不数见，故记之"。到了 1914 年 1 月，胡适开始翻译勃朗宁的有关诗作，并在日记里记下勃朗宁诗歌对其性格所产生的影响，同时将这种影响代入与朋友的交往以及有关诗作。1914 年 1 月 29 日，胡适首次翻译了 1939 年 6 月接受《纽约时报》专访时所引用的那首诗，只不过此时他是用中国古典诗词的形式翻译的，全诗为："吾生惟知猛进兮，未尝却顾而狐疑。见沈霾之蔽日兮，信云开终有时。知行善或不见报兮，未闻恶而可为。虽三北其何伤兮，待一战之雪耻。吾寐以复醒兮，亦再蹶以再起。"胡适说，"英国十九世纪大诗人卜朗吟终身持乐观主义"，他这首诗"余最爱之，因信笔译之"，"此诗以骚体译说理之诗，殊不费气力而辞旨都畅达，他日当再试为之。今日之译稿，可谓为我辟一译界新殖民地也"。胡适还在这天日记中记下了勃朗宁诗歌中的乐观主义对他的影响。胡适前一天面对久雪且大风的天气写了一首古风体的诗，后三句为："明朝日出寒云开，风雪于我何有哉！待看冬尽春归来！"
胡适就此诗引申说："前诗以乐观主义作结，盖近来之心理如是。
吾与友朋书，每以'乐观'相勉，自信去国数年所得，惟此一大
观念足齿数耳。"由此可见勃朗宁诗歌中乐观主义对胡适影响之
深，也验证了他接受专访时所说勃朗宁诗的感受。

随之，胡适针对勃朗宁诗歌撰写了两篇论文《为勃朗宁的乐
观主义辩护》《勃朗宁的哲学和儒家思想》。两文中胡适都这样评
价勃朗宁，"罗伯特·勃朗宁是一位乐观主义的热情歌颂者。他
看到了人的不完美、世界的邪恶和生活的苦难，但他坚信'邪恶
是虚无的，是没有意义的'，'我们所有美好的愿望，希望或梦
想都将一直存在'，怀着这样的信仰和希望，勃朗宁从未停止布
道"；"勃朗宁的人生哲学自始至终都是一种乐观主义哲学，一
种希望和奋斗的哲学"。前一文以专访时所诵之诗作结，后一文
又用此诗开头。前一文在1914年度世界大学生"勃朗宁奖"论
文比赛中获第一名，也使胡适开始受到文化界的关注。获奖还给
了50美元奖金，当时胡适经济正有点紧，50美元正好救急，胡
适立即写信给母亲报喜。胡适回到国内大力提倡白话文后，又用
白话文翻译了勃朗宁的诗，比如《清晨的分别》《你总有爱我的
一天》等。1921年秋，他还在北大给学生专门讲授勃朗宁的诗。

正是胡适对勃朗宁诗歌特别是诗歌中所洋溢的乐观主义的喜
爱，形成了他新的心态，并"给他打上了最为永久的印迹"，"对
他的后期思想造成了最为持久的影响"（格里德著《胡适与中国

的文艺复兴》，江苏人民出版社 1995 年 2 月第 1 版第 47 页），也成了他后来面对各种艰难始终乐观面对的基本心态。

胡适在接受专访时用此来表达对祖国抗战和获得支持的信心，中国自古就有在外交场合用诗来表达意向的传统，这是他渊博修养的自然体现，当然这里用勃朗宁的诗，还可能有胡适的一番苦心，如此表现自己的信心更显得贴切亲切，且容易缩短与美国各界人士的距离，从而引起更大共鸣。

由于美国孤立派议员的坚决反对，中立法的修改没有通过。但罗斯福随之给胡适送了一个大礼。7 月 22 日晚，最后一次就中立法修改与参众两院斡旋失败后，26 日罗斯福断然宣布废止《美日通商条约》（美国此时远东外贸 2/5 是同日本进行的），半年后生效。胡适所呼吁的"拒绝向一个违反条约，破坏世界和平的国家提供不人道的军火和战争原料"，开始得到初步实现。

胡适等人为日本侵略中国致哈佛大学校长罗威尔信

1932年2月27日,《大公报》刊登了一篇名为《胡适等电哈佛校长》的文章,副题为"申谢罗氏对日本经济制裁之建议并望各国采有效行动维世界和平"。全文为"国闻社云:胡适、蒋梦麟、丁文江等,以美国哈佛大学校长罗威尔氏(Lowell)对日本在华之暴行,曾向胡佛氏有经济制裁之建议,特于昨日致电申谢,说明中国为自卫而战之经过,并希望参加各条约签字之国家,采取有效行动,以维世界和平,兹将原电移译如下:

美国哈佛大学罗威尔校长大鉴:读先生等向贵国胡佛总统之建议,铭感曷已。谨藉申谢之便,将同人等对于贵国暨各文明国之希望一略陈之。同人希望无他,即以具体行动,保持世界和平是已。盖目前问题,已非中日两国争执之短长,而为日本所采之行动,是否危及世界之问题。夫日本占据中国领土,轰击中国国军,甚且炸毁中国民居及文化机关,中国方面生命财产之损失,为量极巨。如此而犹谓非战争，则战争一字，果作何解乎？苟任日本以维持权利为借口，无故与中国开战，则国联盟约、九国公约、开洛格公约俱成废纸矣。同人等不希望世界以助中国之故，与日本开战，自卫之责，中国当有任之。虽在内乱频仍之后，天灾肆虐之余，约条束缚之中，中国亦唯有努力奋斗。今幸举国上下，精诚团结，决定任何牺牲，均所不惜。唯中国为签订上述各项神圣条约之一员，故吾人亦极望各国能履行其所应尽之义务，立取有效行动，以维世界和平。时机紧迫，多一日延宕，则多一日危险。犹忆欧洲大战时，设令一九一四年八月格雷爵士将英国态度向德国作更明确之表示，则空前之流血惨祸，或可不致发生。殷鉴不远，言之惕然。

胡适 蒋梦麟 丁文江 翁文灏 傅斯年

梅贻琦 袁同礼 陶孟和 陈衡哲 任鸿隽

此信在《胡适全集》的任何一个版本中都没收。从此消息导言中"特于昨日"这句话，可知此信是 1932 年 2 月 26 日发出的。

1932 年 1 月 28 日夜十时许，十三艘日本军舰向吴淞炮台轰击，11 时许，日本海军陆战队占领淞沪路天通庵车站，第二天早上，日本军机有目的地轰炸商务印书馆，大火随即蔓延到所属的当时亚洲最大的图书馆东方图书馆并将之焚为废墟——"一·二八"事变爆发。继九一八事变后，日本又发动了针对中国当时经济命脉所在地上海的侵略战争。

驻守上海的第十九路军奋起反抗。随之向全国发出通电，表示誓死保卫国土。上海各界人民踊跃捐款捐物，纷纷组织义勇军、敢死队，支援、协同第十九路军作战。中国共产党也发表宣言，号召上海工人和一切劳苦群众、革命士兵团结起来，与帝国主义进行坚决的斗争，武装保卫上海。

日本的暴行特别是对文化机构的摧残也引起了国际爱好和平与正义的人士的强烈谴责。比如《大公报》1932年2月22日第3版就刊登了两条这样的消息，一条是"华盛顿2月20日路透电：美前陆军部长贝克及哈佛大学校长劳冉斯·劳威尔博士等签名请求胡佛总统，主张美国与国联合作采取任何经济方法，恢复和平，指陈美人之干涉，非战公约曾有规定者也"；另一条是"波斯顿2月20日路透电：哈佛大学商业管理研究学院教授安顿海斯博士领导排斥日货运动"。胡适等人的申谢信就是在这种情况下发出的。

此信表达了中国人民"虽在内乱频仍之后，天灾肆虐之余，约条束缚之中，中国亦唯有努力奋斗"，"举国上下，精诚团结，决定任何牺牲，均所不惜"的坚强决心和战斗意志，强调了战争性质与国际影响，它将使在这之前签订的一系列维护世界秩序的条约失去权威性而变成废纸，从而危及整个世界的和平与安全，使之有可能走向第一次世界大战流血惨祸的道路。由此他们呼吁罗威尔等人再次努力，转请各国能按照条约规定"履行其所应尽之义务，立取有效行动，以维世界和平"。1914 年秋，一战爆发，英国外交大臣格雷爵士就曾沮丧地说道："整个欧洲的灯光正在熄灭，此生不会看到它们重放光明了。"信中警告说，我们千万不能再重蹈一战覆辙。

胡适等人所说《国联盟约》《九国公约》《开洛格公约》，中国都是签约国或与中国有关联。《国联盟约》是一战后由美国主导起草的，并在 1919 年 4 月 28 日的"全体会议"上通过。《国联盟约》规定：凡是参加对德作战的国家，均是国联创始国；缔约各国，为增进国际间合作并保持其和平与安全起见，特允承受不从事战争之义务，维持各国间公开、公正、荣誉之邦交，严格遵守国际公法之规定，以为今后各政府间行为之规范，在有组织之民族间彼此关系中维持正义并恪守条约上之一切义务。《九国公约》，全称《九国关于中国事件应适用各原则及政策之条约》。1921 年 11 月 12 日至 1922 年 2 月 6 日，美国、英国、日本、法国、意大利、荷兰、比利时、葡萄牙、中国九国在美国首都华盛顿举行国际会议。除中国外缔约各国协定：尊重中国之主权与独立，及领土与行政之完整；给予中国完全无碍之机会，以发展并维持一有力巩固之政府；施用各国之权势，以期切实设立并维持各国在中国全境之商务实业机会均等之原则；不得因中国状况，乘机营谋特别权利，而减少友邦人民之权利，并不得采取有害友邦安全之举动。《白里安—开洛格公约》又称《巴黎非战公约》《关于废弃战争作为国家政策工具的一般条约》，1927 年由法国外长 A. 白里安和美国国务卿 F.B. 开洛格倡议，1928 年 8 月 27 日由比利时、捷克斯洛伐克、法国、德国、日本、意大利、波兰、英国、澳大利亚、加拿大、印度、爱尔兰、新西兰、美国、南非等 15 个国家和地区的代表在巴黎签订，1929 年 7 月 25 日生效。至 1933 年，共有 63 个国家批准或加入。主要内容是：缔约各国谴责用战争解决国际争端，并废弃以战争作为在其相互关系中实施国家政策的工具；缔约国之间的一切争端或冲突，不论性质和起因如何，只能用和平方法加以解决；任何签字国如用战争手段谋求利益，即不得享受公约给予的益处——我们千万不能急功近利式地简单批评，在一个弱国无外交的情势下，依赖国际盟约或条约去阻拦强国入侵是一批文人的"痴人说梦"。从一时看，这种呼吁不能带来立竿见影的效果，但从长远看，让世界爱好和平与公正的人士看到中国抗战的决心与性质，认同侵略可能给世界和平与安全带来的危害，必将带来越来越多的道义上的声援，并给予我们更多实质上的帮助，也必将带动国际上越来越多国家加入到反对法西斯的阵营，并给予日本等法西斯国家更多切实的制裁。"七七事变"后，世界局势一步步朝着向中国抗战有利的方向发展，并获得越来越多国家的支持，应该说前几年这种呼吁与民间外交所产生的影响不无功劳。

胡适这段时间患上了盲肠炎，在丁文江的极力劝说下，胡适住进协和医院治疗。给他开刀的医生叫楼斯，手术倒也成功，但楼斯又犯了个错误，竟然将一条纱线落在伤口中，导致胡适的伤口拆线后久不收口，每天都要抽脓。一位有经验的护士天天用热毛巾在上面烫敷才使伤口渐渐好转，并由此发现了那条拉下的纱线。纱线抽出后，伤口彻底痊愈。这一折腾，胡适在医院里一下住了四十五天，直到 4 月初才出院（他和梁启超一样对这样的事故出于好意在当时都做了保密或隐瞒，"关照他们切莫宣布"，直到 1961 年 3 月 25 日才对胡颂平揭开这桩秘密）。

　　既然如此，这封信是怎么商议发出的呢？住院期间，胡适没有记日记。其他人也没有相应记载。自然无从找出确切实际情形。但我们仍可以从胡适日记中找出端绪来。

　　九一八事变爆发后，正值太平洋会议要在我国召开（10 月 21 日至 11 月 2 日）。胡适立即和陶孟和、颜惠庆、丁文江、陈衡哲、徐淑希等人商讨会议如何召开，建议应该抓住这个"极好的机会""提出中国事件供讨论"。当国民政府国难会议即将召开时，胡适又和丁文江、翁文灏宴请"国难会议的北方熟人"周作民、王叔鲁、汤尔和、蒋廷黻、徐淑希、陈博生、傅斯年、周诒春、林宰平、李石曾、任叔永等人，建议此次会议，既要讨论中日问题，也要关注"以非革命的方法求得政治的改善"。这说明此段时间胡适和参与发电的这些人一直在关注着讨论着国家的时局，并试图对当时的国民政府有所建议。由此他们成立了独立社，并决定出版周报（也就是后来在中国现代文化史上大名鼎鼎的《独立评论》），定期确定主题聚餐讨论（比如 2 月 13 日，星期六，他们聚餐讨论的主题就是"怎么建设一个统一的中国"，并且形成了七个方面的统一认识），以使这种讨论固定化、建议系统化，其成效进一步得以彰显。

当太平洋会议即将召开时，胡适还和先期到达北平的美国代表 E.E.Carter、Prof.Chamberlain、W.J.Abbott、Mrs.Slade、Fred.V.Field(E.E 卡特、张伯伦教授、W.J. 艾博特、斯莱德女士、弗雷德 .V. 菲尔德）等人商议会议如何开法。针对胡适等人之前的担心，"鉴于日本军阀占领满洲，我们相信此次会议对于中日关系很难达到共识，故建议会议延期"（9 月 23 日日记），正是这些人建议不要延期，主张要注重发挥会议的功能。会议召开期间，"司徒雷登和斯莱德女士皆认为艾博特的态度很偏袒日本。他们要我注意，我就很留意他。但会中很忙，我不能时时和他细谈"，胡适后来记此事时，表示"深以为憾事（11 月 14 日日记）"。由此，胡适可能越加认识到通过公共外交或者说民间外交的方式，争取国际人士对中国时局的认识特别是中日关系的认识，以及对中国支持的重要性。他后来就曾说，政府应该利用国际的舆论来争取外交的胜利。所以当看到罗威尔给胡佛建议的消息后，他和他那群独立社朋友们自然不会放过机会，通过回电的方式一是申谢、一是再加一把火，敦促罗威尔进一步加大对美国政府建议的力度。

但胡适住院期间，他还能参与讨论么？胡适后来在文章中曾记有这样一件事，"当十九路军因浏河受胁迫从上海退兵的第三夜（廿一年三月四夜），我还在北平协和医院里，忽然有几个护士特别跑进我病室里来，手里拿着各种晚报，十分高兴地说：'胡先生，十九路军又打回去了！日本人大败了！'我细细看了报纸，摇头对她们说：'这个消息靠不住。恐怕没有这样好的事。'她们见我不相信，脸上都很失望；我很不愿意扫她们的兴，可是我知道她们到了明天失望还得更大。果然，到了第二天，每个护士都是很懊丧的样子；我回想她们昨晚狂喜的神气，我几乎忍不住要掉眼泪了"（《全国震惊之后》）。这说明胡适即使躺在病床上，仍然在关注着时局并理性地分析着时局。当看到罗威尔的建议后，从公共外交的角度，他不可能不觉得这是个机会，同人们如果有所举动，自然不可能不听取胡适这个独立社核心的意见，而胡适也不可能不提出自己的主张。

3月9日，伪满洲国成立。23日，还是胡适他们这几个人，又给时任国联秘书长德留蒙发电，声明伪满洲国成立的真相，中国人民对此的真正志愿。"吾人抗议日方不断的宣传，称所谓伪满洲国系代表满洲人民之自决。查满洲人民极大多数均为汉人，伪国名义上之领袖溥仪，以前从未至满，凡参加此项组织者均为性质可疑之以前官僚与军阀，受恫吓与贿赂之胁迫，成为日人之傀儡。伪行政院系受日人熊井操纵，每部均聘有日本顾问。自伪国成立以来，各地义勇军战事愈益增强。以日方之傀儡视作中国人民之代表，不仅为一种损害，且为侮辱。希望国联调查团能不受日人及其傀儡之干涉或操纵，使用独立方法，以证明中国人民之真正志愿。幸甚。胡适、丁文江、翁文灏、傅斯年、陶履恭、任鸿隽、李济。"此又为胡适住院期间关注时局且一直想在民间外交上为抗战助力的一大证明。

胡适对口译爱罗先珂北大首次演讲的审慎

说到爱罗先珂，熟悉鲁迅先生的肯定都知道，因为鲁迅先生曾以他的故事写过一部短篇小说《鸭的喜剧》。

1922年2月24日，爱罗先珂由上海来到北平。爱罗先珂此行是应北大校长蔡元培先生的邀请，到北大教授世界语课程。由于爱罗先珂曾在日本生活过很长时间，懂日语，而在他来之前，鲁迅先生已翻译了他的一些童话，并且交由报纸发表，所以爱罗先珂来时，蔡元培先生就让他住进了周氏兄弟的八道湾。那天来时，是耿济之和郑振铎陪着来的。之后，蔡元培先生又让吴克刚担任爱罗先珂的助手（1997年4月底，笔者去了趟当时已经很是破败的八道湾，在后九间的最东一间，仍住着曾在周家服务过的人。当时一位老太太告诉我，这屋住过爱罗先珂，后来还藏过李大钊的儿子李葆华）。爱罗先珂安顿好后，第二天在周作人的陪同下，即前往北大拜访蔡元培先生。蔡先生决定让他3月5日在北大进行首场演讲，而且请胡适进行翻译（钱理群先生《周作人传》说到此事时，将周作人的日记给弄混了，说是由周作人翻译）。

三年前，杜威来中国访问讲学，胡适大部分时间随同翻译。这段时间，胡适一直在给钢和泰上佛经课进行翻译。胡适英语造诣很深，口语表达更是地道，在演说方面深受学生以及各方面听众的欢迎，应该说胡适给爱罗先珂演讲进行翻译不会存在多大问题，可得知爱罗先珂演讲时间，并接到蔡先生的任务后，胡适并没有等闲视之，而是本着非常审慎的态度，两次跑到鲁迅和周作人八道湾处"备课"。在这个过程中，也显现了一段胡适当时与鲁迅、周作人之间的友谊。

胡适在 1922 年 2 月 27 日的日记中写道："上课，为钢先生译述二时。到中央医院看望颜任光的病。到周启明家看盲诗人爱罗先珂。蔡先生请他星期日讲演，要我翻译，故我去和他谈谈。他的英国语还可听。他在英国住了几年，在印度又几年，故英语还可听。他双眼于四岁时都瞎了，现年约三十。他的诗与短篇小说都不坏。与豫才、启明谈。八时，到 Stevens[史蒂文斯] 家吃饭……"这段时间，胡适伤了脚后跟，一个星期前，还在说脚不能走动，请了一天假。但稍一好转，便又开始坚持上课。这不，27 日，先是去给钢和泰上课翻译了两个小时，然后去医院看望物理学家、北大教授颜任光，再接着又马不停蹄赶到八道湾去了解爱罗先珂的情况。爱罗先珂在，周作人也在，通过交谈，胡适对爱罗先珂的身世经历和英语表达情况都有了个全面的了解。而与鲁迅谈，不是在八道湾。根据鲁迅日记："二十七日晴。上午往大学讲。午后胡适之至部，晚同至东安市场一行，又往东兴楼应郁达夫招饮，酒半即归。"鲁迅还在教育部上班，胡适应该是从八道湾出来后，又跑到鲁迅办公室的。虽然通过交谈，胡适已经对爱罗先珂的创作做出了评价，"诗与短篇小说都不坏"，他可能还想再听听行家或者说对爱罗先珂创作有研究有体会的大家的意见，而鲁迅此时已经对爱罗先珂的创作做了很多翻译与研究，甚至在自己的创作中进行了借鉴，找鲁迅岂不是最佳人选？何况此时两人关系尚好。根据鲁迅日记，两个人居然谈了一下午，居然还没谈够，下班后两个人又一边走一边谈，直谈到东安市场，一个要赴郁达夫的宴请，一个要赴史蒂文斯的宴请才分手。遗憾的是，两个人日记都只有一句谈话的记载，没有把谈的内容写出来。

胡适还想再增加一些直观的印象与感受。3月2日《晨报》第二版右上角位置刊登了一则《文学研究会启事》："本会定于三月三日（星期五）下午二时请爱罗先珂先生讲演。讲题为《知识阶级之使命》，地点在西城石驸马大街女子高等师范学校大礼堂。这是公开的讲演会，不用入场券。"胡适看到这个启事后，虽然3日上午自己还有哲学史的课，下午还是赶去做了一个忠实的听众。当天他记下了自己的感受："他说俄国知识阶级的历史，指出他们的长处在于爱小百姓，在于投身到内地去做平民教育，并不在于提倡革命与暗杀。他痛骂上海的新人，说他们没有俄国知识阶级的好处，而全有他们的坏处；说他们自己有一个主张，却要牺牲他人去实行。他的演说中有肤浅处，也有很动听处。"

3日这天，《晨报》又刊登了爱罗先珂5日将在北大演讲《世界语与其文学》的消息，并特意标明将由胡适翻译。4日，《晨报》对爱罗先珂应文学研究会邀请进行的演讲做了报道。报道中，既有听众的踊跃，"是日雨雪纷纷，听众犹是异常踊跃，由下午一时以前，便有人前往等候，至二时礼堂内已无隙地"；也有对内容的概括，由瞿世英翻译，"首先略述俄国近代思想革命，知识阶级尽力不少，而共产党之牺牲精神尤可钦佩，末谓中国知识界虽日持激烈言论，但只希望别人牺牲，而自己并不能牺牲，殊为可耻"；更有对5日北大演讲的隆重推介，"昨日地方太小，故听众甚为拥挤，明日上午十时在北大三院大礼堂讲演，题目虽较专门而更为切实，地位则可容今日之三四倍听众，翻译者则为北大教授胡适，想听者必较昨日更多也"。

这无疑使得胡适更加重视这场翻译。

为了不打无准备之仗，为了使爱罗先珂在北大的首场演讲更精彩，为了使自己的翻译更到位、更精准、更符合忠实演讲者的原意，3月4日那一天，胡适又去了趟八道湾。他要先了解一下爱罗先珂第二天准备就这个题目具体讲些什么。

那一天，除了中午和晚上胡适去陪朋友吃饭（中午是去朱我农处，晚上是和丁文江、郑振铎等人），上午和下午他都与周氏兄弟密切接触。

上午，"十时半，燕京大学校长司徒雷登与刘廷芳来、启明来。燕京大学想改良国文部，去年他们想请我去，我没有去，推荐周启明去（启明在北大，用违所长，很可惜的，故我想他出去独当一面。）启明答应了，但不久他就病倒了。此事搁置了一年，今年他们又申前议，今天我替他们介绍。他们谈的很满意"。周作人自入北大后，一直在北大重点教授西洋文学。当得知燕京大学准备加强国文部时，胡适准备将周作人推荐过去。没想到，上一年的1月至9月，周作人一直在西山养病。当燕京大学重提旧议时，胡适又迅速将两方聚拢到一起，以极力促成此事。周作人对此也有日记，"四日晴，上午至适之处，同燕京大学司徒尔刘廷芳二君相会，说定下学期任国文系主任事"。4日说定，6日燕京大学就寄来了合同，8日周作人签了后"上午寄燕大函"。从这件事看，胡适对同事朋友，不仅识人而且非常乐于善于帮人，同时要帮就帮到底。

这边在家里进行完了力推周作人任教燕京工作，那边下午胡适又赶往八道湾，"三时，去访盲诗人爱罗先珂，请他把明天的演说先说一遍"。这里真可以看出胡适的审慎与努力。须知此时梁启超正在北大三院大礼堂举办首场《评胡适〈中国哲学史大纲〉》学术报告会，他也顾不上前去答辩——那天他和爱罗先珂谈得应该很可以，爱罗先珂不仅谈了第二天要说的内容，而且重点介绍了几位用世界语创作的诗人及其作品，这应该是彻底扫除了胡适在此方面可能存在的盲点。否则的话，爱罗先珂第二天演说中如果用这些人及其作品做例证，胡适如果不熟悉，则真可能遇到难翻的障碍，也真可能使爱罗先珂的演说大打折扣。胡适对这些人做了记载，"他说世界语现在有几个诗人，Zamenhof[柴门霍夫] 之外，如 Grabovaski[格拉波瓦斯基]、Deryatnin [杰维亚特宁]、Kabe[卡博]、Edmond Privat[埃德蒙·普里瓦]，皆能用世界语创作新诗"。通过这次交谈，胡适应该信心满满，自感备足了功课。

同爱罗先珂谈完第二天要演说的内容后，胡适同周氏兄弟也进行了交谈，而且同样谈得很愉快、很尽兴。鲁迅先生的话还引起了胡适的深思。大概由于胡适先同爱罗先珂谈了翻译，胡适与鲁迅便顺着这个话题往下说，可能由于爱罗先珂的谈话中说到了诗歌创作，而爱罗先珂也创作有"不坏的"诗歌和小说，从此话题胡鲁二人又说到了创作，鲁迅开始力劝胡适应该多进行一些文学创作，就是这番话引起了胡适的深思。"豫才深感现在创作文学的人太少，劝我多作文学。我没有文学的野心，只有偶然的文学冲动。我这几年太忙了，往往把许多文学的冲动错过了，很是可惜。将来必要在这一方面努一点力，不要把我自己的事业丢了来替人家做不相干的事。"不知鲁迅先生是不是觉得这番话有"好为人师"之嫌，他自己竟然没有记。但不管怎么样，通过这番话，我们可以看出，那时，胡适和周氏兄弟是可以敞开心扉交谈的朋友，是可以相互信托、相互启迪的朋友。前段时间，网上流传着胡适的一个原声演讲，那是他去台北讲现代文化的一个片断，恰是评价鲁迅先生的。他说在《新青年》时代，鲁迅先生是他们中的一个健将、一个大将，他们中许多人都不大喜欢文学创作，只有鲁迅喜欢文学创作，写了大量的随感录，创作了很多优秀的短篇小说，并且极力夸赞二周用古文翻译的"域外小说"比林琴南高明。我想，那天胡适在演讲时，脑子里应该会闪现出这些和鲁迅先生在一起纵谈的美好情景。

正是由于胡适做足了这些功课，所以第二天胡适的翻译取得了相当圆满的效果。"上午十时，替爱罗先珂翻译讲演，题为《世界语是什么和有什么》"，虽然胡适自己是一个"不赞成世界语的人"，但仍在台上进行了忠实的翻译。所以最后的自我感觉是，"此事我本不愿干，但因为蔡先生的再三嘱托，一时又寻不着替人，只好老着面皮唱一台戏。但是我自信这一回总算是很忠实于演说的人"。6日、7日《晨报》对由胡适口译、记者金公亮笔记的演讲进行了连载，在注明胡适口译时特意用"胡适""口译"两竖行对列形式进行突显（附译文，有关胡适文集不曾刊登）。从译文连贯流畅通达的角度看，胡适这个自评应该是实事求是的。而日记中的"不愿干"，也应是实话。因为自己不赞成世界语，可能也包括脚不好，但既然蔡先生嘱托，一时又无人替代，自己接了，那就不管怎么样也要把这件事接好，接得圆满。胡适是这样想的，从上述的审慎与努力上看，他也是这么做的。惟其本不愿干，最后又是那么审慎与努力，并取得如许的效果，这里看出胡适负责任的态度与坚忍的精神，更看出胡适之所以成为"胡适"，之所以能在人品上收获那么多赞誉，之所以能在演讲上收获那么多的欢迎，之所以在学术上收获那么多成就的根本原因来——这是不是也能给我们当下学人一个启示呢？

虽然后来鲁、胡二人在意识形态上走上了不同道路，但他们之间的关系曾是美好的、温馨的。因爱罗先珂的演讲产生的这番交往就是一个定格。

附译文：

世界语与其文学（What is Esperanto and it has）

爱罗先珂演讲　胡适口译　金公亮笔记

我这次到北京来，是因为受了蔡元培先生的请托到这里来教世界语的。就世界语的本身讲，实在没有东西可以教；因为世界语的文法简单，规则很少，而且很容易学。无论何人爱学世界语的，都可以在极短时期中学会，这是世界语学者最注重最是常常提起的。

世界语是许多人造语言中的一种。语言学者研究各种语言的结果，创造一种语言。他的目的是在解放各种困难，有一种公共的语言，彼此可以互相沟通。从德国哲学家来勃尼氏（Leibnitz,1646-1716）到现在，应用语言学的原理，创造一种人造的公共的语言，这种试验，常常有人做的。他们造一种公共的语言，要文法容易，发音好听，并且有伸缩的余地，彼此均可以用他发表意见。在许多人造的语言中，从十七世纪下半期到现在，世界语是最新的一种，亦是最完备的一种。在理想中世界语虽然不能说是完备无缺，但亦近于完备无缺的了。世界语的创造者，不但是一个语言学者，并且是现代的一个大诗人。如果世界语是一种最进步最完备的理想的语言，那么世界语的创造者柴门霍夫（Zamenhof）可以算是世界中古今以来的最富人造（道）主义，最富人类感情，最爱人类，最高理想的人了。他常常梦想全世界合成一国，全世界的人像同胞兄弟一般的亲爱。他常常祈祷战争消灭，只有和平在世界：人类彼此之间都互相友爱。

许多人把世界语同共产主义，社会主义，过激主义，联在一处；因为专制政府、资本家最怕的是这几种主义，亦因为怕世界语提倡这几种主义。世界语虽然有帮助我们了解这几种主义的好处，但是同这几种主义的实行方法并没有关系。现在我先读几篇世界语学者对于这几种主义的宣言：

"我们真真的世界语学者，是人道主义者，和平主义者。我们反对一切战争，一切无理的压制；因为反对战争，所以爱和平。从欧战以来各国政府对于世界语很怀疑，很怕我们。普通一般人的程度比政府还要低，他们疑心世界语学者是主张共产主义、社会主义、过激主义者。后来最坏的是俄国的共产政府承认世界语的功用，政府下令正式提倡世界语，于是一般人更怕了，以为世界语是共产主义的机关语，同共产主义混为一谈了。但是这宗说法是没有根据的。世界语是一种语言，凡是语言都可以用来鼓吹主义。世界语可以用来鼓吹俄国的共产主义；但亦可以用来鼓吹英国的帝国主义，日本的军国主义，和一切比这种更坏的主义。世界语可以用来宣传哲学家、思想家最高尚的主义，亦可以用作野心家自私自利来害人的东西。所以人们当明白世界语可以用来鼓吹种种的主义，而世界语的本身是中立的，没有偏袒的。我们要提倡世界语，是对于世界语应当怎样用，用在什么地方。世界语的创造者柴门霍夫是根本上一个人道主义者，他反对战争，他希望人类可以团结成一个公共的国家，在和平的旗帜底下，没有语言、人种、国界的区别，柴氏要想把全人类成为一家，这个家庭里面的分子都说一种公共的语言。我们要提倡世界语的缘故，根本上是为人道主义、和平主义，要打破种种的猜忌和怀疑。如其社会主义是注重在公共的福利，公平的待遇，一切都是平等的，从这一点上我们是社会主义者。如其过激主义的目的是在解放种种的压制，要使他们脱离种种的压力，那么我们也是过激主义者。如其无政府主义者是主张把个人的束缚，不自由的限制解放了，要打破国界，对于人类的全体有胞与的观念，在这一点上我们也是无政府主义者。

我们对于各国政府的战争战后再议和，无论这种议和是在巴黎或是在华盛顿举行，我们都要讥笑他。我们的目的是在求和平，求永久的幸福。虽然我们是人道主义者，和平主义者，我们决不学过激主义者，无政府主义者，以及各种主义者的用暴力，用炸弹，用手枪去求和平。我们不以用暴动的能力取得和平的方法为是，我们决不赞成他们的方法。对于世界上各种的革命家革命军我们虽然表同情，但是我们决不加入。我们宁可同小百姓在一处，同不配革命，不配讲革命的平民在一处。他们忍耐，我们同着他们忍耐，他们受苦，我们同着他们受苦。我们愿意陪平民忍耐受苦，拿自由的诗歌安慰他们的痛苦，用高尚的梦想，安慰的音乐，安慰被人压在低下的，受人种种摧残的平民。我们愿意明白自己的主张和地位。我们不愿意拿革命的假面具去抢富人的钱；亦不愿意拿法律的假面具去取平民的铜子。我们不愿意学过激主义者用武力去抢劫旁人的财产；但我们自己所有的财产愿意牺牲给人，如其我们牺牲了是有益于人类的幸福。关于生命，我们决不愿杀人，取人的生命，无论是为国家为世界为人类而战，我们决不战；至于我们自己的生命，要是与人有益的，亦愿意牺牲了。是的，世界语学者是人道主义者，是和平主义者——自始至终是人道主义者，和平主义者！"

以上是世界语学者的宣言。现在我要同诸位谈谈究竟世界语是什么东西，学世界语的可以得到些什么东西。当我同我的朋友学世界语的时候，我们目的并不在得到什么东西，我们要得到一个方法可以给人什么东西。希望给人一些东西不希望得到东西的态度，是世界语学者的正当态度。现在世界语会各国都有，各地都有支机关，旅行者可以得到很多便利。要是你要访问消息，某地的生活程度，旅行的困难，以及关于商业上地理上种种的事体，都可以从世界语的机关得到可靠的消息。我自己眼睛都瞎了，但是我能够从俄国经过欧洲到印度，再从印度到日本，从日本经过暹罗缅甸再到印度，后来再回到日本，到海参崴、赤塔、哈尔滨，到上海，从上海到北京，都是由世界语学者的帮助。不过我要声明有几国很少世界语学者，如印度的孟买、新加坡等没有世界语机关。

从世界语里可以得到旅行的便利，并不是世界语重要的部分。现在我要讲世界语学者可以从世界语文学上得些什么。讲到世界语有文学，恐怕社会上只有少数人知道；其实世界语有文学，同英、德、法文有文学是一样的。不幸的事是世界语的著作都散在各种的报纸杂志上，要是去收集拢来很感困难，但是重要的著作仍旧都可以得到。第一我要讲世界语的译作。世界语已经译出各种伟人的文字，凡是重要的文字学作，都有译文，而且译的人都是文学家、语言学家。但是翻译并不是世界语最重要的部分，世界语并不专在翻译，还有自己的创作。世界语创作的重要人物有柴门霍夫、葛拉包拉斯基（Grabovaski）、代味埃脱伦（Deryatnin）、可倍（Kabe）、拨礼佛（Privat）等，葛氏，尤其重要。

我在上面已经说过柴门霍夫是从古今以来种种最高尚的人类理想的代表，他常常梦想全世界成为一个国家，他跪了祈祷着人类能变成像同胞弟兄般的亲爱，这是柴氏的人格。但是种种都没有实现，还是在希望中。世界语的文学教训我们虽然不愿意用手枪、炸弹加入战争去求和平；但是教我们希望和平实现，希望再希望，不要失望。虽不劝我们去坐电气椅子（西洋行刑用的），为了我们的主张不能实现去自杀，但是不要当他做疯子、狂人的梦想。虽不劝我们去跪在不认识的上帝面前祈祷；但是不要诬蔑真真的上帝——人类。世界语的文学使我们胸襟廓大理想高尚，精神伟大；研究的结果便使我们思想高尚，感情纯洁，人格提高。一切对人不公平的事，无论受的是俄国的共产党，美洲的黑奴都可感慨；种种的压制，无论是印度是高丽都替他不平。一切的战争无论为了什么缘故，认为最大的罪恶，一切的战争是擅用人民的权利，是最不可赦的罪恶。

我们研究世界语的文学，能使我们了解平民的苦声："要面包吃！要空气！要太阳光！"他能使我们了解种种平民母亲的苦声，因为他们的孩子得了痨病，或是肺病，或是受法律的裁判死了。他能使我们了解种种的惨杀声，在杀人台上，绞人架上，电气椅子上叫人的声音，或者在大学教授讲座上教人去流血的声音，能够懂得这些用自己的情：感觉到别人的苦痛，能够设身处地的设想，那么世界语的用处能够给我们什么东西，你不问就可以晓得了。

我希望有机会可以同诸位谈谈文学，把世界语译成中文，或英文来举例，讲世界上流血的事。教文学一定要比我更能感到文学的美的，比我更晓得文学细致的地方的才可以教，但是有志总可以得到的。我希望不是英国的牛津大学（Oxford）、美国的哈佛大学 (Hatvard)，希望是中国的北京大学是第一个了解世界语的重要，是使人格外近于人的学校。我不能教诸位世界语，只能帮助研究世界语的重要，对于人类的重要。我要诸位的帮助比诸

重拾胡适

位要我帮助的更多。

爱氏今日上午在北大演说，记者仓卒草录，没有仔细的校对，如有错误的地方，盼望阅者纠正。

记者付志五日

于清廉之外

"清廉"这个词应该是专指仕途之人的。胡适一生大部分时间在写文章教书办杂志,似乎与这个词不沾边,但他毕竟出任过国民政府驻美大使,后来也担任过所谓"中研院院长",在国民党那样一个贪腐的环境中,胡适能否保持清廉,不致堕落成他一直批评的对象,这对他是个考验。应该说胡适做到了,保持住了一个知识分子的纯正本色。这里仅举他担任驻美大使生病期间的一例。

1938 年 9 月 13 日(美国时间),胡适出任国民政府驻美大使,10 月 6 日正式上任。他必须迅速适应角色转换,必须处理前任大使王正廷先生的遗留问题,此时陈光甫来美进行战时借款,他必须尽力支持配合,10 月下旬随着广州、武汉的相继失陷,中国是和是战,美国充满疑虑,胡适再次发挥特长开始四处演讲,告诉美国各界,中国将长期抗战到底,从而坚定美国对中国抗战的信心。在这个过程中,胡适累倒了。

才上任不到两个月。12 月 4 日,胡适在纽约哈莫涅俱乐部发表了《日本的对华战争》的演讲后突发心脏病。由于胡适根本没想到是此病，第二天中午仍坚持进行了一次演讲，之后实在坚持不住才请医生来诊治，确诊后立即送往长老会医院。

这一住就是 77 天，直到次年 2 月 20 日胡适才得出来。遵医嘱，胡适必须休养 6 个月才能正常工作 (其实住院期间他实质上已开始了工作)。但是，5 月 9 日，胡适就回到大使馆办公室办公。

胡适这次生病完全花的自己的薪水。住院 77 天，按全价算应该是近六千美元，医院知道胡适的身份后，对他十分优待，给他打了六折，胡适最后只交了三千多美元；医院还为他请了最有名的医生利维专门救治，胡适出院后，利维又来看了他 70 次，按价应收五千美元，最后也只收了一千美元。尽管如此，胡适仍总共付了四千美元，虽然他是在公务活动中累病的，完全可以让国家担负，但他知道国家正处在艰难中，哪怕一分钱外汇都是十分宝贵的，这四千美元他没有让国家担负一分钱，全是自己掏的腰包。胡适当时每月薪水是 540 美元，自己要开销，还要担负远在国内的一家的生活，所剩不多。这四千美元一下就用了他 8 个月的工资，日子该怎么过？胡适没有向别人、向国家说一声困难。

一下要用这么多钱，胡适无法拿出。好在两个好朋友在身边——爱国侨商李国钦和陈光甫，他俩先替胡适做了垫付。

国民政府知道胡适生病后，也没有袖手旁观、不理不睬。恰是在这里，胡适显示了清廉的本色。

行政院长孔祥熙汇来了三千美元，他知道胡适一派知识分子对自己没有好感，至此时，傅斯年仍在对他进行不依不饶的批评，他也知道直接寄钱给胡适可能会遭拒收，因此便把钱寄给了李国钦，让李在胡适拿不出医药费时充上。李国钦收到钱后，知道胡适不会收，在胡适不知情的情况下垫上，胡适知道后会生气的，而此病恰不能生气，可这钱代表的是国民政府的态度与心愿，又不能断然马上退回，李国钦只好先收在那儿。胡适出院将四千美元七拼八凑交出后，李国钦说出了这一切，并将钱慢慢采用其他和缓的做法退了回去，胡适非常赞同李国钦的做法。

且不说胡适是因公务累病的，也不说国民政府已经把钱汇来，胡适好友张慰慈先生此时在给胡适的信中，对重庆的现象进行了描述："政府里的一般人还是以做官为目的。"很多人都是在"鬼混"，"在这两年来的抗战之中，受到最大损失，甚至家破人亡者，都是中下级人员，中上级人员鲜有损失者，不但如此，并且其中很有不少的人反而因之大发'国难财'"。这不是共产党的批评，这是一个正直知识分子此时通过观察得出的结论，应该是客观公正的。单就此，胡适即使拿了这钱，良心上似也没有什么好不安的，但胡适恰恰没有以任何一个理由收下此钱，哪怕自己再困难。于清廉之外，我们又看到了胡适以国家为重、以民族利益为重的大义情怀。

在胡适住院期间还发生了一件趣事。

胡适生病那两次演讲讲的是同一内容。演讲中胡适将华盛顿军队于1777年12月17日被困福奇山谷并最终胜利比作中国抗战必将获得胜利。胡适说这个日期时，害怕听众误解他显弄记忆力，顺嘴插了一句，为什么对这个日期记得那么清楚呢，因为自己的生日就是这一天。没想到听讲的人中有一位叫亨利.S.格拉泽尔的先生，他的生日也是这一天，他没想到自己的生日日期在美国历史上具有这样的意义，听了胡适的演讲，才明白了这个意义。还令他高兴的是，自己还和胡适先生的生日是同一天。回到家，他立即给胡适寄了一百元，要胡适将此捐给中国抗战，"作为我们同生日的纪念"。胡适刚入院没两天，稍好转后，李国钦告知了这件事，虽然不能激动，但胡适仍然很感动。尽管当时用钱很紧张，但胡适还是拿出了一百元，一并交给美国医药助华会。因格拉泽尔那天来听胡适演讲是李国钦请来的，李国钦看到这一幕，也拿出一百元作为捐赠。

1939年10月，格拉泽尔先生去世，胡适从李国钦那儿知道后，立即写信给格拉泽尔先生的夫人表示悼念。1939年12月15日，胡适又一年生日的前两天，突然收到格拉泽尔夫人热娜·格拉泽尔的一张汇款单：一百美元，还附有一信："对我来说，十二月十七日将永远是一个突出的日子。故此我可以再一次请求您把这张支票捐赠给贵国苦难的人们，以减轻他们一点痛苦吗？新年好运。"之后的两年，格拉泽尔夫人仍然在那两天寄来一百元捐献中国抗战。不要小看这一百美元，从中可以看出美国普通人民对中国抗战性质的认识，以及对苦难中的中国人民的深厚同情。

这里有着胡适演讲劳累的贡献。胡适每次在感动之外，同样拿出一百美元，李国钦也会拿出一百元，一并转交给有关组织转回国内。

第三辑

史海沉钩

《胡适许怡荪通信集》中"传达"出的
"新"史料

有关出版社推出了《胡适许怡荪通信集》，这是根据早年胡适与好友许怡荪的通信编定的。细读这些信，可以发现许多有关胡适的"新"史料。所谓新，就是之前胡适年谱、传记和有关回忆中不曾记载、说明和明确的。

一、留美前一晚的醉酒

胡适喜欢喝酒，也能喝酒。早年在上海时，"从打牌到喝酒，从喝酒到叫局，从叫局到吃花酒，不到两个月，我都学会了"，竟至在一个雨夜，大醉的胡适在回去的路上同巡捕打了起来，结果被抓进了巡捕房，好在巡捕得知他是老师，只让他交了五块钱罚款就被放出来了。留美回来后，由于应酬太多，夫人江冬秀为了节制胡适喝酒，特意打造了一枚刻有"戒"的戒指给胡适戴着，以让胡适在朋友们闹酒时作为抵挡之物。比如他在 1931 年元月份去青岛时，梁实秋和闻一多一帮朋友请他喝酒，"到顺兴楼吃饭。青大诸友多感寂寞，无事可消遣，便多喝酒"，"我的戒酒戒指到了青岛才有大用处，居然可以一点不喝"（1931 年 1 月 27 日日记）。为此，晚年在台北的梁实秋对这段历史还记忆犹新。

读这本通信集，有关信上记载着，胡适留美前一晚，大家为了庆贺，也是为了给他饯行，宴请了他。他不仅喝多了，而且丢了赴美的一些生活费。甚至让胡适到美国后一直怀疑那次的醉酒对身体造成了许多伤害。当年 10 月 29 日，他在给许怡荪的信中说："弟今春之醉，受病甚深，去国之前一日，又大醉不省人事者一昼夜，中心甚惧秋深必大病，故遇有小病，亦异常留意，天涯客子，自宜尔也。"12 月的信中说："顷得友人书，知弟去国前一日所失之英洋百余元已存在电车公司待领；弟已有信往取，即令交上海舍本家，令其寄舍间以为家用。"

为此，许怡荪提出了自己的告诫："即如尊先大人之行谊，至今父老言之，犹足令人兴起。故足下此行，问学之外，必须拔除旧染，砥砺廉隅，致力省察之功，修养之用，必如是持之有素，庶将来涉世不致为习俗所靡，而趾美前徽，允为名父之子也。（庚戌冬月十七日）"胡适也听从了朋友的告诫，辛亥二月初七的信中做了决绝的回应，"别后已不复饮酒，此节想能永永守之；近又戒绝纸烟，不食已数日矣，后此永保勿复濡染：此皆足下所谓'袚除旧习'也，故敢以闻三万里外故人，所可明白宣示者，惟有此耿耿之心耳。"

二、首倡并实践标点符号使用

胡适应是我国现代标点符号使用推广及规范化建设的首倡者与实践者。留学归国不久，他就在报章公开撰文《论无文字符号之害》，同时推动汪孟邹的亚东图书馆组织出版新式标点的中国古代经典白话小说，建立与普及全社会对标点符号的认知与遵循。

早在留美期间，胡适就开始注意标点符号的规范化建设与使用问题了。1914 年 7 月 29 日，胡适在札记中说："我所作日记札记，向无体例，拟自今以后，凡吾作文所用句读符号，须有一定体例"，并列出了一些释例。1915 年八月初，胡适用了三昼夜为《科学》杂志写了一篇约一万字的《论句读及文字符号》。在 8 月 2 日的札记中，胡适记道："吾之有意于句读及符号之学也久矣，此文乃数年来关于此问题之思想结晶而成者，初非一时之兴到之作也"，并表示自己"后此文中当用此制"。胡适于札记中摘出了此文纲要。此文分三大部分：文字符号概论、句读论和文字之符号。胡适分别用横排与竖排两种，拟出了"住""豆""分""冒""问""诧""括""引""不尽""线"十种符号。基本上都是我们现在使用的标点符号的前身。

胡适写出此文后，立即将之寄给了许怡荪。同时给许的信也
开始使用自己主张的标点符号。他怕许误会，在 1916 年 1 月 25
日的信中特意附加了一个说明："近颇以为'句读'为文字之必
要，吾国人士作文不用句读……其弊甚大。夫无句读符号，则文
字不易普及：（一）词旨不能必达，（二）又无以见文法之结构关
系，（三）故发愿提倡采用文字符号十余种……半年以来，无论
作文，作札记，或作书，长至万言，短至一明片，亦必以符号句
读。"1916 年 3 月，许怡荪致信胡适，请他为刚去世的共同的好
友胡绍庭作传。胡适于传中公开使用了标点符号，"此传用五种
符号句读：。也，，也，《 》也，——也，⌐ 也，"，"望嘱印者用
之"。胡适应该是现代标点符号规范化建立、使用的首倡者和积
极实践者。

三、胡适与黄兴的配合

在我们的印象中，胡适似乎与早期国民党人并没有什么交往，
回国后与国民党的关系也不太好。陈炯明叛变时，胡适竟然同情
陈。二十世纪二十年代末，在《新月》杂志上，胡适发表《知难
行亦不易》《新文化运动与国民党》等质疑性文章，对孙中山和
国民党的有关观点进行猛烈批评。

但在给许怡荪的信中，胡适对孙中山等国民党人给予充分肯

定。1913 年 11 月 30 日，胡适这样说："孙中山出亡，吾极为不平；此公真有可崇拜处，即有瑕疵，不能掩其大德也。"之后，他甚至有两次与黄兴的配合。1916 年 4 月 7 日的信中说："留日学界对外宣言书，至今尚未能登载，以其冗长，非大加芟薙不能宣布。而此间报界恶习，二十四小时外之消息即不作新闻看，故云贵檄文传来时，黄克强坚嘱适译之，译后亦不能登报，后适自寄与所素识之一家报社（The New-York Evening Post,March 9），始得登出，可见其难也。"1915 年 12 月，袁世凯宣布次年为"洪宪元年"，准备登极，随之，护国运动兴起。蔡锷等人首先树起了护国的大旗。12 月 25 日，云南宣告独立，并发表宣言，表示"义不从贼"，"并檄四方声罪致讨"。27 日，云南护国军发表讨袁布告。从这封信看，胡适紧密配合黄兴，按照黄兴要求，对这些布告进行了翻译，在困难情况下，主动想办法将这些布告在美国主要媒体上宣传了出去。黄兴那时在美国为护国军募捐，胡适的作为无疑会对黄兴起到一定的帮助。

4 月 12 日的信中说："国事似大有望，今日浙江又反正矣。惟政府近欲以财力吓民党，昨日电传'有美国 Lee and Higginson Co.(Bodton) 借二千万巨款已付百万'，后适往见克强，为拟一电至波士顿沮之，今晨见报，始知此消息不确，盖政府虚张声势以欺国人，望以此意告民党中人勿受其愚。此间资本家当此纷乱之际决不敢以巨款为儿戏……今袁政府岌岌欲倒，无美国政府之后援，决不敢遽投巨资也。惟防患于未然，亦不可少之事，倘能得孙中山作一宣言书电此邦大报载之，尤可弭患于将来耳。"这里的胡适显得更加主动，当得知美国有资本家借钱资助袁世凯，他立即去找黄兴，代拟一个电报加以阻止；当得知这个消息是假的，是袁政府用来吓阻国民党的时，胡适立即写信给国内，要他们转告国民党人，不要被袁世凯玩的这些把戏所欺骗，同时建议要孙中山作一宣言书发美国大报发表，以防止有美国资本家在袁政府的劝诱下真的对袁政府进行资助。这里可以看出，胡适不仅有着一番良苦用心，而且已经完全投入到了护国运动中。要知道，胡适此时正在紧张地进行博士论文的写作和白话文学观的探讨。

四、胡适的博士考试

胡适的博士考试与博士学位是我们今天胡适研究的一大争论焦点，也是关于胡适先生的一大悬案。一种是"大修通过"，1919年杜威来中国，看到学生在中国的声望如日中天，于1927年才补授的博士学位；一种是"小修"，由于没有按规定将博士论文出版并缴呈100本，所以当时才没有立即被授予学位。

通信中，也有关于博士考试的内容。1917年4月11日信中说："博士论文半月内已可脱稿。其已成之诸篇（第二篇孔门之名学，第三篇墨家之名学）已交大学哲学科阅看。全书共四篇。

首篇为绪论，颇多修正之处，故已成而未写定。末篇论庄荀法家三派之名学，尚未完全脱稿也"；"博士考试在五月二十日左右。得失已不关心，因论文已成，心事已了，考试已非所重也。然考试当不甚难，仅有三小时之大考（面试，不用笔述），所问者大略皆无纤细之难题耳"；"试后略有所拼当（无论结果如何），七月初即可离美，七月底可抵上海"。5月23日，考试过后的第二天，胡适给许怡荪写了封快信，"昨日考过博士学位最后考试，留学生涯，至此作一小结束。知关锦注，故先以奉闻。拟六月二十一日放洋，约七月十日可到上海"。

从这些话，我们可以得出这么几层意思：第一，胡适博士论文的主体部分早已送交审阅，如果是"大修"，为什么这些教授们不早把修改意见告诉胡适，非要等考试时再为难学生呢？第二，无论考试结果怎么样，教授们都会提一些修改意见，但这些都不是胡适所关心的了；第三，胡适对考试充满着自信，根据有些学者的考证，负责面试的六位教授，只有夏德一位对汉学略懂，既然如此，这些人更不可能去提一些纤细之难题。

所以，我赞同余英时先生的观点，应是后者，即由于没有按规定将博士论文出版并缴呈100本，所以当时胡适才没有立即被授予学位。

五、胡适博士论文为什么要写
《中国古代哲学方法之进化史》

对胡适这篇博士论文，有人认为，在美国攻读哲学博士，不去写西方哲学，反而写中国哲学，这是胡适在投机取巧。

信中，我们看出，胡适一度想把论文定在"国际伦理学"，但很快他又改变了主意，回到了中国传统哲学方法论上来。

胡适为什么要把博士论文定在中国传统哲学方法论上面，应该有这样的渊源：一是他还没出国留学就萌生的志愿。在北上预备庚款考试时，"向友人处借得《十三经注疏》读之，始知讲经非从古注入手不可"，"弟此次无论取与不取，南归时必购《十三经注疏》用心读之"，于是他赴美留学时，真的带了三百卷传统典籍；二是他对中华优秀传统文化在西方话语强权面前流失的深沉忧虑。"吾国固有之文明将日就消灭，而入口之货生吞活剥，不合吾民族精神，十年后但存一非驴非马之文明，思之大可惧也"（1913 年 6 月 14 日）；"先秦哲学之渊富，惟希腊哲学之'黄金时代'可与抗衡"（1916 年 1 月 25 日）；"若哲学政治则非自著不可，不能用舶来货也（舶来之入口货不能适用，今日非著书不可）"（1914 年）；三是许怡荪的激励。"祖国多艰，正需有心人出而支柱，霖雨舟楫，岂异人任哉？愿益励风规，以图宏济艰难，则不仅故人与有荣施，实中国苍生无穷之福也"（1913 年

11 月 3 日），应该将中国哲学"绍介于西人"，"尊著《中国周秦儒学之反应》，将以沟通东西民族之思想，以足下学识融贯新旧，自能独具手眼，是固余之所从也"（1916 年 3 月 13 日）；四是他终生的一大期许。"适已决计十年内不入政界。此时政客已多，而学者太少，故自誓以著一良善完全之'中国哲学史'为十年事业。倘能有所成就，则终身竟作学者事业。"（胡适 1917 年 4 月 11 日）

六、胡适何时去江村"相亲"

胡适与江冬秀是 1904 年由双方母亲包办订的婚，然而直到 1917 年 8 月份，胡适留学回来才到江村"见"上江冬秀一面。

到底是 8 月份哪一天呢？

所有胡适年谱、传记以及有关回忆中均没有精确交待。

胡适与许怡荪信中明确说明了时间，也简约说明了原由与过程。

胡适"七月十二日"的信中说："初七日去岳家看'夫人'的病，婚期暂定十一月底十二月初。此事已不容再缓。此次亲去岳家，正欲先安大家之心耳。"

这个"七月十二日"是农历还是公历呢？上一封信日期标的是"八月六日。六月十九日"。查年历表，1917 年的农历六月十九日正是公历 8 月 6 日。因此，这个七月十二日只能是农历，此信中的"初七日"也是农历七月初七。此天对应的是公历 8 月 24 日。

胡适选择了农历的一个好日子——乞巧节。

在 8 月 6 日的信中，胡适说："适不久将往江村一行，先图与聘妻一见，此亦是开风气之一种。"看来往江村见江冬秀，应是胡适的主意。但结合"七月十二日"的信，虽然江冬秀和江家人非常想见胡适，想要胡适去江村一趟，与此同时，胡适也愿主动前去相见，但在当时的风气下，要去江村见"聘妻"一面，恐怕还得找一个在社会上说得过去的理由，那就是江冬秀身体不适，胡适前去看望。

据说，胡适去的那天，江冬秀躲在闺房中不出来，还把床帐放下，仅让胡适进去朦胧照了一面。胡适很生气，因为那时天毕竟还很热，从上庄到江村还得走过崎岖的山道，翻过还有些高的杨桃岭——如果说是"病"，去有理由，躲在房中不出来也算说得过去。但胡适毕竟知道底细，生气也是应该的了。

七、胡适痛批马君武的学问态度

1914 年 2 月 2 日夜，胡适用了四个小时译了拜伦《哀希腊歌》，胡适认为："托为希腊诗人吊古伤今之辞，以激励希人爱国之心。"显然，胡适翻译它也是有伤当时国内情形，同时也是有伤当时有人对它的糟糕翻译，这"有人"就是马君武和苏曼殊，"见马君武苏曼殊二本皆多舛误，尤不能达意，故为新译一本，以《骚》体为之"。胡适翻译后，"颇自憙，欲刊一单行本"，同时，也想以"全稿售于书肆为养家之费"。他当即写信给许怡荪表示这个愿望，"足下能代向上海一询否？此本共十六章，每章有英文原文，（一）吾之译本，（二）评注，（三）马苏二氏译本附焉，（四）此外尚有一序及裴伦一传"。

胡适一开始希望能在章士钊主办的《甲寅》上刊登，并想请章士钊写序。许怡荪找到了章士钊。"前寄裴伦诗稿，过沪曾呈秋桐一阅，备极赞许，并允为作一序以弁其端，惟云我国英文仅有普通程度，此等高深文学刊印单本，难望行销（许1915年12月27日）。"胡适寄希望于《甲寅》和章士钊来刊行他的译诗的想法至此破灭了。

但胡适的译诗还是在上海文化界中产生了影响，并引起了开始创办《青年杂志》的陈独秀的注意。"近屡得孟邹来涵，乞将此稿借与《青年杂志》（陈仲甫号独秀所办，皖人也）一登，属向足下言之。顷已函致孟邹，请其将原稿寄还（前交秋桐阅后，复为陈君借去，遂未收回）。允为函达足下。如经首肯，另缮副本寄与登载"（许1916年3月13日）（这也是胡适通过许、汪等人与陈独秀交往的开始）。接到了许信后，胡适回信表示赞同，"裴伦诗译稿如何处置之法，悉听足下为之，既孟邹欲之，即以与之，亦无不可。足下事忙，不必录副本，乞将注中攻击马译之处略删改一二，使不致得罪人太甚，则感激不尽矣（4月7日）"，"陈独秀君欲刊裴伦诗译稿，不知如何刊法？能如适所写之法刊印否？倘不能如此印法，千万须与注同刊，译稿无注，不如不刊也。刊后乞嘱陈君寄十几份来"（4月19日）。5月11日夜，胡适替自己的译诗作了序，序中对拜伦及其诗进行了简单介绍，对马君武和苏曼殊的译诗进行了批评。"颇嫌君武失之讹，而曼殊失之晦。讹则失真，晦则不达，均非善译者也。"7月17日，胡适又致信许怡荪，对译注的问题再作交待，"前次书中曾嘱足下删改适所写裴伦诗注中关于马君武先生译本之处，此事如未为之，亦望勿为，姑仍其旧可也。盖君武作文著书，全为金钱，又不为读者设想，其书无一有价值者，十余年来，故态依然，亦当有以惩警之，使不致永永如此粗心大意，自欺以误人也"。

如果说开始胡适仅是有感马苏二人翻译有问题的话，后来在刊发此译诗时，胡适先是怕得罪人，欲删掉有关批评，后来则态度决绝地要求刊登，并直接痛批马君武的翻译"态度"了。

接着，胡适在信中就马君武的学问态度给予了痛责："君武此次归国，道出纽约，即居适所，聚谈之时甚多，觉其十年以来学问眼光毫无进步可言。吾向来期望之心甚大，故失望之意益深。士君子负当世重望如君武者，若真有本领，正大可有为；若徒负虚名，无有真实学问，则虚名益重，误事必益甚：此适所以大失望也。吾不独为君武个人惜，为社会国家惜耳。名誉不可苟

得也；得之者如食人之禄，受人之托，宜黾勉自励，图所以副此
名望之方，斯可耳。若以虚名自满，若将终身焉，又不思所以称
此虚名者，其人对于社会为不负责任，谓为社会罪人可也。吾此
言亦不徒为君武而发，（君武或不致如此之下流，吾以失望故，
或言之过当耳……）为大多数'伟人'发也。"

诚如胡适所说，对马的批评或许不尽适当，但胡适的话，放
到当下的出版界，放到当下的许多"学问"家身上，又会产生什
么样的联想呢。

八、胡适的两封控告李懋延的电报

李懋延，安徽合肥人，为人贪酷成性，虽胸无点墨，不学无
术，然工于逢迎巴结，终于攀附上了安徽当时的实权人物之一凤
阳关监督倪道烺，与其称兄道弟。而倪道烺则为安徽督军倪嗣冲
的胞侄。有了这一层靠山，1917 年 10 月，安徽绩溪县知事方以
南去职后，李懋延多方运动谋得此缺。李懋延刚一到职，便无恶
不作。为了遏制李懋延的虐政，1918 年上半年，当省议会换届
选举筹备时，胡适鼓励许怡荪竞选，"如兄决意肯干，适当即作
书与绩南北绅士，与商此事"（1918 年 5 月 4 日）。许怡荪受胡
适的感召与激励，同意竞选，但在李懋延的威胁利诱下，乡民们
都不敢投许的票。结果，许不仅落败，而且受到李的威吓。

对此，胡适除了"为之一叹"外，也做了相应抗争，"选举事竟至如此，诚非所料。'十八子'事我已想过几次法子，均没有什么功效。前天请一涵（高一涵，六安人）与关芸农谈及此事，关说'此事别无法子，只有多打电报与倪，或竟直接与倪道烺，因倪道烺是李的把兄弟也'"，听了关的话，胡适真的打了两个电报给二倪。这两个电报是：

一、

蚌埠倪督军鉴：

　　绩溪县知事李懋延，不识字，纵役虐民，枉法营私，罪状昭著。自恃与令侄炳文有交，引为护符，招摇无忌。伏乞撤办，以塞民怨。

　　　　绩溪旅京同乡胡适等

二、

蚌埠转凤阳关倪监督鉴：

　　绩溪知事李懋延，枉法虐民，民怨沸腾。自恃与公为把兄弟，招摇无忌，实足损公名誉。除电禀督军外，不敢不告。

　　　　绩溪旅京同乡胡适等

　　1918年9月中旬，县城依向例举行庙会，连日演戏酬神。因看台布置不周，李懋延竟令卫队将地保舒炳耀打死。得到消息后，胡适又"作一详函与老倪"，得知警务厅长刘道章到京，胡适又作一详函给他，"想不致完全无效"，一面又请乡亲们"搜集证据，预备查办员来时控告之用"。胡适在 11 月 4 日信中恨恨地说："此次若不推倒老李，真可谓暗无天日了。"

事实是真的暗无天日。舒案发生后不久，李懋延即赴省城活动，打通关节，于 1919 年 1 月调任安徽无为县知事。

但胡适等人的积极作为也起到了一定作用。新任县知事张承鋆一上任就试图加征田赋，面对张的虐民行为，为了抵抗并警戒张，县公民团印发《民贼李懋延之罪状书》，并在县城南门竖立"李懋延虐政石"。李懋延终于被钉到了耻辱石上；同时也告诫张承鋆不要步李懋延后尘。

反对"华北自治运动"的中坚力量

　　受《青春之歌》等文学作品影响，在"华北自治运动"特别是"一二·九运动"期间，胡适留给大家的印象就是坚定地站在国民政府立场上，坚决反对学生运动，主张对日妥协；而在新时期之后的胡适研究诸多领域，这一阶段的胡适也没有得到足够关注，所有胡适传，对这一时期的胡适也是语焉不详。无论老版新版《胡适全集》，对这一时期胡适自己或由其主导的平津教育界坚决反对"华北自治运动"的有关声明和通电，有的没有收，有的收不全。此一时期，胡适自己的、平津教育界整体的共有9则。而通过这些声明或通电，我们可以看出，胡适是平津教育界坚决反对"华北自治运动"的中坚或核心，并且带领平津教育界为支持国民政府抵制日军分裂中国图谋做出了极大贡献。

一、胡适辟谣

胡适辟谣，教育界未赞成自治运动

平讯：21日天津某日文报登载，自19日午宋总司令、秦市长、萧主席招待平市教育界后，北平教育界即于是晚电致中央，赞成华北自治运动。北大文学院院长胡适氏否认其事。据谈：当日宴会，蒋校长因赴京未返未出席外，清华大学梅校长、北平大学徐代校长、中央研究院傅斯年先生，以及平市教育界诸领袖与本人均有演说，一致反对华北自治运动，并痛切劝阻该报所载，所谓电致中央云云，纯系谣传。（《大公报》1935年11月22日）

所谓"华北自治运动"，"因当时日本军部是把重点放在推进对苏联的战略准备方面，故须尽可能地用流血最少的方法来把华北变成其'第二个满洲国'。关东军为了要攫取华北，其所策划的谋略大致分为三个步骤：第一，是要求中国国民党和中央军撤离，造成华北的真空状态。第二，是要捧出傀儡来，实现为日军操纵的'自治'。第三，是要迫使中国政府承认日本在华北五省（冀、鲁、晋、绥、察）的'指导地位'。"（古屋奎二《关于华北自治运动》,《华北事变》河南人民出版社1983年9月第1版第469页）由此从1935年年初，日军不停制造事端，或制造刺杀阴谋，或派飞机盘旋北平恐吓，或策动土匪暴乱，或鼓捣汉奸游行请愿，或物色傀儡成立"自治"伪政府。在日军的威逼之下，希图"喘息自强"的国民政府不断妥协退让。6月1日，国民党冀省政府迁往保定，7日，党部移往保定，北平军分会政训处撤销，10日，中央军第二、第二十五师撤出冀省境，平津各级党部奉令停止活动，27日，《秦土协定》签订，正式承认日方要求，撤退宋哲元部队，解散排日机构等。8月29日，北平政务整理委员会撤销。11月12日，关东军司令兼驻"满洲国"大使南次郎下令关东军做好进攻华北的准备，同一天从奉天来到天津的特务头子土肥原要挟宋哲元于11月20日前成立华北五省自治政府。正是在这种情况下，11月19日，宋哲元召开了北平教育界领袖人物座谈会，想听听大家的意见。

胡适自九一八事变后，即开始关注对日问题，写出了一系列评论加建言的文章。1935年，面对日益严峻的对日形势，虽然报纸"不登真消息"，听到的都是谣言，令胡适常常陷在心绪极恶的状态中，但这段时间，他也开始和蒋梦麟、傅斯年等人频繁地讨论时局，探讨对日关系的出路在哪里。胡适于6月份一口气给时任教育部长的王世杰写了三封信，请他转交蒋介石，告诫蒋"只有'等我预备好了再打'的算盘，似乎还没有'不顾一切，破釜沉舟'的决心"，提出"（一）我们如可以得着十年的喘气时间，我们应该不顾一切谋得这十年的喘气时间；（二）我们如认定，无论如何屈辱，总得不到这十年的喘气时间（这段时间胡适总是拿列宁《布列斯特条约》作例子），则必须不顾一切苦痛与毁灭，准备作三四年的乱战，从那长期苦痛中谋得一个民族翻身的机会"。正是在这些信中，胡适对抗战爆发后作战的时段做了准确的预判，并且提出了"苦撑待变"的长期抗战思想。也是这个思想，使蒋介石后来让他出使美国，担任驻美大使。也是在这些文章和有关致日本国民书里，胡适警告日本军国主义正在把全日本民族带上一条"切腹"的不归之路，并希望他们及时悬崖勒马。

他和傅斯年坚决抗日的主张，使得在南京的王世杰、罗家伦等人极其担心他们的安全，让前去汇报校务的蒋梦麟致信胡适，请他和傅斯年早日离平去南京。正是这封信，引出了胡适的上述三封信。他在最后一信里表示："至于我个人安全，我毫不在意。我活了四十多岁，总算做了一点良心上无愧怍的事，万一为自由牺牲，为国家牺牲，都是极光荣的事。我决定不走开。"

那年7月26日，胡适给罗隆基写了与给王世杰同一主题的信。之后日记中断，直到12月5日才恢复（这也是胡适日记的一大特点，关键处常常缺失）。我们无法得知11月19日那天宋哲元座谈会的具体情况。但我们从后来傅斯年的有关信件中得知，那天是胡适首先站出来发言，坚决反对自治图谋，从而定下了会议的调子，为接下来人家的发言理顺了思路。傅斯年是这么说的："如民国二十四年冬，土肥原来北平，勾结萧振瀛等汉奸，制造其所谓华北特殊化。彼时中央军与党部撤去久矣，适之先生奋臂一呼，平津教育界立刻组织起来以抵抗之，卒使奸谋未遂，为国长城，直到七七。盖适之先生之拥护统一，反对封建，纵与政府议论参差，然在紧要关头，必有助于国家也。"（王泛森、潘光哲、吴政上《傅斯年遗札》第三卷，社会科学文献出版社2015年1月第1版第1227页）那天傅斯年随之发言，也是慷慨激昂，坚决反对自治，不仅助了声威阵势，而且以其决绝进一步坚定了与会者的信心。傅斯年逝世后，罗家伦在回忆文章里说："当冀察事变发生，日本在闹华北特殊化的时候，许多亲日派仰人鼻息太过度了。北平市长萧振瀛招待北平教育界的一席话，俨然是为日本招降，至少是要北平教育界闭口。在大家惶惑之际，只有适之先生和孟真挺身而出，当面教训萧振瀛一顿，表示坚决反对的态度，誓死不屈的精神；于是北平整个浑沌的空气，为之一变，教育界也俨然成为左右北方时局的重心。……大家不要忘记，那时候的华北，不但亲日派横行，而且日本特务也公开活动，这是一个生命有危险的局面。"（王富仁、石兴泽编《谔谔之士》，东方出版中心1999年7月第1版第22页）正是由于胡适处在这样一个主导或核心的位置上，所以当日文报纸造谣说他们赞成自治时，胡适挺身而出，辟谣且不顾危险再次重申自己及教育界的主张，显出了一身的凛然正气。

二、北平教育界领袖的两个宣言、通电

（1）北平教育界领袖宣言，反对破坏统一阴谋

要求政府以全力维持国家完整（蒋梦麟、胡适等十四人联名发表）

中央社北平二十四日电　平市教育界领袖四十余人，对华北时局联名发表宣言，表示态度，原文如下：

因为近来外间有伪造民意破坏国家统一的举动，我们北平教育界同人郑重的宣言：我们坚决地反对一切脱离中央或组织特殊政治机构的阴谋及举动。我们要求政府用全国的力量维持国家领土及行政的完整。

蒋梦麟　傅斯年　徐诵明　胡适　梅贻琦　蒋廷黻　李蒸　顾毓琇　陆志韦　张熙若　任鸿隽　查良钊等（11 月 25 日《大公报》）

（2）北平教育界通电

北平教育界昨日发表一通电，原文如下：

近日平津报纸载有文电，公然宣称华北有要求自治或自决之舆情，殊足淆乱观听，吾辈亲见亲闻，除街头偶有少数受人雇用之奸人发传单捏造民意之外，各界民众毫无脱离中央另谋自治之意，望政府及国人勿受其蒙蔽，尤盼中央及平津河北当局消除乱源，用全力维持国家领土及行政之完整。

徐诵明　李蒸　蒋梦麟　梅贻琦　陆志韦　胡适　傅斯年　袁同礼　陶

孟和 刘运筹 刘廷芳 杨立奎 吴文藻 查良钊 张熙若 周炳琳 蒋廷黻 等数十人（12月3日《大公报》

这两则宣言、通电都有胡适参与。第一则在胡适于12月出版的《独立评论》（第179号）发表的《华北问题》一文中引用过。第二则《胡适全集》和他的有关文集没有刊登过。

对第一则，当时《日本评论》在刊登时前面加了这段话："国立北京大学校长蒋梦麟、清华大学校长梅贻琦、北平大学校长徐诵明、燕京大学校长陆志韦等数十人，以近来外界屡有假借名义，破坏国家统一，同时又有对北平市各教育文化机关故意蛊惑听闻者，北平市教育界确有表示意见之必要，连日数次聚谈，商榷发表宣言之内容，经决定原则起草，于二十四日午蒋等在银行公会聚餐时，即行签署发表。"该刊在发表时，最后是说有二十多人签署。

胡适在文章中评论此宣言时说，"北平当局在11月19日招待教育界的席上亲口详细报告，他们说了四十五分钟的话，诉说他们每天至少有三次受某人的逼迫，逼迫宋哲元、秦德纯诸先生赶快决定他们对华北自治的态度。四十五分钟的演说里，没有一个字提到华北人民有这样的要求"，"大家都听的明明白白，所谓华北自治运动，完全与华北人民无干。我们在北平教育界服务的人，当然也是人民的一部分，我们曾屡次郑重声明，我们是反对这种破坏国家统一阴谋的"，"这种宣言至少可以代表那有声音的一部分的民意。我们知道平津的当局是能认识这种民意的"，同时"我们相信，华北今日的当局都能明瞭他们对国家的责任"。胡适这段话，简明交代了 19 日会议的情景。结合《日本评论》的"帽段"，也让我们清楚了此宣言发表的过程。虽然会上大家坚决反对自治，胡适也可以带头发言，但由于蒋梦麟不在，没人能代表蒋、代表北大签字，所以只能等蒋回来讨论认可后才能发表宣言。再加前几天日文报纸造谣北平教育界赞成自治，虽然有胡适辟谣，但毕竟只是个人，十分有必要发一宣言表明教育界集体的态度。

11 月 21 日《大公报》报道："蒋梦麟昨日北返。"蒋梦麟"前赴京参加故宫博物院理事会，并向教育部报告北大校务。事毕，昨晨十时二十四分搭平沪通车由京来平。胡适等均到车站欢迎"，"据蒋氏对记者谈……本人暂时不离平"，"大学当局以蒋氏北返，昨日下午曾在某处晤谈，相谈甚欢，各校当局现均异常镇静，各校学生亦均正常上课，外传关于学生种种均不足信"。正是由于蒋梦麟的地位、此时的态度，以及 24 日宣言的发表，日军准备惩戒和恫吓蒋梦麟。《大公报》12 月 1 日报道："北大校长蒋梦麟日兵营请去谈话"，"北平路透讯据教育界消息上月二十九（11 月 29 日）曾有日军官一人至北京大学，见该校校长蒋梦麟，请蒋氏赴日军营一行，称日方对于蒋氏反日行动有所询问，蒋氏随之去，与日军领袖作三小时之谈话，蒋氏否认曾有反日行动，谓常对学生训话注意六月间政府所发睦邻之命令。据云当时有一日军官拟要求蒋氏赴大连，蒋氏当即拒绝，谓学校事务纷繁，不能分身，当由日本官员送蒋氏出日军营。"蒋梦麟后来在自传中对此也有回忆。他说要拘禁他的是日本大使馆武官高桥。高桥当时问他怕不怕，蒋梦麟抽着烟平静地说："怕吗？不，不。中国圣人说过，要我们临难毋苟免。"蒋梦麟当时没有被吓倒，出来后更没有畏惧，仍然和胡适、傅斯年、梅贻琦等人带领平津教育界坚持坚定反对自治。

就在 24 日宣言发表的当天，北平的局势进一步恶化，大有急转直下之势。当天，蓟密、滦榆两区公署专员殷汝耕向全国发出通电，宣布冀东二十二县"自治"。第二天，伪冀东防共自治委员会成立。26 日，国民政府行政院决议撤销北平军分会，任命何应钦为行政院驻平办事长官，任命宋哲元为冀察绥靖主任。27 日，日华北驻屯军司令部发出布告，警告国民政府不要武力镇压自治运动，同时向平津增兵，丰台和天津发生日军阻车事件。屈服于日军的威逼，30 日，宋哲元竟然致电蒋介石，要求华北自治。12 月 1 日，天津市长程克、北平市长秦德纯也致电行政院，要求华北自治。霎时间，华北上空乌云密布，平津军政界几近和汉奸开始同流合污。就在这个危急当口，蒋、胡、傅、梅等人发表了上述第二份通电。北平教育界的领袖们一下成了反对自治的中流砥柱。

胡适在这两份宣言和通电中都签了名。而据后来蒋梦麟先生说："九一八事变后，北平正在多事之秋，我的'参谋'就是适之和孟真两位。事无巨细，都就商于两位。"（《蒋梦麟自传》，华文出版社 2013 年 1 月第 1 版第 344 页）而 2019 年中央电视台播放的由云南省委宣传部等单位主创的五集历史纪录片《西南联大》，第一集叫"八音合奏"，里面就展示了这一历史阶段的许多难得镜头，胡适站在门口，微笑着迎接大家前来聚会讨论，并且这样引述当时人的回忆："那段时间，北平国立各大学校长经常聚会，讨论时局，应对危机。有北大教授这样描述，月涵先生（梅贻琦）总是迟缓不决，甚至没有意见的。梦麟先生总是听了适之先生的意见而后发言。适之先生是其间的中心，梦麟先生是决定一切的人。"而胡适、傅斯年、梅贻琦、查良钊等四人，更于 30 日早十时"赴武衣库访谒宋哲元，晤谈华北时局情形，并交换对时局意见，会谈一小时余辞出"（12 月 1 日《大公报》）。通过这些回忆和史料，恐怕这两份宣言和通电，胡适先生不仅是参与者，更可能是推动者、主导者。他和蒋梦麟、傅斯年、梅贻琦等应该是带领大家反对自治的坚定核心。

三、平津院校所有教职员通电以及两封

反对何应钦离开的通电

（1）平津教育界发宣言通电，反对所谓华北自治运动

国立平津院校教职员联合会昨发宣言通电，对所谓华北自治运动有所表示，兹分录原文如下：

宣言：近有假借民意，策动所谓华北自治运动，实行卖国阴

谋，天津北平国立学校全体教职员二千六百余人，坚决反对，同时并深信华北全体民众均一致反对此种运动。中华民国为吾人祖先数千年披荆斩棘艰难创造之遗产，中华民族为我国四万万共同血统，共同历史，共同语言文化之同胞所组成，绝对不容分裂。大义所在，责无旁贷，吾人当以全力向中央及地方当局请求立即制止此种运动，以保领土，而维主权，并盼全国同胞，一致奋起，共救危亡。

通电：南京中央党部国民政府各院部署均鉴：今有假借民意，策动所谓华北自治运动，实行卖国阴谋，同人等坚决反对，并发表宣言，唤起全国同胞，一致奋起，共救危亡，务恳迅即设法制止此种运动，以保领土，而维主权，不胜迫切待命上至。

平津国立院校教职员全体同叩 冬（二日）（12月3日《大公报》

（2）两则反对何应钦离开的通电

据胡适12月7日日记，"饭后到欧美同学会。梅、徐、查、傅各位都在，大谈时局。大家决定发一电与中央，请令何敬之勿走，并请明定'行政院驻平长官署'为永久机关，增加其职权，充实其人选，有关各部会均有高级人员常川参加。公推梅、徐、傅、陆各位去访"。胡适访问友人"回家后，梅、陆、傅诸位访何敬之回来，知何果拟办法决定通过后即南下。我们又发一电，措词颇严厉，仍主前说"。

平津教育界所有教职员的宣言通电当然应该包括胡适等人在

内。这一宣言通电和北平各大学校长以及有关知名学者的宣言通电同时，应该是大学领袖们的宣言通电发出后，想进一步扩大声势鼓起更大浪潮，从而更有力阻遏自治分裂势力，由这些领袖人物发起、推动、领导形成的。

11 月 12 日，国民党第五次全国代表大会召开。此时还没结束。12 月 2 日，这些宣言通电发出后，激起了参加这次大会代表们的强烈反响。据 12 月 3 日《大公报》报道，"出席五全大会海外代表陈志明等三日电平津教育界云，北平蒋梦麟徐诵明教育界诸先生鉴，拜读二日电，钦佩莫名，先生等不屈于威胁，浩然正气，维护华北山河，气节所播，举国景从，望再接再厉，领导民众拥护中央，海外侨胞誓为后盾。第五次全国代表大会海外代表陈志明骆仇天等四十余人同叩江（三日）"。而刊登这些消息、通电和宣言的《大公报》也引起了日本军方和汉奸们的恐慌。3 日即下令对《大公报》进行处罚。当天张季鸾先生给胡适先生一信，"此间市政局奉北平当局电令，即日起停止敝报邮递，禁止在天津华界发行，故自四日起北平已不能去报"。但《大公报》也显示了自己的民族品格，张先生在信中表示："弟等原决定于北平出现分裂举动之日，即自动停刊。吾侪除此消极的抗议外，愧无其他能力也。"胡适于 12 月 5 日回信，首先表达了歉意，出现这样的处罚，"似是指我们的两次宣言与我的一次辟谣。伯仁实由我们而受大损害，如何如何"。胡适还表达了对处罚的愤慨，"这回我……本不存多大乐观，只作'死马作活马医'的万一希冀。三周以来，无日不作苦斗，所赖有先生们不避危险，为我们作声援，作宣传。现在《大公》停邮，平津两地的报纸上就不能有一隙之地可以给我们说话了。大概我们能努力的日子也就不多了吧？念之慨然"。但胡适是个积极的乐观派，对此事，他相信通过大家的努力，华北自治的恶浪会得到遏制。所以此信的最后，他又对老朋友表达了对宋哲元等人不会真正与汉奸沆瀣一气的信心。"但我至今还不肯完全绝望。雷季上君说：'胡适之把宋哲元当作圣人看待。'我至今还如此痴想。十五日那晚上，先生已叫我莫作此想了，尔和博士都如此说，但我至今不绝望。我不但希望宋哲元作圣人，我还希望萧振瀛作贤人。若不如此，我们就真绝望了。"

11 月 26 日，何应钦被任命为办事长官后，12 月 2 日晚来到保定。3 日上午，北平教育界推举周炳琳和傅斯年二人到保定迎接何应钦前往北平。4 日下午四点，徐诵明、梅贻琦、李蒸、陆志韦、陶梦和、蒋廷黼、傅斯年、周炳琳、张熙若、刘运筹、顾毓琇等十余人前往怀仁堂会见何应钦，介绍华北局势，并贡献教育界对时局的处理意见。没有去的胡适于第二天即 5 日去蒋梦麟家和他协商准备向何应钦提出的建议。胡适去时，没想到随何前来的熊式辉也在，胡适乘机提出了自己的意见："1. 何敬之宜通电表明此间并无要求自治之民意。2. 何宜公开五六月间交涉之经过与所谓《何应钦梅津协定》的内容。3. 中央在华北应有驻兵之权。4. 应令二十九、三十二两军会同收复战区。5. 应成立'驻平长官公署'"。应该说胡适所提的每一条都是对此前和此时国民政府的退让和日军的无理要求的强烈对抗。熊听后无奈地说，这些恐怕都无法做到，日本人已经向何提出更进一步的警告与要求了。鉴于此，胡适6日首次请假没有上课，"中午聚餐，各校长与各位朋友都到。商议时局，因消息不正确，公推我去见何敬之"。胡适也正想当面提出自己的意见，更想听听何应钦面对日本的步步紧逼有何高招。下午三点，他和徐诵明一起前去。据《大公报》和胡适自己日记所记，何只是对他俩大倒苦水，替宋、秦、萧等人开脱，关于应对时局意见，只是兜圈子，说一切尚未完全就绪，所有一切行政财政外交军事等，必须在中央统一指挥下进行。胡适终于明白，"确与吾辈所期望相去甚远也"。而就在这个时候，又传出，何两三天内就可与日方达成协议，一俟料理完结，何应钦即南下回京。这一方面与教育界期望相去甚远，一方面何又要迅速从这里溜走，胡适他们非常担心自此原本就通电要自治的宋哲元等人会再次陷入日本人的泥潭。所以，他们于7日连发两电，要求国民政府不能让何应钦就这样回去了，同时提出了自己的主张。

不知是不是与国民政府已经要成立冀察政务委员会的决定相抵触，怕两电引发干扰，这两电，《大公报》没登，连《中央日报》也没有。看胡适的语气，应该是发了。好在胡适自己的日记保留了主要内容。而这内容，胡适在蒋梦麟家对熊式辉所提五条意见是主体。这里，我们一方面看到，这些教育界的领袖们对挽救华北局势、对拯救民族危亡做出的贡献，至今让我们敬佩的责任感；一方面也看出他们在此困境下那些无奈中的执着与执着中的无助。

四、一二·九运动中的两份告同学书

（1）北平各大学校长发表告同学书劝即日恢复上课

请愿罢课目标已达到，勿别生枝节虚掷光阴

（北平电）北京大学校长蒋梦麟、清华大学校长梅贻琦、北平大学校长徐诵明、燕京大学校长陆志韦、师范大学校长李蒸、东北大学代理校长王卓然，十四日午后联名发表告同学书，原文云：

诸位同学，连日报纸关于学生的消息不大登载，以致谣言百出，大家都感不明真相之苦。我们经过几天的实地调查，对于近数日来发生的事实，愿意对诸位同学说一下。一、九日北平学生游行，并无女生受伤致命之事。近日最流行的谣言，就是九日有一女生因游行在王府井大街被警察刺伤殒命，这位女生的学籍，有说是师范大学的，有说是女一中的，女生逝世的地点，有说在市立医院，有说在协和医院。但据师范大学及女一中代理校长报告，该两校并无伤亡的女生，又据协和医院王院长报告，九日有一女生头部受有微伤，经医治后即行出院，并无女生受伤死在该处，至于城内各校所传清华有学生伤亡之谣言，查明也非事实。二、连日被捕的学生已完全释放。九日北平学生游行因而被捕的计北平大学三人，东北大学六人，北平大学三人已由徐诵明校长于翌日保出，东北大学因有伤害警士嫌疑先后被捕十二人，现经王卓然代理校长力保，已于十三日完全释出。三、何应钦部长对于北平学生的慰问。何部长已于昨日南下，临行有一告别书，致各大学校长，其中有慰问诸同学数语，今录于左："关于冀察时局问题，连日与各地方当局晤洽，经过甚为良好，现由中央明令设立冀察政务委员会，负总理冀察平津政务之责，此间各当局均富有国家思想，人事之变更，并不影响国家之统一，尚祈诸先生转告各同学，务望埋头努力于学问之研求，更不必涉及课外之活动，各同学素富爱国精神，惟有努力于学术之增进，始实际有裨于国家，各同学为业具高深知识之青年，想必共喻此旨也。"综观以上之消息，诸位同学请愿及罢课之第一目标，可以说是已经达到，望诸位同学勿别生枝节，勿虚掷光阴，即日恢复学业，努力培植自己，以为有用之材，将来在救国事业上，一定可以收最大效果。（12月13日《大公报》）

（2）蒋梦麟等昨日开会

平讯：北平市各大中学校学生，昨日仍未上课。北大校长蒋梦麟、清华校长梅贻琦、师大校长李蒸、平大校长徐诵明、东北大学代理校长王卓然、燕大校长陆志韦等，昨午在欧美同学会开会，决定发表二次告同学书，力劝学生早日复课。

重拾胡适

各位同学：

在 12 月 9 日北平各校学生请愿游行之后，我们曾联名发表告同学书，指出"诸位同学请愿及罢课的目标，可以说是已经达到，希望诸位同学，勿另生枝节，勿虚掷光阴，即日恢复学业"。不意那篇告同学书发表后，又有 16 日北平各校学生大举游行之事，参加者数千人，受伤者总数约近百名。我们对于青年同学爱国心的表现，当然是很同情的。但此等群众行动有抗议的功用，而不是实际救国的方法。诸位同学都在求学时期，有了两次的抗议，尽够唤起民众昭告天下了，实际报国之事，决非赤手空拳喊口号发传单所能收效。青年学生认清了报国目标，均宜努力训练自己成为有知识、有能力的人才，以供国家的需要。若长此荒废学业，虚掷光阴，岂但于报国毫无裨益，简直是青年人自放弃本身责任，自破坏国家将来之干城了。现在各校被捕学生都已保释，受伤学生渐告痊愈，我们很诚恳地希望诸位同学即日复课。报国之事，青年人切不可为激于一时的冲动所误，而忽略了将来报国的准备。

国立北京大学校长蒋梦麟

清华大学校长梅贻琦

北平大学校长徐诵明

师范大学校长李蒸

私立燕京大学校长陆志韦

东北大学校长王卓然　同署（12 月 21 日《大公报）

第二次告同学书在胡适于 1935 年 12 月 29 日出版的第 183 号《独立评论》上发表的《再论学生运动》一文中有部分引用。

这两次告同学书仍然可说是胡适主导或执笔的。

第一次告同学书。胡适日记 13 日记道:"学生仍罢课,使我甚失望。我上午下午的两班都有学生来,上午约有三十人,下午约有十五人。我告诉他们,他们的独立精神是可爱的。中午聚餐,请景超起草各校长共同告同学的布告,详举事实,并将何应钦昨函附抄。"景超即吴景超。胡适 12 日日记:"孟真说我近日脾气不好,其实我这几天的失望比前二十天更大。青年人没有知识,没有领袖,单靠捏造谣言来维持一种浮动的局面,是可痛心的!今天城内各校传说日本兵到清华,打伤了几个学生,死了一个;城外各校则传说师大前天死了一个女生,并说死在协和医院!城里造城外的谣言,城外造城里的谣言,可怜!"从此看,胡适日记请吴景超起草这个"请",胡适主导成分比较大,把告同学书的内容和胡适头一天日记内容对照看,更可看出,告同学书的内容恐怕就是按胡适的意见来写的。

第二次告同学书。胡适当天日记说:"到大学,发复雪艇电。校改各校长告同学第二书。"雪艇即王世杰。19 日王给胡适电报,"仍望面告梅、徐诸校长力持镇静"。教育部长部署大学的事,不找校长而找胡适,即可看出胡适的主导地位。胡适留下的信稿里,有一封就是告北平各大学同学书,对照一看,内容几乎一样,只有少数几处增删。这些增删就来自日记里所说的"校改"。

由此，第二书虽然没有胡适签名，实际上就是胡适写的，通篇都是胡适的"宣言"。

如果说到 12 月 7 日为止，反对自治的声音主要来自平津以及河北各院校的领袖及广大教职员精英阶层的话，而从这一天开始，这股反对的浪潮则开始席卷到了平津青年学生身上，形成了更汹涌、更强劲之势。12 月 6 日，燕京大学、清华大学、北平师范大学、东北大学、北平大学法商学院三院、交通大学北平铁道管理学院、北洋工学院、朝阳学院、华北学院、河北省立法商学院、河北省立工业学院、北平市第一女子中学、北平今是中学、北平艺文中学、北平崇实中学等大中学校各自学生联合会联合发表宣言，"（一）誓死反对'防共自治'。请政府即下令讨伐叛逆殷汝耕！（二）请政府宣布对敌外交政策！（三）请政府动员全国对敌抵抗！（四）请政府切实解放人民言论、结社、集会之自由！"（宣言里没有北京大学。12 月 9 日游行开始没有北大学生。这可能也是原因）在这则宣言引导下，在中国共产党领导和组织下，12 月 9 日，北平终于爆发了声势浩大的反对自治运动的学生大游行。

对这场运动，胡适一直不知道运动组织者是谁，甚至怀疑是海伦·斯诺（斯诺夫人，斯诺当时正在燕京大学任教）受苏联或美国总统罗斯福资助而发起和组织的。（武际良著《海伦·斯诺与中国》，人民出版社 2011 年 11 月第 1 版第 69 页）

连日本人开始也不知道组织者是谁，甚至怀疑是蒋梦麟和胡适组织的。胡适当天日记记道："晚上居仁堂打电话来，邀各校校长开会商议学生游行事。到者，蒋、梅、李、陆四校长，刘运筹代表徐。秦德纯市长报告，今天高桥武官去市政府抗议，说今天学生游行，是有背景的，主谋的人就是蒋梦麟与胡适。"胡适受邀参加了，会议一直开到九点半，为此耽搁了与朋友的聚会。

对当天的游行，胡适有担忧，更有批评；有欣慰，更有赞美。

担忧的是"我们费了二十多日的力量，只是要青年人安心求学。今天学生此举，虽出于爱国热心的居多，但已有几张传单出现，其中语言多是有作用的，容易被人利用作口实"。即认为容易被日军利用来形成对华北局势的更大威逼。实际上当天一看到游行，日军即开始前往北平市政府讨要"说法"了。批评的是，"九日的请愿，何应钦部长应该命令军警妥为保护，应该亲自出来接见学生，劝慰学生回校；关在西直门外的学生，他应该亲自开城去见他们，接受他们的请愿，劝慰他们回去。何部长不应该避学生，不应该先一晚避往汤山。这是革命军人不应该做的事"。欣慰的是北大开始没有人参加。胡适后来在街上只看到北大有三四十人参加了游行。他回来问郑天挺，"始知游行队伍到第一院门口站了十五分钟，高喊'欢迎北大同学参加'的口号，有几十个同学忍不住了出去加入游行"。赞美的是，"十二月九日北平各校的学生大请愿游行，是多年沉寂的北方青年界的一件最可喜的事"，"那一天下午三点多钟，我从王府井大街往北去，正碰着学生游行的队伍从东安门大街往南来。人数不算多，队伍不算整齐，但我望见他们，真不禁有'空谷足音'之感了"，"那一天学生反对'自治'大请愿……是天下皆知的壮举。天下人从此可以说，至少有几千中国青年学生是明白表示不承认那所谓'自治'的傀儡丑戏的"。由此胡适再次抬出自己关于学生运动的根本态度，"在变态的社会国家里，政治太腐败了，国民又没有正式的纠正机关……那时候，干预政治的运动一定是从青年的学生界发生的"，并引申出对国民政府的如此警告，"一个开明的政府应该努力做到使青年人心悦诚服的爱戴，而不应该滥用权力去摧残一切能纠正或监督政府的势力。在外患最严重压迫的关头，在一个汉奸遍地的时势，国家最需要的是不畏强御的舆论和不顾利害的民气"。

胡适本认为游行过后即会恢复正常。没想到第二天即出现了罢课的宣言及举动。这就超过了他关于学生运动的底线。特别是这个时候，他担心开始稳定下来的局势，会再次让日军找到借口，打破让国民政府喘息从而能加速整备自己的机会，他担心罢课风潮会像之前的一些学生罢课行为一样，陷入无休止的境地，从而耽误青年学生的学业，扰乱他们的心智，损坏将来国家发展的根基。而这都是日本军国主义最喜欢、最希望看到的事，也就是仇者快的事。于是他一方面要求北平当局，"学潮须要釜底抽薪，就是要当局做出几件可以安定人心的事来。最要紧的是拿办殷汝耕，取消冀东'自治'"，并就 12 月 16 日更大规模游行所引发冲突导致学生受伤的事，更严厉地批评北平当局，"军警在上午赶打已冲散的学生，用武器刺打徒手的学生，甚至用刀背打女学生，用刀刺伤女学生——这都是绝对不可恕的野蛮行为。那天晚上，八点以后，在顺治门外的军警用武器赶打已分散的男女学生，更是最不可恕的野蛮行为。这都是穿武器装的人们的最大耻辱"。另一方面，他开始以极大精力和实际行动劝阻罢课。

　　他推动各大院校校长们发表告同学书，他写文章劝告青年学生们要认清他们的目标、他们的力量、他们的方法、他们的时代，他不停地甚至几近迂执地呼喊，"青年学生的基本责任到底还在平时努力发展自己的知识与能力。社会的进步是一点一滴的进步，国家的力量也是靠这个那个人的力量。只有拼命培养个人的知识与能力才是报国的真正准备功夫"。当看到那些校长们在学生罢课面前束手无策、"怯懦的可怜"时，胡适甚至走到前台，以实际行为阻拦罢课的开展与继续进行。10日，北大一院贴出罢课通知，胡适看到后，立即过去将之撕了下来。为此他接到一封"将来杀你的人启"的警告信，警告他，"你的人格连一个无知的工友都不如！只有用粗野手段对付你才合适！""向后你若再撕毁关于爱国的通告，准打断你的狗腿，叫你成个拐狗！勿谓言之不预也。（从胡适剪下此信的行为来看，他可能认为这是一封离间信）"31日，在北大召开关于提前放假还是复课的大会上，当蒋梦麟无法控制会议进展时，胡适走了上去。据《世界日报》报道，胡适谈话较蒋梦麟具体，"现在大家极应在本分内工作，无充足力量，即为将来奋斗，亦不可能。胡并谓不管他人意见如何，我坚决的希望学生即日复课，不但本校复课，还要影响到其他学校共同复课。"胡适日记中写道："我刚起立，即有几个学生江之源等大声'嘘'我，我从容把大衣脱下，上台说话。说了半点钟，我提议请校长测验公意"，"江之源等又大呼噪，说这是谈话会，不是学生会。我告诉他们：这是最大的全体学生会，我们要问问全体学生的意见，如果多数学生表示不赞成昨天的代表会的议决，代表应该反省，应该复议他们的决议。如果少数人把持不许同学多数有个表示的机会，这种把持是不会长久的，将来必要被打倒的。"胡适讲完后，请蒋梦麟把议题写在黑板上，请同学们表决。蒋梦麟先写 1 月 4 日提前放假和不赞成提前放假。结果前面无人举手，后面有七八十人举手。蒋梦麟又写 4 日复课和 4 日不复课让大家表决。前者有 101 人举手，后面开始只有七八个人举手。反对复课的人一看形势不对，开始喊不要表决，没想到这一喊，那几个人又把手放下了。结果不复课一项成了零票。经过举手表决，4 日不提前放假而且复课成了大多数同学的心愿，也成了全体学生会的决议。

1936 年 1 月 4 日，北大开始复课，并开始带动其他学校全面复课。

由于胡适走到前台，反对罢课，倡导并引导复课，于是在以后的历史记忆中，他成了协助国民政府反对一二·九学生运动的最大帮凶。

　　其实从今天看来，特别是通过胡适自己或由其主导的这些宣言通电可以发现，胡适是"华北自治运动"的坚定反对者，并且推动或主导华北教育界成了反对日本军国主义逐步灭亡中华民族这一阴谋的有力柱石。这都是我们今天应该给予肯定甚至赞扬的。也由此可以说，他和广大爱国青年学生的心愿和立足点是一致的。甚至有坚定的国民党人认为一二·九运动的源头就在于胡适和傅斯年他们的号召，正是这些声明和通电，"震动了北平的教育界，发起了一二·九的示威运动"（王富仁、石兴泽编《谔谔之士》，东方出版中心1999年7月第1版第64页）。只不过他们和广大学生就当下的视野和如何行动存在着分歧。而在胡适的言行中，我们看到了他的苦心焦虑，看到了他对广大青年学生透着大爱和大的希冀，在他们身上寄予着民族翻身解放从而复兴的大爱和大的希冀。

　　让人欣慰的是，在这场运动中，学生领袖们在新中国成立后成了领导者；而赞成复课的许多老师和躲在书斋中的许多"余永泽"们也成了新中国建设的中坚力量。

火德三炎，非先生德望无以济事
——抗战胜利前后北大校长的易位

1945年上半年，北大的教授们虽然处在西南边陲的昆明，仍不停地听到日本要不了多久就要战败的消息，就在他们满怀喜悦地期待胜利的到来和北大回迁复校时，又传来了校长蒋梦麟出任行政院秘书长的消息。他们对此不解、不满，然后又满心期望、极力争取胡适回来出任校长。他们甚至以"火德三炎，非先生德望无以济事"来表示这种强烈的心愿。

一、蒋梦麟突然就任行政院秘书长

从时任北大秘书长的郑天挺的日记看出，北大教授们最早得知蒋梦麟可能要担任政府要职是在此时召开的中国国民党第六次全国代表大会（1945年5月5日—5月21日）上。5月28日，郑天挺日记记道："枚荪自重庆还，谈久之"，"枚荪言重庆消息，宋子文将请孟邻师为行政院秘书长，师已允之"。枚荪即周枚荪（法学院院长、1945 年一度担任西南联大常委会代理主席），"自重庆还"就是参加了国民党代表大会回来。6 月 10 日，这个消息得到陈雪屏（西南联大师范学院教育系、公民教育系主任）的证实，郑天挺日记记道："十二时雪屏还，言孟邻师任行政院秘书长事传甚盛，宋在美确有电来，今宋已正式任命，恐更难辞。" 26 日，郑天挺日记说："孟邻师已发表行政院秘书长并视事。"就是说蒋梦麟已走马上任并开始办公了。

对蒋梦麟这一举动，对蒋梦麟一直很尊敬的郑天挺十分不解，并认为这是个耻辱。当他 5 月 28 日一听到这个消息，即在日记中评价道："余疑其不确。果有此事，未免辱人太甚，不惟个人之耻，抑且学校之耻。师果允之，则一生在教育界之地位全丧失无遗矣。" 6 月 10 日，消息得到陈雪屏证实后，郑天挺进一步分析："近日各部事均由院作最后决定，其职甚重，故必老成硕望者任之。且宋将来必时常在外，镇守之职尤要，故多盼师能就此。然余意此事究系幕僚职事，与政务官不同。且师年已六十，若事事躬亲，亦非所以敬老之意。若裁决其大者，则必需有极精强部属，求之旧人，可谓一无其选，余绝不能更为此事也。为师计，殊不宜。" 21 日，在与蒋梦麟夫人陶曾谷谈到此事时，他仍然要即将去重庆的陶夫人劝蒋梦麟不要就任，"此是事务官，未免太苦。且师十五六年前已作过部长，此时校长地位不低，何必更弃而作秘书长哉！" 1928 年 10 月蒋梦麟就曾出任国民政府教育部部长。应该说，郑天挺的分析非常切实在理。他的分析也代表了此时北大许多教授的心理。

但众人分析、不解是一回事，蒋梦麟还真就干了。不仅干了，而且对这些年一直与他同甘共苦的同事们不作任何通气。对蒋梦麟，北大教授们对他为北大做出的贡献非常敬佩，但对他抗战以来在学校的表现，特别是陶夫人与教授们的不睦很有意见。现在这样做，只能让北大同仁们气恼。1944 年 12 月，蒋梦麟赴美国出席太平洋学会国际会议，任中国代表团首席代表兼中国分会会长。1945 年 6 月 14 日，蒋梦麟动身回国，大家都期望他能先来昆明看望大家，并对大家说明一下出任秘书长的原因，以及接下来北大有关事务的安排，特别是继任校长人选以及复校等问题。在一些人看来，蒋梦麟也应该这样。许多人在心里盘算他"计程二十一二日可到昆"。让大家失望并气恼的是，他 20 日和宋子文同乘专机直飞重庆，根本没在昆明停留。大家认为，蒋梦麟怎么着也应该对大家说一说，最不济也应该写封信来说明，然而都没有。这让大家十分怀疑北大和北大这些同事们在他心目中的位置与份量。郑天挺这位铁杆挺师派有意见，周枚荪更是"于师此次就任前未能先将北大事作一安排深致不满"。（6 月 28 日郑日记）傅斯年（此时任中央研究院史语所所长，兼任西南联大教授）后来对胡适也说："他这几年与北大教授们感情不算融洽，总是陶曾谷女士的贡献。大家心中想的是'北大没有希望'。我为这事，曾和孟邻先生谈过好多次。他总是说，联大局面之下，无办法，一切待将来"，"我真苦口婆心劝他多次，只惹得陶之不高兴而已。他答应到行政院，事前绝未和北大任何人商量过，到此地亦若干日与北大同人无信（过昆，飞机未停），我劝他赶快回去一看，也未能做到。于是昆明人吵起来了。"（10月17日信）

二、北大教授们开始自主选择校长

既然这样，北大教授们开始考虑"接班"问题了。一是要蒋梦麟辞职，二是一致推举胡适担任校长。

当得知蒋梦麟直接飞到重庆时，作为北大秘书长、实际主持北大工作的郑天挺就忍不住写了封信，既表达自己，又表达同仁们的意见，并首先提出了自己关于继任校长的想法。"书谈三事：一、同人属望甚殷，此次回国未能先到昆明，应来书向同人有所表示；二、为将来复校方便计，联大以仍用委员制为宜；三、提胡适之师为继任人。"信写好后，郑将之交给第二天将去重庆的陶曾谷。继之他又写信给傅斯年，将后面两点郑重向傅斯年提出，并托他向时任教育部长朱家骅提出，因当时北大校长还须国民政府任命，同时朱家骅很得蒋介石"支持"（傅斯年语）。可6月27日，蒋梦麟向《大公报》记者发表谈话，表示要仍然兼任北大校长职务。这一下让北大教授更为不满。政府官员不能兼任大学校长，这还是蒋梦麟当教育部长时规定的，现在自己却要打破这一规定，岂不笑话。看到报纸后，郑天挺是"甚忧之"，周枚荪直接表示"今后北大应由胡适之师主持，孟邻师不宜更回"。

在这种情况下，郑天挺只好于 6 月 29 日再写一信给蒋梦麟表达自己的看法，"月来同人相晤，莫不以吾师归期相询，念之殷，不免盼之切。尚请吾师于百忙之中抽暇致同人一书，可由枚荪转，说明被强邀赴渝，未及在昆下机之故，以慰同人殷勤之望。近日偶与同人谈及，莫不以联大改制为虑。联大常委原由部令发表，如师一时不克返昆，可否请胡先生代理，胡先生未还以前由枚荪暂代？或胡先生暂时不能还，即由部令枚荪代理，以安同人之心"。恰此时，蒋梦麟给郑天挺来了一信，信中除了说了些在美情形，就是简单交待北大参与联大事情由周枚荪代理，北大的事由郑负责。不仅没说自己为什么要接任行政院秘书长，为什么没先回昆明、先回北大，对校长继任事也没说。既然有人事问题，虽然是私信，郑天挺还是把信给钱端升（西南联大政治系教授）、周枚荪等人看了。还是因为人事问题，周枚荪建议召开北大校务谈话会，把信中内容对大家传达一下，更广泛听取大家的意见，还有就是对学年末学校有关事务进行讨论。

6 月 30 日下午四点，谈话会召开，由周枚荪主持，由于气氛热烈，发言火爆，吴之椿（西南联大政治系教授）提议转成正式教授会，以形成正式决议。此议获得通过。吴之椿首先发言，他一上来就很激烈，并把会议引向了群情慷慨的轨道。他说，行政与教育不应混而为一，原则上校长不应由行政官兼任，传统上北大无此先例，且反对此种方法最久，对蒋梦麟再兼校长表示坚决反对。之后又提议以正式教授会名义，一电孟邻先生，请其即归；一电适之先生，请其即回。周枚荪数度发言，每次发言都带着强烈的感情，他说孟邻先生此次未能先回昆明与同人一商，实属错误；孟邻先生太粗心，细密处全未考虑，请孟邻先生要做官就做官。毛子水（西南联大历史系教授）从原则上赞成蒋梦麟不能再兼任北大校长的提议，但对把胡适先生请回来又有不同意见，他觉得胡先生回来还是去问政的好，不主张他回来办学；钱端升报告了在美国与胡适先生晤商的情形，认为胡适在本年11月前绝对不可能回来，如请他回来，还是用私人名义，不要以教授会名义。言下之意，一是蒋校长还没有辞职，太正式了，与蒋梦麟面子上不好看，同时还要国民政府同意，万一通不过，学校与胡先生两方面均不好看。汤用彤（联大文学院院长）同意吴之椿的提议，蒋梦麟应辞职不兼，也同意请胡适回来，认为"适之先生气魄大，不惟可以领导文学院，并可领导理、法学院"，但又认为请胡适回来用语应斟酌，要让大家觉得"非为蒋先生事"，"亦与校长无关，应分别观之"，也就是要给蒋梦麟留足面子。一番争执后，大家形成了两个共识，由周枚荪、钱端升和郑天挺三个人电请胡适先生回国领导学术工作，托周枚荪将会场"情绪"转达蒋梦麟。

三、蒋梦麟、胡适二人的态度

在这之前，北大同人就已经开始期盼胡适先生回来了。5月2日，郑天挺日记记道："枚、端两君已电适之先生，促归，以出席参政会为言。余则深望其来北大讲学，并发扬之也。"5日，吴文藻先生（著名社会学家，此时在国防最高委员会参事室工作）从印度飞回，在昆明停歇。吴文藻告诉郑天挺、吴晗（西南联大历史系教授）他们，适之师可能夏间返国。这期间，周枚荪与钱端升又致电胡适就学校教育问题进言。

这边大家在期待蒋梦麟辞职，胡适归来。可这二人到底态度如何呢？

傅斯年出面了。他特意去看望了蒋梦麟一次，想看看他到底什么态度，并劝说他辞职。根据7月7日陶曾谷回来后与郑天挺的交谈，"孟真往晤，谈及北大同人欲其辞职，甚伤心，彻夜未眠"。傅斯年对此次晤谈的说法是蒋梦麟"发一小气"。后来，傅斯年曾对胡适分析这段时间蒋梦麟为什么不说继任校长的事，"孟邻先生最初态度甚好，近反若有所芥蒂，大约又是陶曾谷的把戏。也许行政院已经无趣了，故心理如此"。也就是说蒋梦麟怀揣着一个动机，一旦在行政院干得不投机、不愉快，可立即折回头，不说校长继任的事，实则为自己留一后路。但蒋梦麟毕竟是一个纯正的教育家，也是曾经的规则制定者，更不是一个强烈恋栈者，既然北大同人认为他应该遵守规定，接到郑天挺的信，得知北大教授会的意见，又有了傅斯年这次"面晤"，由此下定了辞职的决心，并让陶夫人把信息带回北大。7月25日，钱端升也从重庆带回信息，说蒋梦麟"辞意甚坚"。

得知这个信息，傅斯年随即致信蒋梦麟，对他进行了高度称赞，信的开头说："时势推移，先生被征入政府。一时同人不获常承教益，而学校于此复员中失去先生之领导，衷心忡郁，曷可胜言"，然后从四个方面肯定了蒋梦麟对北大做出的贡献，最后借胡适的话将他与蔡元培类比："若夫胸怀之广博，接士之宽容，举大而不务小，明断而不察察，则胡适之先生前谓先生独传蔡先生之遗风云者，而吾辈亦久以为定论矣，此尤不能忘者也。今先生虽不能却蒲轮之征，然先生与北大共休戚者二十有六年矣，一旦得息仔肩，自必重回吾校，以为同人之表，诸生之师。北大者，先生之家园，亦先生宜将终老者矣。"8月6日，蒋梦麟回到北大，一见到郑天挺，即说决辞北大校长，"以为如此始能使校内校外无事，若更兼，不惟与自己以往主张不同，且万一有人指摘，校内校外均无以自解"，关于继任人选，决请胡适先生继任，未到前以汤用彤代理。7日下午，北大召开会议，欢迎蒋梦麟归来，会上蒋梦麟正式将自己的观点推出。除了汤用彤坚决不愿代理外，其他人都开始担心胡适不愿意接手北大，回到这个让他暴得大名的中国第一大学了。

毛子水7月份曾接到胡适的信，信中胡适表示暂欲留美研究，并已应母校哥伦比亚聘请准备去讲学半年，对继任校长一事，表示"我此时忍心害理，冒偷懒怕吃苦的责备，也许还可以为北大保留一员老战将，将来还可以教出几个学生来报答北大"，认为还是让蒋梦麟继续兼任的好。而蒋梦麟通过在美与胡适的交往，对胡适回来与否表示怀疑，郑天挺 8 月 10 日日记记载蒋梦麟"又言胡适之师近年对于一切均有坚定之意见，于北大事甚不热心。师此次在美与之谈学生训练须重逻辑数理等科，又与之商请教员诸事，胡师均不感兴趣"。由此大家又都开始担心，这边蒋梦麟辞了，那边胡适又不干，还有万一国民政府不同意，那时"换一不相干之人来长校，将不堪设想"（毛子水语，8 月 8 日郑天挺日记），与其那样，还不如让蒋梦麟继续兼任。7 月 9 日，钱端升致电胡适，告诉胡适，"北大孟邻无法兼，这是客观的结论。将来不论如何决定，北大是少不了你的，你不能长期与青年隔离的。这也是客观的结论。我意你一定可以胜任飞行，医言不必重视。这是主观的，但不见得错"。抗战爆发后，钱端升和胡适一同被派往美国进行战时公共外交，同胡适很熟，也知道胡适那时累出了心脏病，医生告诫他不适宜飞行，所以话说得直白，也要他不能因为太在意医生的话而放弃了为国应承担的责任。周枚荪 8 月 1 日致信胡适，"孟邻先生到行政院，如要解除北大职务，则北大必须后继有人，而此间北大朋友，以为复兴北大，非兄莫属。恐此亦不容兄久在国外坐视者也"。这两封信应该是开过教授会后根据会议要求写的。8 月 8 日，胡适的堂内弟江泽涵

（西南联大算学系主任）致信胡适，信的内容是说胡适夫人江冬秀回乡的事，最后有个附言，说了教授会的情形，无疑也是在劝胡适做好回国的准备，"昨天蒋校长在昆明请北大教授茶会。他说骝先（朱家骅）、孟真（傅斯年）两先生劝他辞北大校长，因为他兼任北大校长，违反他手订的大学组织法。他说他从前未想到此点，故打算兼任，现在他觉得必须辞职了。他说，大概要你做北大校长，在你回国前，要派人代理。他说话的态度极好，得着大家的同情"。

这个时候傅斯年又站出来了，他还要再加一把火。8月中旬，他开始写信给北大同人们，要他们分头写信给胡适先生，劝先生抓紧时间回国任北大校长。不知是大家伙没写还是怎么着，如今连傅斯年写给郑天挺等北大同人的信都已经寻不着，只在郑天挺8月19日日记中留下了这么一句"史实"。而胡适先生的日记平时看着比较多、比较全，但每到关键时刻，无论是纯属他个人的还是他对于国家的，往往都付阙如，1945年这一年他老人家竟然没有一页日记，来往信件竟然也极少保存下来。但不管怎么样，他老人家通过周、钱等人的信应该完全知道了北大发生的变化以及众人对他的期待。

由于北大校长还要国民政府最高当局认可，胡适即使知道了，又能怎么表态呢？同意，如果教育部或者蒋介石不同意，那时他何以自处？要知道此时行政院院长是宋子文，两人在抗战使美期间可是相处不睦，还有蒋介石，此时选择舅爷当行政院院长，有此舅爷在身边，会对他有好感么？何况在大使期间他常常"将在外君命有所不受"，胡适只好也只能保持沉默。北大尤其是对此事极其热心的傅斯年应该知道这些。既然如此，那就上报和争取教育部和蒋介石同意吧。

四、傅斯年、朱家骅二人的努力

时任教育部长的朱家骅（字骝先），对胡适先生也是相当尊敬。他知道北大同人的心愿，也极其认可此时的北大校长非胡适先生莫属，所以和傅斯年两人说到此事是一拍即合。1950 年 12 月 20 日傅斯年逝世后，朱家骅在悼念他的文章中说："抗战胜利，各校复员，北京大学地位重要。我和他商量，想请胡适之先生担任校长，他也极力的主张。"教育部很快顺利通过这一决议，可上报到蒋介石那儿出了问题。蒋介石并不太愿意让胡适出任北大校长，他知道胡适在担任中国公学校长期间，在人权与约法问题上给新成立的国民政府制造的难题与麻烦。1932 年年底，两人曾见面，经过相谈，基本上得以相互理解，胡适也开始全心全意投入到对政府的支持上来。抗战爆发后，胡适听从国民政府的征召，奔赴美国从事公共外交工作，争取美国民众对中国抗战的认同与支持，然后又出任驻美大使，为争取美国政府对战时中国的援助起到了开启闸门的作用。但蒋介石也知道，胡适有着中国知识分子的坚韧个性，并不像其他被网罗到政府中来的知识分子们那样顺从听话，同时，北大是五四运动的摇篮，之后北方的学生运动也往往由北大策动，抗战胜利了，是要再度借重胡适，也须借重胡适拉拢知识分子，但把全中国最重要的一所大学，特别是还有运动传统的北大交给胡适，蒋介石并不放心。

按照程序，教育部报告写好后，朱家骅亲自送了过去。从傅斯年8月1日写给夫人俞大彩的信谈到此次会面的情况看，朱家骅这次上报时间应该是7月31日。因8月1日是星期三，傅斯年说自己星期一即7月30日去见过蒋介石，蒋介石关心傅斯年去美国诊治高血压，并没有说到北大校长事，如果这之前朱家骅去汇报了，应该会说到。

蒋介石拿过朱家骅送来的报告一看，沉吟半晌，竟然没说话。看朱家骅仍然没退，仍然候到那儿期待他有个什么态度，蒋介石只好说了这么一句："任傅孟真如何？"看蒋介石表态了，朱家骅立即退了出来，并很快把蒋介石的意见转告了傅斯年。傅斯年一听，他当然得感谢蒋介石对他的信任——虽然他数度炮轰蒋介石的大连襟孔祥熙，并将他赶了下来，但他也好蒋也好都知道，他像一个封建王朝上死忠的"谏臣"——但自己一直在推荐老师，北大同人们也在期待，自己也知道北大的期待，而且在有人议论到老师暂时不能回来由北大同学中选择一人暂代时，自己一直在说"吾辈毕业同学最好不必代"，现在如果自己去做校长，北大人怎么想，自己最卫护的胡老师怎么想？自己这样去了，人能处下去么，活能干下去么，所以自己坚决不能干。他在给夫人的信中也如此袒露了心声："下周还可发表北大事（孟邻出缺），我们大家推适之先生，骝先陈之蒋先生。蒋先生提我，我自然不会干，你放心，只是又须写信麻烦一场而已。"

傅斯年这封信留下来了，也相当有名，表现了傅斯年不重名利且为教育宁愿牺牲自己的品格。"主席钧鉴：日昨朱部长骝先先生以尊命见示，谓蒋梦麟先生之北大校长出缺，即以斯年承乏。骝先先生勉之再三，云意出钧裁，强为其难。伏思斯年以狷介之性，值不讳之时，每以越分之言，上尘清闻，未蒙显斥，转荷礼遇之隆，衷心感激，为日久矣。今复蒙眷顾，感怀知遇，没齿难忘。惟斯年赋质愚戆，自知不能负荷世务，三十年来读书述作之志，迄不可改。徒以国家艰难，未敢自逸，故时作谬论。今日月重光，正幸得遂初志，若忽然办事，必累钧座知人之明。兼以斯年患恶性血压高，于兹五年，危险逐年迫切，医生屡加告诫，谓如再不听，必生事故。有此情形，故于胜利欢腾之后，亦思觅地静养之途，家族亲友，咸以为言。若忽任校务，必有不测，此又求主席鉴谅者也。抑有进者，北京大学之教授全体及一切关切之人，几皆盼胡适之先生为校长，为日有年矣。适之先生经师人师，士林所宗，在国内既负盛名，在英美则声誉之隆，尤为前所未有。今如以为北京大学校长，不特校内仰感俯顺舆情之美，即全国教育界亦必以为清时嘉话而欢欣，在我盟邦，更感兴奋。将以为政府选贤任能者如此，乃中国政治走上新方向之证明，所谓一举而数得者也。适之先生之见解，容与政府未能尽同，然其爱国之勇气，中和之性情，正直之观感，并世希遇。近年养病留美，其政府社会，询咨如昔，有助于国家多矣。又如民国二十四年冬，土肥原来北平，勾结萧振瀛等汉奸，制造其所谓华北特殊化。彼时中央军与党部撤去久矣，适之先生奋臂一呼，平津教育界立刻组织起来以抵抗之，卒使奸谋未遂，为国长城，直到七七。盖适之先生之拥护统一，反对封建，纵与政府议论参差，然在紧要关头，必有助于国家也。今后平津将仍为学校林立、文化中心之区，而情形比前更复杂，有适之先生在彼，其有裨于大局者多矣。"

信署的日期是 8 月 17 日。结合 8 月 1 日傅给夫人的信，傅斯年这期间可能一直想写此信又一直未写，直到 17 日。而 17 日为什么又写了呢？看此信的开头，"日昨朱部长骝先先生以尊命见示"，可能在这段时间，关于北大校长问题又曾发生这样的故事，得知傅斯年不愿出任，朱家骅可能又去请示蒋介石，而蒋介石可能在书面请示上作了由傅斯年担任的批示。可能正是有这个批示，才有朱家骅认为是最后决定，所以才有朱家骅"勉之再三，云意出钧座，强为其难"的话。也可能正是看到这个批示，才促使傅斯年拿起笔，饱蘸着感情写了此信。信中，他对蒋介石表达了感激之情，充分阐述了自己不能出任的理由，从五个方面郑重且全面地推介了老师胡适先生，一是北大所有教授及一切关注此事的人的期盼；二是胡适的声誉；三是如任命胡适可能产生的巨大影响；四是胡适曾对国家特别是抗战前抵抗分裂图谋所做出的贡献；五是今后所可能有裨大局者。通过这封信，我们可以看出傅斯年态度之坚决，这态度既包括自己不愿出任的坚决，也包括推荐老师胡适的坚定。

后来傅斯年对这封信有这样的存注："此信曾托道藩送去一份，越数日，道藩一问则未见，只说无结果。故又写此一份。以后两次吃饭，皆因说他事未拿出此信，旋即解决矣。"根据存注，可以看出，信写好后，傅斯年托张道藩（此时任国民党组织委员会委员）送给了蒋介石。过了几天，没消息，张道藩只好说此事可能不会有其他结果了。于是傅斯年又把此信抄了一份，准备再呈上。没想到事情很快解决了，蒋介石同意胡适先生担任北大校长。郑天挺日记对此事作了印证，并对最后解决作了补充："枚苏自重庆还，谈到十时还。据言骝先已向最高提出胡先生为北大校长，最高未答，而云'任孟真何如'，骝先乃退，以告孟真，孟真乃上书最高，言身体不能胜任，并言胡先生之宜，且可协助政府。此书托张道藩转陈，数日无消息，遂复缮一份再托人面陈。于是骝先再往推荐，最高答云'适之出国久，情形或不熟悉'，骝先为之解释，乃出，前日以告孟真，谓有八九成希望矣。"（8月28日）连"最高"的批示都如此执拗不愿意，看来傅斯年是真的不想出任，根据郑天挺日记的"前日"，朱家骅可能于8月26日又一次去见蒋介石，向蒋介石汇报并推荐胡适，蒋介石可能看了信，又见朱家骅来汇报，蒋介石了解傅斯年的个性，不愿干的怎么都不可能使之屈服，比如批孔祥熙，蒋曾劝他：你相信我就应该相信我任用的人，他居然这样回答，我可以相信你，但因此说我应该相信你任用的人，砍掉脑袋也不行。看来只有顺从他们的意愿答应他们了，于是就用一句"适之出国久，情形或不熟悉"来给自己转圜圆场。朱家骅一听就明白了，赶紧再替胡适解释，然后出来告诉傅斯年此事应该成功了。

五、胡适出任校长的根本原因

9月4日，国民政府发布命令：准予蒋梦麟免职，任命胡适为国立北京大学校长，胡适未回国前，由傅斯年代。

任命一出，社会反响强烈。傅斯年在随后给胡适的信中说："这个办法，校中同人，校外关切者，高兴得要命，一般社会，未尝没有人以为来势凶猛（宋江出马，李逵打先锋），因而疑虑。（10月17日信）"也就是说，以两人的关系，应该搭配协调得非常和谐；以胡适的名头和声望，以傅斯年的雷霆万钧之力，北大在复员、整治伪北大的过程中一定会推进得非常顺利，北大也一定会在复员之后迎来一个崭新复兴。

随之，段锡朋、吴景超、周枚荪、罗庸、傅斯年、郑天挺联名致电胡适："北大教授一致推举先生继孟邻先生任校长，今日已发表，各地同学及友人无不欣悦。火德三炎，非先生德望无以

济事，幸早返国，极盼。""火德"即兴旺之运，也就是在民族解
放北大复员的关键时期，只有先生才能担此带领北大走向复兴的
重任。同时傅斯年自己又给老师一电，除了表示极盼老师早归之
外，也表示自己"冒病勉强维持一时，恐不能超过三个月"，还
对拟增设医、农、工三院提出了初步设想。更要老师注意，"林
可胜主张以协和为北大医科，乞在美进行。化工系可与侯德榜一
商。此时恐非在美捐款及订购书籍、仪器不可；聘请教员，亦须
在美著手，乞先生即日进行"。应该说以傅斯年雷厉风行的风格，
他已经进入了角色，并开始为老师开路了。

只是这个角色真的苦了傅斯年。他本来是想抗战胜利后立即
去美治疗高血压的。为此，只好耽搁了下来。他在给胡适先生的
信中说："我本来身体极坏，早已预备好，仗一打完，便往美国
住医院，乃忽然背道而驰，能支持下与否，全未可知，即送了命
亦大有可能，大彩为此由李庄跑来，一连教训三天，最后付之一
叹而已。（最后谅解了，说我这样牺牲法可佩！）"傅斯年的精
神确实可佩。1950年年底，傅斯年突然去世，与此应该有很大
关系。

胡适最后出任北大校长，可以看出他在国人、在知识分子、
特别是在北大教授心目中的位置。当然还有朱家骅凭借蒋介石对
他信任的不懈推荐，更有傅斯年宁愿牺牲自己的执拗坚持等原
因。不过，更深层的原因是，北大教授们对教育神圣地位的维
护，对教育独立与学校领导选择自主权的维护。试想，没有他们

的选择，蒋梦麟可能"忘"了自己当初制定的规则，傅斯年和朱家骅对蒋介石的坚持也不可能会有那么深厚的底气。

"救人"与"被救"的辩证

在故宫博物院老院长马衡先生之孙马思猛所著《金石梦故宫情》与《纽约时报》驻华首席记者阿班回忆录《民国采访战》中,分别讲述了胡适救人与被救的两件往事。历史真相究竟如何?这两件事发生时,胡适的日记恰好出现了空白。

一

第一则其实是有关胡适和马衡两人的。

《金石梦故宫情》写到马衡先生与胡适的关系,有这么一段:"1931年,爷爷因为揭露'东陵盗宝案'而遭军阀孙殿英报复,正是胡适和一位日本留学生护送爷爷乘火车逃离北平的,后经天津转水路南下,胡适一路陪同到达上海,在爷爷脱离险境之后俩人才分手。"

读完后,心生疑惑,记忆中胡适1931年没这回事啊,再翻日记也没翻到，于是先找责任编辑，再找到马思猛先生。马思猛先生说，此段话时间印错了，应是 1930 年 6 月 14 日（此段故事，该书后边写"无咎无恙"一节有详细叙述，时间就是此日），故事来源于上海教育出版社出版的俞建伟、沈松平著的《马衡传》，最原始的则是日本留学生仓石武四郎中国留学日记。马思猛很快将与此有关的两段拍照发给了我。我一看，首先是时间问题。《马衡传》说 6 月 14 日是农历，而仓石武四郎日记仅标明时间，并没说是不是农历。胡适此段时间是去了北京，但由于日记缺此段，包括胡适年谱在内，都没标明胡适南回上海的时间，如果把时间弄清，也能填补这一小"空白"。查年历，1930 年的农历六月十四应是公历的 7 月 9 日，而 7 月 2 日，胡适已去南京参加中华教育文化基金董事会第六次年会。又据 6 月 27 日丁文江先生给胡适的信，开头即说："自从你离开北京，不知不觉的又过了十几天了！"由此，6 月 14 日应是公历。

其次，到底是不是胡适先生和这位日本留学生护送马衡先生出北京的。仓石武四郎的日记说："打点行李，颇形忙碌。四点到站检查行李。""同车则马隅卿也。七点到津，遇胡适之，亦同车而不同级也。因检查烦琐，先到惠中旅馆见叔平先生（即马衡）。隅卿特发汽车取行李，检查也者，有名无实。遂送至埠头握别。闻叔平、适之两先生亦此夕驾英船通州赴沪。天津丸三等人满，终夜喧嚣不已，于我借得一夜之安可也。"从这段日记看，这位日本留学生根本没有参与护送马衡先生，他只是在车上遇到马衡先生弟弟马隅卿，可能才得知马衡先生在天津，才乘着对他行李进行检查的当口去旅馆看望了马衡先生，之后，也没有参与送别胡、马二位，而是由马隅卿派汽车直接将他的行李从火车站取出，然后送他去了码头。那么看来胡适也没有参与护送马衡先生出北平。还是这则日记，仓石武四郎在车站遇到胡适，而马衡已在旅馆，可能马衡根本就没有与他们同车，而早已到了天津。至于胡适之后和马衡同乘一条船南下，是不是有意陪护，则只能说有可能。6月7日，胡适到故宫博物院图书馆看书，适逢北平图书馆协会举行本年第三次常会，于是他应邀作了演讲。由此看，胡适此番去北平，与马衡有交往是可能的，得知马衡被"通缉"消息，相约陪护马衡一块南下也是有可能的。否则到了天津相遇又同坐一条船——马思猛先生的解释是：他们是乘英国的小船从运河经南通州南下的——又走艰难得多的运河，也太巧合了些。

遗憾的是，胡适那段时间日记空缺。

二

第二则是因查证这个"故事"，把胡适先生这前后两年日记又翻了遍翻出来的。

1929年10月10日日记，"克银汉君剪寄 New York Times(Aug.

31,1929)［《纽约时报》（1929 年 8 月 31 日）］"。胡适黏附此则剪报，并对之作了翻译，标题为《钳制中国说真话的人》。一读之下，脑子一激灵，这是不是前儿年热炒的《纽约时报》驻华首席记者阿班回忆录《民国采访战》（2008 年广西师大出版社出版，2014 年中国画报出版社以《一个美国记者眼中的真实民国》为名出版）中所载的所谓营救胡适的那篇文章。

连忙找出阿班的书，一对照，还真是的。

但两者又有出入。

阿班说是自己推动《纽约时报》发表谴责国民党的文章营救了即将被处死的胡适，经过是，胡适因在《新月》发表一系列批评国民党的文章被国民党党部"召去听训，但他继续无视友辈的警告，终至被捕。他的危险极大，我也全情关注此案。及至听说他已被秘密判处死刑，且刑期已定，便马上写了篇电讯稿，对此案作了概述，然后托人带往香港，再发往纽约。我还告诉时报，拯救这个伟人及好人的唯一办法，是在时报上发表社论，对迫害行为作强烈谴责，然后通过电报将社论发给我，授权我不惜财力物力，设法让远东的所有报刊将此篇社论刊出"。8 月 3 日《纽约时报》刊出了社论，"我将这篇社论，在远东广为散发"，"四天后，胡适被无条件释放，继续讲学写作。他对国民党的批评，未有丝毫减弱"。

阿班的《民国采访战》出版后，一边是好评如潮，一边也受到很多人的质疑，特别是有关胡适此段，因为 8 月初胡适没有经历这样的事件。按阿班的计算，最快胡适于8月7日才放出来，实则是，6日，宋子文仍来看他，并请他代为起草辞职通电。

而胡适记的却是8月31日。胡适是当年记的，又黏附了剪报，应该不会错。阿班是后来的回忆，记忆出现误差，特别是8月3日与8月31日极为相似，相当可能。另一证据是，8月份之前，批判并要求惩办胡适的风潮并没出现，一直到8月中旬才开始涌动，8月28日，国民党上海市党部通过决议：认为胡适"侮辱总理，诋毁主义，背叛政府，煽惑民众，今议决呈中央严办。"此文于8月31日推出，正好对应。如果顺此进一步推测，可能正是由于这个决议，社会上开始传言胡适被捕而引起阿班上述举动。而这也可能是阿班后来记忆发生误差的原因，他认为是自己的"新闻"营救了胡适的原初"由来"。

虽然胡适并未被捕——如有此事，则肯定会是胡适一生中甚至可能是中国现代史上的大事件，但阿班此举以及《纽约时报》的社论，从国外一些朋友将此文剪寄给胡适，或写信给胡适询问详情可以看出，还是对处于国民党围剿中的胡适产生了强大的舆论支持作用。

如果把此社论定于8月31日，似乎合情合理，遗憾的是，从那天到9月5日的五六天，胡适日记又出现了空白。

新发现两件胡适参与的通电

几年前，清华大学校史馆推出了清华奠基校长周诒春先生的文集。通读之下，看到两件有胡适先生参与的通电，在其全集中没有收录。一件是五卅惨案发生后北京沪案救济会发的"商加征盐税附捐以济罢工工人"的通电；一件是热河事件发生后东北热河后援会请同胞输财救国的通电。

一、关于"商加征盐税附捐以济罢工工人"的通电

各省督办、省长、省议会、商会、教育会、农会、工会，转各团体、各报馆鉴，上海总商会、学商工界联合会鉴：沪案发生，各埠继起，罢工罢业，人数日多，仅赖各省各界零星捐款，未足持久，而对英交涉，非备有经年之蓄，不可以谋胜利。本会共同讨论，拟有筹款办法，即由各省盐税项下，加收附捐。查现在南北各省，均因财政困难，有征收此项附捐者。刻拟由各省各

界商请求各省长官，于该省盐税无附捐者，每百斤征收附捐洋数角。已有附捐者，照其捐款轻重酌加一二成，以一年为限。统二十四省区计之，其收数当在百数万元之外。从前盐署对于盐斤加价，动辄反对者，恐不便于平民耳。今则全国众愤，咸愿牺牲，暂行加价，必表同情。此款如荷各省官民同意，即乞迅速立案进行，并由各省公推代表，组织财务保管委员会，协商先以此款为抵押，向各银行借拨巨款，公议支配办法。既可持久抵抗以御外侮，又可救济工人以免失业。较之零星劝募，实有把握。本会再三讨论，众意佥同。谨电奉商，乞赐卓裁，不胜盼祷。此外，如更筹有妥善办法，再当随时奉闻。

北京沪案救济会：熊希龄 焦易堂 蒋梦麟 胡适 燕树棠 梁士诒 袁良 周诒春 周鲠生 王仁辅 黄郛 鹿钟麟 孙学仕 王世杰 罗惠侨 王正廷 郑洪年 高金钊 陶孟和 江绍源 颜惠庆 易培基 罗以炘 马君武 鲍鑑清 罗文干 屈映光 吕调元 李四光 王访渔 李煜瀛 李仲三 景学钤 陈源 纪人庆 汤尔和 江庸 钱永铭 皮宗石 袁世斌 许世英 马叙伦 冯耿光 许绳祖 郑德高 薛笃弼 马良 吕志琴 谭熙鸿 傅汝霖 钮永建 任可澄 李光宗 石青阳 徐巽 陈兆彬 先兆丰 庄蕴宽 陈敬修 李书诚 张耀曾 邵飘萍 姜绍谟

此电由《申报》1925 年 7 月 17 日发布。

1925 年 5 月 30 日，五卅惨案发生，很快形成了由共产党领导的以工人阶级为主体的有各界各阶层广泛参与的全国性抗议风潮。

五卅惨案发生后，一向对广泛性群众运动持理性冷静态度的胡适，一开始"因为我病了十天，有七天不能出门来，不知道甚么，所以也无从说起"，"我病好一点出门来，各界的意见和言论已经很多了，所以也没有说甚么"（《对于沪汉事件的感想》），但是当他身体好了，事实也明了了，他便积极投入到这场运动中来，"许多六十老翁尚且要出来慷慨激昂地主张宣战"，他这个三十多岁尚处于青年末梢的人自然也"忍耐不住"（《爱国运动与求学》）。

胡适开始深入思考沪汉事件要如何解决。

一是高度评价由此引发的"学潮"，并呼吁当局要善于利用"民气"。"我们观察这七年来的'学潮'，不能不算民国八年的五四事件与今年的五卅事件为最有价值。这两次都不是有什么作用，事前预备好了然后发动的；这两次都只是一般青年学生的爱国血诚，遇着国家的大耻辱，自然爆发；纯然是烂漫的天真，不顾利害地干将去，这种'无所为而为'的表示是真实的，可爱敬的"，"难能而可贵"的。他呼吁，"一个健全的政府可以利用民气作后盾，在外交上可以多得胜利，至少也可以少吃点亏"，"我们要知道，凡关于外交的问题，民气可以督促政府，政府可以利用民气：民气与政府相为声援方才可以收效"（《爱国运动与求学》）。

二是积极建言献策，并强烈表示对当局的失望与愤懑。6月

21 日，他和罗文干联名致电北洋政府时任外交总长的沈瑞麟，提出此次事件的解决办法。"此次上海惨杀事件，虽起于上海一隅，而其远因实在于八十余年来外人在中国之特殊地位所造成的怨愤"，因此，他们建议，"此次交涉宜分清步骤，以解决沪案为第一步，以修改条约，根本免除将来之冲突为第二步。然于第一步交涉之初即宜为第二步预留地步；即宜同时向有条约关系各国政府郑重指出祸根之所在与夫后患之方兴未已，因以要求各国定期召集修改八十年来一切条约之国际会议。今日之民意非此不能满足，而将来之隐患尤非此不足以消除"。"第一步之交涉似可分为三层：第一为急待解决之事项，如解除非常戒备、惩凶、赔偿、道歉等事项；第二步为较难解决之事项，如公共租界之组织及会审公廨之废除等项；第三为根本解决之预备，即上文所言修改条约会议之要求"，"我国若不乘此时机要求条约之修改，则此事将以租界之改组及会审公堂之收回为最后条件，而八十年之祸根依然存在，此国人所必不承认，当亦大部所不取也。"这期间，胡适在中国少年卫国团发表演讲，将这个建议公之于众，并详加阐述，同时呼吁各界给予支持。"我们应当用全力为此事奋斗。我们应当有国际公法学者的组织，研究不平等条约为修改条约的预备。我们应当设立对外宣传机关，以表示我们的决心与理由，而得各国人士之了解与同情。我们工商学各界应当有严密的组织，以为外交的后援。"胡适由此自信，"这样一来，不患不成的"。6 月 8 日，欧美同学会发表宣言，就五卅惨案的解决提出了宜分别治标治本的方案。作为重要成员的胡适，其方案同同学会的方案基本相同，这表现了胡适同同学会、同广大成员保持高度一致的自觉。6月5日，中共中央发表告全国民众书，"认定废除一切不平等条约，推翻帝国主义在中国的一切特权为其主要目的"；《中国共产党的九十年》提及与此同时，"李大钊和中共北方党组织进行了争取冯玉祥及其国民军的工作，开展了争取关税自主运动等"。此时，胡、李二人仍是一对好朋友，胡适所提出的根本解决方案在一定程度上也应是对中国共产党努力的呼应。6月17日，香港各工团召开紧急会议，议决即日起一律罢工回省，省港大罢工由此拉开序幕。21日，全港工团委员会发表宣言指出，不平等条约一日不废除，中国人民的生命安全就绝无保障。由此，胡适的建议也与工人阶级的要求取得了一致性。遗憾的是，当时的北洋政府十分腐败无能，胡适事后强烈批判，"他们不但不能用民气，反惧怕民气了！""他们不运用民气来对付外人，只会利用民气来便利他们的私图！""这个政府太不像样了"。

三是表现出对参加运动的相关阶层的强烈关切与实际支持。作为新文化运动的领袖，胡适首先关注的当然是"学潮"，一方面他高度称赞这次"学潮"所表现出来的爱国主义精神，一方面又用他的理性精神告诫青年学子们，"救国事业更非短时间所能解决：帝国主义不是赤手空拳打得倒的；'英日强盗'也不是几千万人的喊声咒得死的"，"救国的事业须要各色各样的人才；真正的救国的预备在于把自己造成一个有用的人才"，"能立定脚跟，打定主意，救出你自己，努力把你这块材料铸造成个有用的东西"！于是他恳请学子们可以一面上课，一面仍"继续进行"。针对有人提出的质疑，胡适提出即使进行爱国运动，也应该注重"有秩序的组织"和"学识的修养"。只有这样，才能提高学生运动本身的凝聚力战斗力。如果我们跳开历史的当时，而把眼光拉长一定历史的长度，可以看出胡适的告诫还是有其中肯性的。新中国成立后，正是当时那些能明确预备"把自己造成一个有用的人才"的人，构成了新中国建设发展各色各样人才的基础。随着全国各地工人罢工的兴起，特别是省港大罢工的形成，工人阶级作为中国现代革命的领导阶级进一步显示了强大的力量，特别是"10 多万在广州的有组织的罢工工人，成为广州革命政府的有力支柱"。面对罢工工人，胡适想到了他们因罢工所可能带来的生活乃至生存的困难。他认为，罢市罢工，"除了自己受极大的痛苦而外，而仇敌并受不到多大的害处"(《对于沪汉事件的感想》)，而要让罢市罢工这种群众运动维持下去，继续对事件的根本解决产生作用，当局、倡导或领导群众运动的就要有负责任的态度。从这个声明看来，胡适等人想到的就是呼吁各省长官"商加征盐税附捐以济罢工工人"。这个声明是 7 月 17 日发出的，省港大罢工已经开始。胡适等人显然有着对工人所付出巨大牺牲的同情与担忧。胡适日记如今大陆出版的就有厚厚八大本，但偏偏 1925 年只有前两个月的五天和 9 月的短短的一篇南行杂记。

我们不知道胡适对这个宣言产生的作用，但从他有关文章、演讲和信件所显现出来的态度来看，他应该是积极的赞同者，再从他的签名排在第四的排序来看，他又应该是积极的倡导者。也表明胡适由同情担忧而开始积极思考如何给予罢市罢工工人生活生存以切实的保障。虽然这个通电从现有的史料来看，没有得到实现，但从保障工人从而保障运动能够继续进行的角度看，应是相当难得的。1925年胡适的文章比较少，史料也比较简单，这则通电的发现，也为丰富胡适先生1925年的"行迹"做出了贡献，更为研究胡适在中国现代重大政治运动中的表现提供了不可多得的实证材料。

二、关于热河事件发生后东北热河后援会请同胞输财救国的通电

同胞公鉴：同人等因国难日亟，于巧日在北平成立东北热河后援协会，以期集中民众抗日力量，为前方战士作后盾。曾于巧日经通电奉达在案。唯关系援助各事，顾名思义，在非款莫举。而兹事体大，实非一手一足之劳所能奏功。现热边军事情势，万分紧张。供应急如星火，尚望一致兴起，慷慨捐助，当此千钧一发之际，正我国人输财纾难之时。迫切陈词，鹄候鸿施，捐后请交给地中央、中国、交通、金城、大陆、上海各银行转汇，并以附陈。

东北热河后援协会常务理事朱庆澜、周作民、张伯苓、朱启钤、熊希龄、蒋梦麟、周诒春、胡适、王廖、章献 同叩。俭

此通电发于《申报》1933 年 3 月 2 日号外第 2 版。

1933 年初，日军就开始在山海关一带制造一系列事件，试图以此为借口，将侵略魔爪伸向关内。1 月 1 日，日军突然袭击并完全侵占山海关。11 日，日本制造侵略热河舆论，日本陆军省发表声明，宣称"热河为满洲国之一部"，而"满洲国对于该省内扰乱治安或侵入该省内之不逞分子，自得视为侵略者而讲求自卫手段或讨伐手段"。18 日，日本建立伪满"讨热作战军总司令部"，发表所谓"讨伐热河声明"，叫嚣如国民党军进入热河，"则吾军亦得进而衔平津地方也"。21 日日本外相内田康哉、26 日日本陆相荒木贞夫分别宣称，"张学良若不反省而与日本构衅，则日方亦已作相当准备"。28 日，关东军司令武藤信义发出日军准备进攻热河的命令。2 月 10 日，武藤做出临战部署，以第六师团及伪军张海鹏部首先向热河东境方面作战；第八师团、混成第十四旅急速进兵热河南部及河北省边境，将热河与华北割断，然后席卷西部及西南部。作战从 2 月下旬开始。2 月 5 日，为防止日军侵略热河，张学良要求蒋介石调中央军支援并北上督师。12 日，国民党华北军总司令部建立，蒋介石兼总司令，张学良兼副总司令，并发布了两个集团军、七个军团的战斗序列。17 日，武藤信义下达进攻热河的命令。22 日，日军开始入侵热河，

热河战事全面爆发。3月4日晨7时，汤玉麟弃守承德，日军仅128人，不费一枪一弹扬长进入承德。

对这场战事，胡适极为关切忧虑，他奔走呼号，积极建言，他为滦东人民的苦难痛心，为东北军的糜烂痛心，为祖国大地的沦陷痛心，甚至不惜当面痛责张学良，电陈蒋介石应担负的责任。根据胡适3月份的有关日记记载，2日，他先到东北热河后援会，晚上应张学良邀请去张家吃饭，面对张学良的"叹气撒谎"，他愤然说，事实的宣传比什么都更有力。我们说的是空话，人民受的苦难是事实，我们如何能发生效力？最好是你自己到热河去，把汤玉麟杀了或免职了，人民自然会信任你是有真心救民。当天胡适感叹："国家大事在这种人手里，那得不亡国。"3日，胡适先到后援会，得知凌源和赤峰都已丢失，除了和大家一起发了两封电报给蒋介石和宋子文，"晚上心极愤慨"，又自拟了封电报给蒋介石，"热河危急，决非汉卿所能支持。不战再失一省，对内对外，中央必难逃责。非公即日来指挥挽救，政府将无以自解于天下"。胡适的话说得很重，但仍然把希望寄托在蒋身上。5日，胡适在后援会得知日军如入无人之境进入承德，"人人皆觉奇惨"，而自己更是"心绪极恶"，准备写《全国震惊之后》。6日，胡适怀着满腔激愤写成这篇6000字长文。

在文中，胡适痛苦地说："今天的惨痛只是我们虽然不曾期望张学良、汤玉麟的军队会打胜仗，然而也决不曾想到失败的如此神速！""我们初受着这种惨痛的刺激，都感觉到惭愧、失望、痛恨：惭愧的是我们这个民族如何能抬头见世人，失望的是我们本不应该希望这种军队有守土的能力，痛恨的是国家的大事真如同儿戏。"他总结出失败的五条主要原因：军队全没有科学的设备，没有现代的训练；军官的贪污堕落；地方政治的贪污腐败；张学良应负绝大责任；中央政府也应负绝大责任。对张学良，他直斥其有五大罪过："（一）自己以丛咎丛怨之身，明知不能负此大任而偏要恋栈，贻误国家，其罪一；（二）庇护汤玉麟，纵容他祸害人民，断送土地，其罪二；（三）有充分时间而对于热河榆关不作充分的准备，其罪三；（四）事机已急，而不亲赴前线督师，又至今还不引咎自谴，其罪四；（五）性情多疑，不能信任人，故手下无一个敢负责作事的人才，亦无一部能负责自为战的军队；事必躬亲，而精力又不容许；部下之不统一，指挥之无人，联系之缺乏，设备之不周，都由于无一个人敢替他负责任，其罪五。"对政府，他直斥其有四大罪过："（一）容留汤玉麟在热河，其罪一。（二）容许张学良在华北，又不督责他作有效的准备，其罪二。（三）当此强敌压境之日，中央不责成军事领袖蒋中正北上坐镇指挥，乃容许他逗留长江流域作剿'匪'的工作，轻重失宜，误国不浅，其罪三。（四）如宋子文三月五日的谈话，他明知热河不能守至'一星期至十日'……何不电召蒋中正委员长飞来指挥挽救？何不征召全国最精良军队出关补救？何不明告政府全体，早日筹划军事以外的救济方法？此种罪过岂但如宋院长所谓'驱市人而战'？简直是他自己说的'拱手让人'

了，其罪四。"（这个对宋的批评以及由此形成的对宋的印象，也埋下了抗战前四年两人——一为大使、一为特使在美国进行对美外交上的矛盾）。7日，胡适将自己的文章和丁文江的《致张学良将军的公开信》送交张，又附了封信，信中直接要求张学良自责下台，"若再恋栈以自陷于更不可自拔之地位，则将来必有最不荣誉的下场，百年事业，两世英名，恐将尽付流水了"。

3月9日，胡适一天在"实在闷不过"的心绪中度过。10日，到后援会，"只有章元善与周寄梅先生和我三人吃午饭，此会等于星散了"。"上课后，得后援会电话，说张学良将军决定要走了，要我们去作最后一谈。"下午六点，他和丁文江、蒋梦麟、梅贻琦一同前去，七点张学良会见了他们，就是告知他辞职了。胡适给蒋介石电报后，5日，蒋介石复电翁文灏并请其转告胡适，"诸事北上后面谈，并代约丁文江一晤"。13日，应蒋介石邀请，胡适前往保定去见北上的蒋介石，下午五点见的面，他们一共谈了两个小时。面对蒋介石说的"实不料日本攻热河能如此神速"，胡适在日记中愤愤然记道："这真是可怜的供状！误国如此，真不可恕。"胡适还就抵抗和外交问题询问了蒋介石的意见。而最后，蒋介石恰要胡适等人想想外交的问题。这就开启了接下来几年胡适对中日关系的关注与思考，也为他从1935年即提出"苦撑待变"的抗日战争外交方针，准确预判抗日战争正面战场的进程以及必将引发太平洋战争的分析，和后来国民政府委派他担任驻美大使都埋下了伏笔，打下了基础。如果说胡适一直对蒋亲来充满希望，这次交谈反让胡适失望的话，而蒋介石则通过这次会面对胡适等人表示了轻蔑。蒋介石在日记中说："与丁、胡谈话，彼等理想皆不研究敌情，而以主观定策也。"这也开启了以后蒋往往表面对胡恭而敬之，而在日记中实则轻蔑甚至痛骂的先例。

3月14日，胡适从保定回北平，车上，针对有人认为我们这个民族没有多大希望的悲观论调，胡适断然说：此时的屈伏，只可以叫那些种种醉嬉无耻的分子一起抬头高兴，决不能从此做到兴国的目标。我曾说：一个强盗临刑时，还能把胸膛一拍，说，"咱老子不怕！二十年后又是一条好汉！"我们对于我们国家的前途，难道没有这点信心吗？

一个知识分子对于国家前途命运的热血赤诚，通过这些记载，至今仍能活跃于我们面前。

但那年3月份前，胡适的日记仍缺。我们无从得知之前胡适的行迹与心迹。

这个通电正好是一个难得的补充。电文中的巧日，根据当时每月电令代码，即18日；发电时间俭日，根据代码，即28日。2月18日，即武藤下令进攻热河的第二天，胡适他们这一群中国当时最杰出的教育家、科学家和曾经的政要即联合起来，成立东北热河后援协会，"以期集中民众抗日力量，为前方战士作后盾"，并发表通电，要求全国一致起来援助前方军需，要求全国军政官兵一致团结御侮；更于战事发生十天后，也即热河危急时刻，他们再次发出通电，号召全体国人当此千钧一发之际，一致兴起，慷慨捐助。这一切都充分表现了胡适，也包括他们这群人，那颗爱国心的敏感，他们对这场战事的关注是与这场战争相始终的。放大了说，胡适，也包括他们这群人，并没有把自己仅仅关在校园里、书斋里或者深宅大院里，而是始终并自觉地把自己的命运同国家与民族的命运紧紧联系在一起。

这个通电，也纠正了由龚育之、金冲及等先生领衔的《中国二十世纪通鉴》关于东北热河后援协会成立时间的小误差，该书记为 2 月 16 日；也纠正了《周诒春文集》关于这个通电时间的小误差，该书标为 3 月 3 日。

抗战期间自费帮助北平图书馆善本书运美保存

抗战最初几年，胡适临危受命，出任驻美大使。这期间，他累发心脏病，住院虽然需借钱，但仍坚持一切费用自付；他还曾自费帮助北平图书馆善本书运美保存。如说前者表现了他的清廉，后者则表现了他在危急时刻对朋友的真切帮助，在民族危难关头对祖国文化的无私爱护。

一、袁守和为保护北平图书馆善本书而发"疯"

1941 年 1 月 3 日，胡适接待了新从国内来美的冀朝鼎（中共党员），同时收到了翁文灏 1940 年 12 月 12 日的来信。信中说北平图书馆书籍运美事现正交由从重庆潜回上海的孙洪芬通过美国驻沪总领事办理，并告知"袁守和兄迩来精神病大发，议论乖谬，举动失常，昨日来弟处相晤，声言即将去美一行，以中国政府代表名义募集款项云云。除由此向友人设法劝阻外，彼如与兄有所接洽，或竟往美国，务希特予注意为荷"（《胡适来往书信选》（中），中华书局 1979 年 5 月第 1 版第 499 页）。胡适当天日记记下了"袁守和精神病大发"这句话。而此段时间袁守和发疯在教育部干事、词曲专家卢冀野 12 月 15 日给胡适的信中也有所说明："袁守和兄曾因感受刺激，发疯数日，经医治近已渐就痊好。"（同上第 502 页）一个真正发疯的人是不可能医治数日就会好的，如此袁守和发疯只能说是因刺激而愤疾而呈现的一种病态表现。袁守和为什么发疯呢？

袁守和 (1895—1965)，名同礼，著名图书馆学家、目录学家。北平图书馆即今日国家图书馆的奠基者，中国现代图书馆事业的先驱。河北徐水人，生于北京。1916 年毕业于北京大学。1917 年任清华学校图书馆主任。1918 年当选为北京图书馆协会会长。1920 年赴美，在哥伦比亚大学、纽约州立图书馆专科学校学习。1924 年回国，在北京大学讲授目录学，兼图书馆主任。同年，去广州任广东大学图书馆馆长。1929 年北平图书新馆落成，蔡元培任馆长，袁同礼任副馆长，代理馆长职务。在他的领导下，从 1929 年到 1937 年，北平图书馆建立了各种规章制度，开展图书采访、编目、流通、参考等工作，广泛罗致人才，选派人员出国学习，创办馆刊，进行学术研究，各项业务工作有了较大进展。这一时期北平图书馆编辑印行的卡片目录、联合目录和书目索引，受到了全国图书馆和学术界的欢迎。2010 年全国"两会"期间，国家图书馆在为两会编印的"国家图书馆立法决策服务大事记"中仍然对他这时期所做的工作给予了记载与认定。唐德刚先生曾据此这样评价袁，认为他是"领导我们作图书管理学和目录学转型的巨人"，是"带头人和启蒙大师"。1937 年"七七事变"后，他与馆内一部分员工南下，在后方创建了中日战事史料征辑会，搜集西南地方文献，所获资料甚多。1945 年回国任北平图书馆馆长。1949 年赴美，先后在美国国会图书馆和斯坦福大学研究所工作。著有《永乐大典考》《宋代私家藏书概略》《明代私家藏书概略》《清代私家藏书概略》《中国音乐书举要》《西文汉学书目》（英文本）等。

"七七"事变前，随着北平形势越来越紧张，袁同礼担心北平图书馆这么多年精心收集保管的善本书会落入日本人手里，便将甲库存 180 箱，乙库存 120 箱，共 300 箱善本书，运往上海法租界保存，开始存在法租界亚尔培路科学社图书馆，接着转移到吕班路震旦博物院。1940 年 6 月，法国沦亡后，其在远东的权利大半落入日本人手中，沪上法租界允许日本宪兵随时搜查，寄存于法租界的中国政府的东西许多已被日本攫取。学术界人士对这 300 箱善本图书的安全忧心忡忡，袁同礼更是寝食难安。他开始张罗将这批书运往美国，寄存到美国国会图书馆暂时保管，他找到美国驻中国大使詹森和上海总领事 F.P.Lockhart 寻求帮助，此二人都认为这是中国自己的事，应由中国人自己解决。此时北平图书馆已移址昆明，曾被日机连续轰炸三次。如运往昆明长途转运，同样需要一笔经费，亦十分艰难，而且在当时那种轰炸环境下同样不保险。尤其是经费，当时大后方通胀日趋严重，长途搬迁而来的馆中学者及工作人员日子过得越来越难，连正常的工资也无法保证。同时日本人此时开始大量收买散落民间各地的文史资料和珍贵图书，精于此道的袁同礼充分认识到日本的用心和由此可能带来的文化损失，试图抢购，郑振铎先生就曾告知他"图书"线索，可手中无钱。他向国民政府申请经费，没想到不断受到中央图书馆和国民政府教育部的排挤和打压。此时教育部拿出 80 万美元分配国内各学术机关，西南联大及中央研究院各得 35000 美元，中央图书馆得 10000 美元，北平图书馆一开始竟分文没给，经过袁同礼致信据理力争，才给了 1700 美元，气得后来袁在给胡适的信中大骂：这种分配"既毫无计划，而分配款项又系分赃性质。"（同上第 528 页）向中基会申请购买图书费，中文购书费仅给 6000 元（国币，一美元可换 30 元国币），西文购书费由开始的国币 50000 元减为 25000 元。后来吴光清和王重民在致胡适信中曾这样说："北平图书馆与伊（指袁）个人方面，已万分窘迫，而所以致此，中央图书馆蒋复聪君处处来作对，为其重要原因之一。""三年以来，教部及英庚款补助蒋君已逾 150 万元，而郭任远先生闻近又向罗氏基金会代蒋君请求 3 万美金。"由于受到排挤，经费没有着落，运书不能实现，一急一气之下，袁同礼出现了这些狂悖的症状。随后任叔永给胡适的信中干脆将这一切都挑明，"还有一件事想顺便报告一下。守和近来想把平馆的善本书搬到美国去存放，此事想你早已接头了。至于此事能否办到，我个人很有疑问。不意守和到渝后病疟数日，竟大发狂疾，立心要到美国来替图书馆募捐。我们现在正尽力设法不让他真正上美国去"（1940 年 12 月 20 日）（同上第 507 页）。

胡适那天日记记下袁同礼发疯的话，表明了他对袁的处境的关心和对北平图书馆那些善本图书的焦心。

二、胡适自费资助王重民回国帮助运书

随之胡适投入到对袁同礼的帮助之中。

1941 年 1 月 18 日，胡适去国会图书馆拜会馆长 Arehibald Mac Leish [A. 麦克利什]，联系北平图书馆善本书暂存之事。胡适答应他这些书运来后，允许国会图书馆全部摄影 Micro-film，只不过请他拍摄三份，一份由国会图书馆保留，另两份将来随这些书运回时一并交还中国。麦克利什同意了。

为了防止出关时或运送过程中被日本人劫获，胡适找到美国国务院，告知这批书对中国人的重要性，现国会图书馆已答应暂存，请求运送过程中"请美国政府派人押护，如此，方能免除危险"。美国国务院负责文化事务的人一听，心想允许暂存已经算不错了，还要我们派人押护，根本不同意，随即找了个理由，表示上海现在处于一种什么样的情况，我们的人根本不清楚，最安

全的还是由你们自己想办法，以此搪塞了胡适。

2月1日，胡适又找到国会图书馆，请国会图书馆派人到上海帮助运送，麦克利什不同意。他认为万一接洽运送不成反而可能引起日本人的注意。

但不管怎么样，国会图书馆同意暂存。怎么运？袁同礼现在是既没钱又没人，困难重重，胡适找来王重民和吴光清商议。王重民（1903—1975），原名鉴，后改重民，字有三，河北高阳人，抗战期间，在美国国会图书馆远东部和普林斯顿大学图书馆工作。商议的结果是，胡适自己掏钱，派王重民回去相机行事，但必须把书运出来。

2月2日，胡适为王重民写了好几封介绍信。2月3日，王重民出发。

王重民对此事也充满了兴趣。一路上都在想如何把书运出。2月4日在芝加哥等车时就给胡适发来一信，因胡适此时又让王重民为他从商务印书馆再买一套百衲本《二十四史》《丛书集成》，另国会图书馆也让他从商务印书馆为它买一批书来，所以王重民就想看能不能把这些书混入这些书箱中带出。2月6日，王重民到达旧金山时，又来一信，对上述方案进行完善。他认为在带这些书出关时，如果给他一个国会图书馆代理人的头衔，"未必发生什么留难"，这就需要胡适去找麦克利什发一委任状寄回。同时他又担心万一走漏风声，"敌方特派内行人来检验"（同上第511至512页）就麻烦了。

2月28日王重民到达香港，袁同礼在那儿等候他。3月4日两人一同到达上海。一到上海，租界的情形让王重民吃惊，公共租界包括法租界已被日军严密封锁，通往租界的小巷口被完全禁止通行，大街也被堵截大半个，仅留车辆与行人能够通过。法租界已十分不安全。好在法租界与公共租界的交通还算便捷。在将书搬运美国之前，必须先把书从法租界移出来。公共租界有一家美术工艺品公司，栈房深邃，空气流通，很适合寄存书籍，又是英国人开办的，暂时比较安全，找他们一说，对方也同意，于是两人于3月12日、13日两天时间用卡车将这些书搬运至这家公司的栈房内。搬运完后，王重民电告胡适，准备想办法开运。为了易于搬运，王重民和袁同礼又在旁边另赁了间公司的房子，两人逐箱打开挑拣，剔去重本与书本重大而少学术价值者，再就版刻与内容，挑选出最善最精的，箱数减少为百箱，箱子编上号码，又将所有书编成目录，中文一份，英文两份。两人为此一直忙了三个星期。

三、两地联手安全转运善本

另一边，袁同礼开始疏通海关，看采用什么办法能够最保险地将书运出去。

上海海关已被日本人完全监视。

海关税务司司长丁贵堂，是海关中最高职位的华人，与袁同礼有老交情，袁同礼找到他，请他想办法。丁贵堂想了三种办法：（一）将书箱点交美国驻沪总领事，作为美政府所有，完全由美领代运，海关可发放行证。（二）改装成旧衣箱，用旅客携带行李办法带往香港或其他地方，若每次携带二十箱上下，他可发证免验（本书作者注：胡适大儿子胡祖望和徐大春前往美国时所带胡适的书籍就是采用这种法子带走的）。（三）若不能先将书箱移交美政府，则必先有重庆国民政府的训令，才能发证放行。两人一合计，首先觉得第二种方法不行，如果改装成衣箱，则箱数要增加许多倍，同时购买旧衣箱比买新衣箱不知要难多少，即使购买到了，在公司里改装，也非常容易走漏风声。那就采用第一种方法试试。袁同礼在这之前曾就此事找过美国总领馆，他们本就不答应，现在再去找，仍是以前态度。只好采用第三种法子。致电重庆，请国民政府给以帮助，电报过去了，王重民和袁同礼天天等啊等，久不见回音，又再三致电催促。直到4月30日孔祥熙的电报才到，时间已经过了快50天，两人立即转呈丁贵堂，丁贵堂迅速报给海关关长梅乐和，梅乐和当即回电孔祥熙，决定不执行，原因是前段时间运送存于租界的中国银行的白银结果出了危险。有此先例，现在形势比那时更紧张，还是不运为好。

想想梅乐和也是好意，想想胡适在王重民走时也有交待，太危险则不动，而此刻公共租界还算安全。两人虽然仍很急，但也只好再想其他安全法子。

王重民已来两个多月，看事情一时无法开展，自己又不能再久呆，于是于 5 月中旬带上胡适的二儿子胡思杜一同离开上海前往美国。

袁同礼一个人仍在积极地奔忙着。

国民政府仍在加重着袁同礼的危机。教育部原本答应拨付给的 3000 美元运费，此时见他一时运不成，其社会教育司便找了个由头将之收了回去，移作他用。

好在王重民走时将多余的钱送给了袁。

胡适的义举、关心与支持无疑给袁同礼以莫大的激励。

于是，袁同礼没泄气，也没再发病，因为他知道这一切都无用。

5 月中旬，美国大使詹森到达香港，袁同礼知道后，急忙赶到香港，再次寻求詹森的帮忙。詹森想出了个主意，他说，如果北平图书馆与国会图书馆签订一个协议，声明国会图书馆借用此批书五年，再由国务院授权上海总领馆，要求其报关时作为美国财产申报，这样运送就方便安全了。

袁同礼致信胡适，请胡适如此运作。胡适看到王重民无功而返，对这批书更是焦心。接到袁同礼信后，胡适只好再去找国务院争取。美国国务院仍是那一副态度。

在等胡适回信的期间，袁同礼 8 月份又跑回了上海。他丢不下那批善本。回到上海，他又找到海关，也许是为袁同礼的执着感动，海关当局答应，如果每次运送三四箱，可不要放行证，也可保安全。但每次三四箱，这一百箱要运多少次，万一走漏消息，怎么办？

他又去找美国总领事 Lockhart，看有没有美国国务院的训令。Lockhart 也为他的精神所感动，此时给他指了条路，让袁同礼去碰碰运气。这条路就是介绍他去找一位在此开办转运公司的美商 Gregory，袁同礼去了，本没有抱多大的希望，但希望却在许多次碰壁后降临了。那位美商一听，立即答应，同时请他立即将这些要运的书移到美国海军仓库，只要有军舰从这儿经过，他会立即负责任地将它们送上船，运到美国你们指定的地方去，同时说，运时不需要经过总领事的同意，也不收任何运费。

袁同礼出来高兴得几乎发病。回来后他立即给胡适发电，请他再商请国务院致电 Lockhart 给予这种方法以支持。胡适又一次以大使身份老着脸皮前往美国国务院。

这批书从 9 月中旬开始按这种方法起运。因为系抢运性质，又没有预定，所以舱位往往不多，但有多少就寄多少，一百箱分了好几批才寄完，又因为没有海关负责，完全凭美商的个人支持，所以他们寄的时候特别慎重，收件之人必须时常更换，以免引人注意，其中 27 箱寄往国会图书馆，75 箱寄往加州大学图书馆。

这批书寄完，已是 10 月中旬。此时太平洋战争的浓云已密布上空，美国一切船只已停驶上海，袁同礼看着这批书安全转移，如释重负，而他自己则付出了沉重代价。这段时间，他家中三人患了盲肠炎，小女儿因为割治太迟竟不幸夭折。诊治三人的医药费也让袁同礼陷入彻底的贫困之中。

书寄出后，袁同礼致电胡适，"箱件到美后，分存两地或应集中一处"，全交由胡适负责了。书全部寄到后，为了便于保管，胡适于1942年2月赶到加州大学，经过交涉，将那75箱书也移往国会图书馆。同时胡适还把此时运到美国的汉简也交由国会图书馆暂存。

在北平图书馆善本书存美这事上，胡适先是负责联系工作，书运到后负责监督保存工作，中间在袁同礼十分艰难的情况下，自己掏钱让王重民回去搬运。他的这种精神与做法，同国民政府一些相关权要此时对待袁及这批善本的态度构成鲜明的对比。虽然最后没有直接成功，但仍具有极大意义。一是加固了善本在租界的"保险"，二是资助了袁，更为主要的是从精神上激励了袁同礼，让他重新树立起运出这批图书，为民族保存这批国宝的信心。胡适的这种无私精神即使在今天也值得我们记取。

1946年4月，胡适已开始准备回国就任北大校长。4月1日，写信给美国国会图书馆馆长休默尔向他表示感谢，"在八年半中，你在收藏和保护汉简以及北平国家图书馆珍稀图书方面对中国作出的巨大贡献，我们所有人，凡是了解并赞誉你对这些中国珍宝作出的极好保护的人，都会久久铭记"。4月6日，胡适将收条及钥匙交给王重民，托他代为管理，并说"俟将来海运大通时"

运回。1947 年春，开始办理启运回国手续，由于内战爆发而停止。直至 1965 年才运回我国台湾地区。

"胡大使"的三次"自作主张"

关于胡适，现在研究他的文章很多，但大都集中在学术与情爱上，独对他"做了过河卒子"担任驻美大使一段说得比较少，这当然与史料较少以及他自己说得较少有关。但我们不能不加以关注，因为这是他人生直接涉足政治的重要一段，是他对中国现代史贡献的一个重要侧面，更重要的是，这一段与这一个侧面记载的是他为全民族抗战争取民族独立自由解放的奔波与辛劳。无论后世意识形态如何变化，这段历史将永远值得肯定与赞扬。

胡适驻美大使期间所做出的贡献典型地体现在三次"自作主张"上。

一、自作主张换上蒋介石的名字，
坚定罗斯福支援中国抗战的信心

1938 年 10 月 6 日，胡适正式出任驻美大使。一个月前上海商业储蓄银行总经理陈光甫前来美国进行战时第一次借款，10 月 4 日，陈光甫同美国财长摩根索正式谈判。由于摩根索对陈光甫的信任，对中国抗战的同情，谈判进行得很顺利。胡适到任后，随即开始从外交角度对陈光甫的借款活动给予支持帮助。

就在胡适与陈光甫为借款活动一切顺利而高兴之时，国内战局的急转直下给借款活动带来了十分不利的波折。

1938 年 6 月初，日军投入兵力 40 万，中国投入军队 107 个师，开始了武汉会战。为策应攻占武汉的作战，并切断华南方面中国的补给钱，日军以第五、第十八、第一〇四师团等部组成第二十一军，由古庄干郎任司令官，在第五舰队的协同下，向广州实施进攻。10 月 12 日，日军第二十一军在南海大亚湾登陆。中国守军第二十一军余汉谋部（辖 3 个军另 2 个独立旅）由于戒备松弛，兵力分散，未能作有效抵抗。10 月 21 日，广州失陷。同一天，蒋介石下令放弃武汉，撤出武汉外围部队，10 月 25 日汉口失守，10 月 26 日武昌失守，10 月 27 日汉阳失守。至此，大小战斗数百次，日军死伤 10 余万人，中国军队死伤达 15 万人，中国抗战以来最大的一次会战武汉保卫战结束。中国抗战进入极其艰难的相持阶段。

在这段时间，担任经济部长的翁文灏曾给胡适来信，透露国内现正有"和战并进之现象"；10月8日蒋介石发来"齐电"，想请罗斯福总统出面主持调停，"日本似知武力无法解决问题，一再央求请德、意调解和平，但中国人民深信惟有美国政府为惟一可以获得公正和平之领导者"。就在广州失守时，汪精卫对路透社记者发表谈话，声称："如日本提出之议和条件，不妨害中国国家之生存，吾人可以接受之为讨论之基础。又说，就中国方面而言，吾人未尝关闭调停之大门。"

中国战局的变化以及国民政府此时在战和问题上的态度，让美国政府及其领导人对给予中国支持陷入了犹疑之中。

10月25日晚，胡适的电话突然响了，一听，竟是财长摩根索打来的。他约胡适和陈光甫立即过去，说要传达罗斯福总统重要意旨。胡适和陈光甫立即驱车赶去。摩根索开门见山地把罗斯福总统的有关指示告诉了他俩。摩根索说他前去向总统汇报，说进出口银行已准备好向中国借款，总统一签字，就可以兑现，尤其是中国抗战正处于艰难之时，正急需这笔借款。罗斯福听了后说，鉴于中国战局的发展，中国的实际抗战还能坚持多久，能不能坚持下去；到处纷传中日要进行和平谈判的消息，中国有没有放弃抵抗的考虑。"如吾人今日允准其事，明日或后日忽有临时政府出现，将使余甚困窘。余认为最好等待数日或一星期，视蒋委员长发表如何谈话，如彼解释广州与汉口之撤退为战略目的，并准备重建其队伍以继续作战，并使世人相信其当前政府形式能于中国内地继续支持，余将甚乐于立即批准此一借款。"罗斯福最后请摩根索要胡适等人转告蒋介石及中国政府，"中国如能阐明广州与武汉撤退之战略目的和今后抗战的意志，我将乐于批准此一借款"。

胡适和陈光甫听了这话，向摩根索表示了感谢后，立即返回大使馆。胡适和陈光甫一点睡意也没有，迅速拟定电稿，将罗斯福总统的意愿发给蒋介石和孔祥熙各一份。胡适觉得罗斯福是就中国战局和这段时间中国政府领导人的态度来说的，合情合理，不是不批准也不是借口拖延，细细一想，恰恰可能从一个侧面在鼓励中国坚持到底，甚至在暗示，只有坚持抗战，美国政府才能给予中国更多的援助。

第二天，罗斯福总统约定胡适于10月28日递交国书。如果我们把这一时间放在这个特定的环境里来看待的话，会发觉罗斯福的选择绝不是一个偶然，而是在以实际行动向全世界尤其是日本宣告或者说提醒，我以及美国将继续主张维持国际法律精神，增进国际正常关系，以谋促进文明之进步，美国也将坚定地支持现在这一个中国政府；恐怕也是在向中国政府提醒，千万不能被眼前的危机所吓倒，黑暗很快就会过去。

前一段时间蒋介石要不了两天就是一封给罗斯福的电报，国民政府给胡适的电报也是十分频繁，武汉撤退之后这几天，竟然半点消息也没有。10月25日电报发出后，不见蒋介石的回电，也不见孔祥熙的半个字，胡适心里真是害怕自己的苦撑待变和比战难的建言沉没水中，害怕因战局的急转中国政府真的转而求和，从而导致美国政府对中国借款的夭折。

应与胡适、陈光甫的电报有关，也与胡适这段时间的建言有关，蒋介石于当月底庄严地向全世界宣告与承诺，中国将以空间换时间，坚决抗战到底。"中国决定继续其持久全面抗战的方针。因为抗战已经真正变成'全面的'了，敌人已经被我们诱入内地了，在地理上和时间上，我们都站在有利的地位。16个月的抗战，已经达到我们延迟敌人西进的目的。因此我们能够发展广大后方的交通和运输。若干的工业，也能安然地迁到内地。必须经过绝大的艰难和牺牲，我们才能希望获得最后的胜利。我们必须认清这次的抗战，是个革命的战争，正像美国的独立战争，法俄的革命战争，土耳其的解放战争一样。在这种革命战争的过程中，民族精神必定获得最后的胜利。"

蒋介石的讲话传过来了，胡适在第一时间看到后，感到很振奋，觉得这正是罗斯福包括美国政府的友人想要的。胡适当即将讲话全文翻译。没递国书前，一切来电，胡适只能托人转交，现在他可以直接约见总统。

罗斯福看了蒋介石的讲话，虽然长出了一口气，明白了中国政府对抗战的态度，但这毕竟不是蒋介石的亲自来电保证。胡适从罗斯福眼中看到了这种期待。

当然胡适也只能等待。大概蒋介石等人正忙于收拾残局，重新部署战场，一时顾不上回电。11月10日，孔祥熙的回电来了，重述了蒋介石讲话的内容，作了抗战到底的保证。终于有回电了，胡适等人虽然很高兴，但又遗憾于这毕竟不是最高领导人的亲自回电。如何能够促使罗斯福更快地下定决心给予中国借款，从而给危难的祖国支持，胡适此时突然出现了一个大胆的念头，何不把它翻译后，换上蒋介石的名义给罗斯福送去呢。胡适的这次自作主张，确实考虑得周到，并真的发挥了应有的作用。1939年5月1日，胡适在拜访霍恩贝克时，霍说："去年借款的成功是因为蒋先生11月10日的回电。"大概是看到讲话，又读到来信，同一天罗斯福给中国政府发了电报，"对于中国人民的勇敢抗战及其苦难遭遇，深表敬佩与同情"。

在换名时还有个小插曲，胡适生怕以后电报往来会发生误会，随即发电报告了这一改动以及为什么改动。这回孔祥熙回电非常积极，下午就回来了，让胡适仍用他的名义送去。胡适回说已用蒋先生名义送去了，并加了句让孔祥熙无奈的话："With your hearty concurrence."（在你的衷心的同意下）。胡适的考虑不无道理。但胡适的书生意气，这种本着"将在外君命有所不受"的观念，固然是为工作着想，却引起了国内大员们的不满。

12月12日经美国进出口银行董事会通过，桐油借款在原2000万美元的基础上再增加500万美元；三天后，罗斯福总统签字，1939年2月8日，中国复兴商业公司与纽约世界贸易公司正式签订《购售桐油合同》。"桐油贷款"虽然数额不多，且如此艰难，但毕竟是美国政府援助中国抗战的第一笔借款，在抗战史上的意义非比寻常。广州、武汉失守后，抗战转入相持阶段，也迎来抗战最艰难的时期，是和是战，人心浮动，许多人尤其是汪精卫一伙主和派更是看不到抗战的前途，开始蠢蠢欲动，加紧迈动了投敌作奸的步伐，连蒋介石也开始有点拿不定主意。陈、胡二人联手争取来的美国第一笔借款，在此关键时刻签字，无疑给蒋介石坚定抗战决心送来了一剂国际救援的止渴剂、镇静剂、强心剂。自此，美国支援中国抗战的大门再也没有关上，而是越开越大。

二、自作主张阻断中美欲和日本的声气

1939 年 8 月 31 日，欧战爆发。国民政府随之电告胡适，"欧战发生，敌方（日本）深悉英、法无暇东顾，有倾力侵华，抢夺租界，驱逐英、法驻军，及排除欧美在华权利之阴谋。目下不敢立即图之，恐惧美国之反响。美国态度举足轻重，与我关系最切……空言道义同情，无补时艰，究竟美方是否彻底明白太平洋与彼利害，赞同我国继续抗战，并予我以实际上之援助，庶我得以支持。现事态严重，不容稍缓，务请即日设法亲谒美总统，痛陈一切，请其当机立断，予我明白表示，俾我参酌"。

根据这一要求，9 月 8 日 11 点 15 分，胡适前去拜见罗斯福

总统。那天胡适也想借机与罗斯福商讨第二次战时借款之事。没想到罗斯福在听了胡适的话后，根本不提借款之事，而是向胡适说起了中日和谈之事，并问胡适，如果中日和谈，在目前条件下，需要哪些条件，中国可能会提出哪些条件，横亘在中日两国之间的"满洲国"问题，能否用"共用共管"的方式解决与突破。

一向不愿中国和谈的罗斯福怎么突然说起了这个话题呢？1939年开始，远东形势进一步恶化。当年3月，日本宣布将中国南沙南威岛置于日本所谓"台湾总督府"管辖，日本海军基地日益接近印度支那、马来西亚、菲律宾和印度尼西亚。5月，日本平治内阁要求英、美两国承认日本有管理上海租界和控制厦门鼓浪屿的"权利"。6月15日，日本借口搜查中国4名所谓刺客，包围封锁了英国在天津的租界；7月15日，日本东京5万多人在军国主义的煽动下，包围了英国驻日本大使馆，并策划浪人捣毁了大使馆。同月近卫第二次上台组阁，明白声称："除推进中国事变之处理外，更以解决南方问题为目标。"在此之前，日本已实施了假定在占领荷属东印度群岛时对美国持久作战的大规模的军事演习。当英法天津租界被围时，英法两国曾希望能同美国一道采取平行行动来制裁日本。由于此时中立法修正处于关键时刻，美国拒绝了这一要求。在日本的压迫下，被欧洲局势压得喘不过气来的英国，同时认为"以温和态度对待日本，以期日本不投入德、意怀抱而结成军事同盟"，只好妥协让步。7月24

日，英国与日本签订了《英日初步协定》（即《有田—克莱琪协定》，"完全承认"了日本对中国的侵略和占领。现在欧洲大战爆发，为避免东西两线作战，罗斯福开始考虑是否先让中日战争停下来。

这真在胡适意料之外，胡适本就认为现在是和比战难，中国应该苦撑待变。现在大变已经到来，国际形势将一步步朝向有利于中国抗战的方向转化，总是不愿作调停的美国，总是不愿中国妥协的美国，此时却提出要求中日和谈。胡适感到紧张，他理解罗斯福当下的处境，但他更知道，如果那样的话，中国三年的抗战就将白白浪费，这且不说，最主要的是，中国的整体利益就将在美国先欧后远东再中国的战略原则下被出卖。中国和中华民族可能又将陷入长久的屈辱深渊之中。但中国毕竟还需要美国支援。在这种情况下，胡适既不能逆着罗斯福的话说，又不能顺着他的话说。进退两难中的胡适，失去了往日在何种情况下总是侃侃而谈的儒雅，在沉吟了一会后，胡适只好表示，等自己思考两天，再给罗斯福总统一个全面的回答。

出来后，"颇着急"的胡适立即跑去见霍恩贝克，向他说明了这一切，第二天又约霍来谈，请他千万留意总统的"变化"，以及可能情况下做总统不能和谈的转变工作。

此后的40天，胡适再次自作主张地处理这个"两难问题"。首先是避着罗斯福。既不向罗斯福提出中国需要继续援助的要求，也不把罗斯福的提议向国内汇报。在同期的讲演中未经请示地提出了实际上是否定"和议"的所谓和谈三原则，以强化美国反和的社会压力与舆论环境。三原则是："（一）必须符合中国人民所要求的建立一个独立、统一和强盛的国家；（二）结果不得使利用暴力公开违反国际法和条约义务者获取领土和经济的利益；（三）必须恢复和加强太平洋地区的国际秩序，使公平和有秩序的国际关系得以伸张，并使类似的侵略战争不再发生。"胡适得出结论："这样一个公平和持久的和平目前尚未露出曙光，所以我的人民还会照样坚定作战下去，一直战到上述的和平能够达成为止。"接着又于10月15日晚写了封长信给罗斯福，详尽说明罗斯福提议的错误，痛陈"和"对中国的弊害，强烈要求美国加大对中国的支援。胡适在当晚的日记写下了写这封信的心情，"此事甚关重要。我知道总统9月8日所说的话是在那全世界最动摇的时期，他老人家也不免手忙脚乱，所以我只用'挡'的方法，40天不去见总统；一面托霍恩贝克特别留意白宫的主张。这个密帖是用最宛转的语气，说明'和议'的种种困难。其下篇第（6）理由，即是解说总统所提东三省'共用共管'的办法之不能实行。因为不便明驳总统，故只列为和议8大难之一。第（7）（8）两段即是我去年对'慕尼黑和平'的见解。今年捷克灭亡，我益信此种和议之不可恃。此帖甚费心力。政府若知道我这40多天的苦心，必定要大责怪我。此种地方只可由我个人负责任。我不避免这种责任"。

但恰恰在这里，像第一次战时借款自作主张将孔祥熙电报换成蒋介石电报，对第一次战时借款的成功起到坚定罗斯福信心的关键性作用一样，这一次胡适的自作主张，也起到了巨大的作用，成功地遏制了此时中美皆想进行的中日和谈，以及在美国的压力下中国在对日问题上所可能出现的妥协与退让。

因为此时的国内，也再度掀起了和谈的风浪。

中国抗战之后，苏联一直是最大的援助国。但欧洲局势紧张后，为了对付德国，苏联加紧改善与日本的关系，以免遭到日德的东西两面夹击。9 月 15 日，苏日就诺门坎冲突签订了苏日停战协定，成立共同划界委员会，同时盛传苏联将与日本商谈签订中立条约，以及将与德国、日本联合起来，瓜分中国。如果这样的话，中国失去一个主要的援助国不说，另一条国际战略援助通道西北新疆通道又将遭到毁灭性的打击。

欧战爆发后，一切都在朝着损及中国抗战利益的方向发展。中国正在陷入孤立的危局。

国民政府感受到了强烈的危险。国民政府一方面给胡适争取美国斡旋的指示，另一方面再次想到对日和谈，通过美国来促进中日和谈。用胡适后来的分析："在那乱哄哄的几个月，中国领导人自然应该抱有这样的希望，即在形势过于恶化而不利于中国之前，通过美国总统的调停，中日冲突可能早日结束。"9 月 28 日，《纽约时报》刊登了记者对外交部长王宠惠的采访，王宠惠明确提出，希望美国出来调停中日战争，"作为中间人，把并未宣战的中日战争带向早日终结，美国处于有利的地位"。同时，日本开展了与重庆国民政府秘密和谈的"桐工作"。重庆也开始跃跃欲试。1939年9月，日本在南京成立中国派遣军总司令部，西尾寿造大将任总司令，策划汪精卫叛国投敌的今井武夫被调往总部，一面参与汪伪政权的建立，一面策划打开与重庆的秘密通道。11月下旬，中国派遣军总司令部派铃木卓尔中佐以日本驻香港武官的名义，申报成立所谓"香港机关"，开始活动。12月下旬，铃木通过香港大学教授张治平，与自称是宋子文胞弟的宋子良见面，中日直接和谈的"桐工作"拉开序幕。最后，由于日本要求按照对汪的条件进行谈判，也由于形势发展越来越不利日本，1940年10月，谈判无果而终。

假如此时，胡适把罗斯福的主张传回国内的话，岂不让国内主张和谈的人如获至宝。胡适的自作主张"隔断"了这一切。自此，罗斯福彻底相信了中国的抗战态度，他不再言和，而是逐渐加大了对中国的支援。11月19日，罗斯福再次给蒋介石写信，保证对华外交政策决不变更。同时开启了中美第二次战时借款。胡适的书生意气加上他学者所必然具有的对问题的敏感气质，在中美战时外交史上以及中国抗战史上，再次在和战问题朝向"战"的导向上起到了化解狂澜的作用。这应该是胡适外交生涯的贡献之一。

三、自作主张阻止赫尔妥协激发太平洋战争

欧洲战事正紧，由于美国与欧洲大陆的传统关系，美国政府

此时确定了"大西洋第一，欧洲第一"的全球战略，决定集中力量首先打击德国法西斯，而在太平洋战场取守势。1940 年 9 月 27 日，德意日三国缔结同盟。9 月 28 日，罗斯福主持决策会议，拟定了美国在远东行动的四项原则："避免与日本冲突；改变以前不与日本对话的态度；保留使用经济压力的权利，以便使日本恢复理智；敞开谈判的大门，于美国在远东历史地位的格局内达成日美妥协。"于是，美国一方面加强援华，用中国抗战制约日本；另一方面开展日美谈判，企图维持远东的现状。

1941 年 2 月 21 日，日本新任驻美大使野村吉三郎到任。3 月 8 日，美国国务卿赫尔与野村举行会谈。3 月 14 日，野村又秘密晋见罗斯福，交换意见。这两次谈判，野村都表明，日本不想和美国作战，美国不宜卷入对中国的援助和对日本的经济制裁，美国对日本的禁运已刺激了日本，日本军部可能被迫更向前迈进，一旦日美开战，对美国是非常不利的。在胡适的努力与坚持下，赫尔指出，"欧洲战争越来越危险，但欧洲和远东是一个整体"，同时保证，"关于美日和平的任何问题，在没有事先充分和中国方面商讨之前，不会作结论性的交涉"。由此，随后进行的美日谈判，美国的态度越来越强硬。5 月 25 日，美国批准总额约 4500 万美元的对华军事援助。5 月 30 日，赫尔向野村提出美国的对案，将日方提出的"德意日三国同盟之得以互相援助""承认满洲国""国民政府与汪政权合并"等项一概删除，同时加了一条"中日之和平，以日军撤退为前提"。6 月 21 日，赫尔提出口头声明，进一步表明态度并警告日本政府："在日本政府领导者中，有倒向纳粹德国征服政策的人，只顾想到当美国卷入欧洲战争的时候，便和希特勒站在一条战线；像这样的领导者在公职的地位上如果一意继续采取如此态度，则将招致日美交涉的幻灭。"松冈看到野村转来的这个警告，异常激怒，擅自电令中断谈判。

之后，美日间的关系一直朝着有利于中国抗战的方向发展。

6月22日，德国进攻苏联，二战的范围进一步扩大升级。于是美日谈判形势又变得复杂化起来。虽然日本中断了美日谈判，但日本关于与美国进行交涉的幻想仍然没有破灭。7月16日，松冈辞职。7月18日第三次近卫内阁成立，任命前商工大臣、海军大将丰田贞次郎转任外相，希望他"对日美交涉务期成立"。8月7日，野村向罗斯福提出直接会谈的要求，由于罗斯福已出发去大西洋同邱吉尔会谈，没有答复；8月28日，近卫致电罗斯福，再次建议举行双边首脑会谈，同时提出日本政府的态度与计划，其中有"如果中日战争解决，远东和平树立，日军便自越南撤退"。野村当日将此电递交罗斯福。很快胡适便得到消息，以极密的电报向国民政府外交部作了汇报，"本日敌使野村谒总统面递近卫致总统函，适据确讯，函内容仅为表示愿意重续久搁置之谈判，并未涉及具体决定"。对日本的妥协，罗斯福有点动心，但赫尔反对，于是美国决定还是先行谈判，待条件成熟，再召开首脑会议。

由于在美日问题上迟迟没进展，10月16日，近卫内阁倒台，原任陆相东条英机继任首相。东条英机一上台，就摆出更为强硬的态势，第二天，东条英机就公然扬言，除了"解决中国事变"及"树立大东亚共荣圈"外，要"以铁石之意志，闪电之行动""根绝中国事变之祸患，打破敌对诸国对日之大包围"。在随后大本营会议及御前会议上，通过了上述决定，为了继续开展对美外交交涉，东条内阁准备了甲、乙两套方案，并决定，先用甲案试探，如不成，再拿出乙案。

随后，野村向赫尔提交了甲案，罗斯福总统也会见了野村。得知这一消息，宋美龄通过无线电广播向美国呼吁不要上了日本人的当。也由于胡适在前面所做的工作，美国政府对日本的甲案没有理睬。

为了加强对美外交，日本此时又加派来栖为专使来美，协同野村推动日美和谈。野村、来栖看到美方如此强硬，便认为提出乙案美方恐怕也不能接受，于是在没有请示的情况下对乙案进行了匆匆忙忙的修改，使其更有妥协性。首先体现在让日军恢复进驻越南南部以前的状态，并以从越南南部撤兵为交换条件，要求美国解除冻结日本资产令，以及重新对日输出一定数量的石油。

11 月 20 日，日方向美国提出让步的提案。

美国国务院以远东司司长汉密尔顿为首形成了一个缓和派，美国军方中，海军对日主战，陆军认为美德战事不可避免，希望太平洋暂时无事。缓和派和陆军这些人提议不妨对此案作有限的接受或与日本缔结临时协定。

罗斯福本来决心拒绝，但受美国国务院大多数人意见的影响，产生了作 3 个月至 6 个月临时协定的打算。野村等人又这样劝说赫尔，为了"压制日本国内激烈派，须于 26 日嗣 29 日以前有一办法"。赫尔遵循罗斯福要求，担心"反应太尖锐""使日本有退出谈判的口实"，征询"海陆参谋长是否需要延长时间，以利准备"，得到的回答都是"无不同意"，于是赫尔开始妥协。

美国准备妥协以及于 11 月 25 日达成临时协定的消息经媒体泄露后，野村等人非常高兴。当时有报道说他们"赴国务部时满面笑容"。

当然赫尔还没忘掉对胡适的承诺与保证。11 月 22 日，赫尔紧急约见胡适。赫尔带着不好意思的表情谈起美国有意和日本签订临时协定，并出示了协定草案，其内容有以下各项：

（一）日本撤退在越南南方的驻军，并将越南北部驻军减少到 7 月 26 日进驻越南南方之前的总额 25000 人。

（二）有限度地恢复美日通商。

（三）中日间任何问题之解决应基于和平、法律、秩序、公正的原则。

胡适一听，愣了，美方的转变也太快了，也太超乎自己的想象了。据自己掌握的情报，欧洲战局并没有发展到美国连远东也顾不了的地步，而中国仍在顽强抗战，反攻宜昌，取得湘北大捷。中国何以在没有空军支援的情况下，不惜一切代价对日作战，一是表现中国抗战到底之决心，另一不就是牵制日本么？美国政府怎么现在一下子连赫尔一再强调坚守的基本原则也放弃了呢？

赫尔随即解释，越南被日本占领后，由越顺滇越路进攻云南威胁重庆后方成了中国眼下抗战的最大危险，这也是中国眼下最大的忧虑，你们不是一直在要求我们给予军事支援，或给日本施加压力么？我们这个方案也顾及了这一点，其第一点正是着眼于此，日本撤退越南南方驻军，并将越南北方驻军减少，中国的这个危险不就解除了么？中国完全可以乘机在其他地方进行反攻。

胡适真想立即抗议或质问赫尔，但一看赫尔的表情，还是忍住了心中的困惑。再一听赫尔的说辞，也只是似乎有理。一直保持着理性的胡适根据国内的情况通报，一下就看穿了其中存在的危险。胡适忍了忍，反问赫尔："如果让日军在北越留驻25000人，则滇越公路仍将有被攻占的危险，最主要的是在临时协定的3个月里，有何办法会约束日本不继续攻击中国吗？它可能不从滇越路，难道不能以越南为基地调遣大军从越桂方向进攻，然后再由桂入滇，这些地方地势开阔，非常适合现代战车运行。你们迁就日本，不使其北攻苏联南攻英美太平洋基地，它只有全力进攻中国。"

赫尔本就难受，对此本也就不情愿，听了胡适的反问，一时语塞，只得含糊其辞地答辩："这是将来讨论长期协定时再作决定的问题。"他最后又补充了一句，"当然我会考虑你所代表的中国国民政府的意见与利益"。

当天，赫尔还将这一草案同时向英国大使哈里法克斯、荷兰公使劳顿、澳洲公使凯西作了通报。这三人均未表示异议。

胡适从赫尔那儿出来后，立即致电重庆向蒋介石汇报："美国邀商者为：倭撤退在越南驻军之大部，保证不南进，不攻滇，而由美国放松经济封锁事。其对中国撤兵问题，毫未提及。"

11月24日，赫尔同时约见胡适、哈里法克斯、劳顿和凯西四位大使，出示临时协定的美方定稿。此时罗斯福对此事态度也相当坚决。另三位大使仍表示没什么意见，胡适再次表示强烈反对，并据理反驳。当然也表示如果实在不行，能不能在条款上对中国更多有利些。

在胡适的反驳下，赫尔一脸尴尬。

胡适出来后，再次急电蒋介石："情势紧迫，难以遏阻。"

胡适虽然把话说得相当严重，却相当自信经过自己的抗议与反驳，美国一定会改变态度。当他走出国务院时，"神情颇为乐观，观察家咸谓'胡大使在远东外交局势上已操胜券'"。据其法律顾问雷格曼回忆："我在华盛顿和胡适讨论一件有关他的政府的法律事件，那天晚上我留宿在大使馆里。那天晚上，两位日本帝国的使者正在白宫等候美国政府关于他们所提：以满洲割让给日本为代价，日本可以从中国南方领土撤退这个要求的最后答复。我当时很忧虑。胡适则恬静安详。我问他为什么这样镇定？他说：罗斯福的决定是可以预料的、必然的。'没有一位领袖可以采取和他的人民良心距离太远的行为。牺牲中国来向此一勒索投降，是和美国人民的良心彻底违背的。所以总统必定拒绝日本的要求。他一定这样。'果然罗斯福拒绝了。胡适对于他的历史判断是具有最高信心的。"

关于胡适的这次抗议，没有史料保留下来，胡适自己也没有多说，但我们可通过这一封电报，从侧面加以了解。12月1日，当年4月由驻英大使升任外交部长的郭泰祺致电胡适，说了这么一件事："今日澳洲公使来，转述澳外长意见。谓据华府澳使电话及电报，此次美国突变态度，系因我国之反对。因之发生一种印象，以为中国不愿谈判成功，致颇失美国感情。"由于中国的强烈反对以及后来英国的反对，就是在这次约见后，大家都认为势难遏阻之时，赫尔逐渐由胡适的话、中国的抗议获得清醒认识，决定放弃临时协定的打算，重新起草了份"赫尔备忘录"，再度回到强硬立场上来。通过这份电报，我们是不是可能看出，一是赫尔在约见这四位大使时，胡适的抗议反对非常强烈，给这位凯西先生留下了深刻印象，以致认为会"颇失美国感情"。二是充分体现了胡适代表国民政府抗议的价值，于关键时刻促使美国猛醒从而转变了态度。

蒋介石直到胡适第二封电报后才回电，指示阻止美国妥协。其电文如下："此次美日谈话，如果在中国侵略之日军撤退问题没有得到根本解决之前，而美国对日经济封锁政策无论有任何一点之放松或改变，则中国抗战必立见崩溃。以后即使美国对华任何之援助，皆属虚妄，中国亦不能再望及友邦之援助，从此国际信义与人类道义皆不可复见矣。请以此意代告国务卿赫尔，切不可对经济封锁有丝毫之放松，中亦万不信美国政府至今对日尚有如此之想象也。"不知为什么，蒋介石没有直接给胡适回电，而是把电报发给了宋子文，请宋子文转交。面对这样严重的局势，宋子文竟然没有立即将电报译出交给胡适，以至蒋介石得知这一情况，立即致电宋子文责其："刻电请抄送适之一份，并与之切商对美有效之交涉方法，总使美政府能迅速明白其对日不妥协之态度，关系重大，务请协力以赴之。"

由此，我们可以说，胡适这段时间的抗议一直是在没有接到蒋介石指示，或者说是宋子文将蒋之指示拖下的情况下的自作主张。

11月25日蒋介石致宋子文电，要其向美国陆军部长史汀生、海军部长诺克斯转达："美国态度暧昧，延宕不决，而日本对华之宣传必日甚一日，则中国4年以前之抗战，死伤无穷之生命，遭受历史以来空前未有之牺牲，乃由美政府态度暧昧游移，而与再三毫不费力之宣传，以致中国抗战功败垂成，世界祸乱迄无底止，不知千秋历史将作如何记载矣。"宋子文接到电报后，根据蒋介石的要求，立即前去找海军部长诺克斯打听情况，将蒋介石给他电报中的话请罗斯福亲信、时被中国国防供应公司聘为法律顾问的郭可仁代为转告罗斯福。

蒋介石还致电邱吉尔，要求其对美国与日本签订临时协定事表示强烈反对。邱吉尔代表英国立即表态反对。

得知蒋介石态度后，又由于邱吉尔的反对，罗斯福26日约见胡适和宋子文。为什么会带上宋子文？一是宋子文是蒋介石派往美国的特使、全权代表，二是蒋介石的态度是从宋子文那儿传出来的。三人在白宫里谈了四十五分钟。罗斯福开始解释了临时协定的用意，也是赫尔所说的，希望二人转告蒋介石不要误会，同时说此案还没有提交给日本人。罗斯福还说，刚刚得到消息，日本正从山东调兵南下，这种毫无信义的举动只能使谈判随时可能中止。胡适接过话头，用很气愤强硬的语气明确告诉罗斯福："我政府之意旨，侧重两点，一则经济封锁之放松，可以增加敌人持久力量，更可以使我抗战士民失望灰心；二则敌人既不能南进与北侵，必将集中力量攻我国，是我独蒙其害，而所谓过渡办法，对此全无救济。"据一位美国历史学家说，"这位一向温文尔雅的学者第一次在美国最高领导人面前发了脾气"。现在大家常看到一张胡适和罗斯福在一起的照片，胡适稍微倾侧着身子站在罗斯福的身后，左手半握，伸出二指在罗斯福面前的一份材料上指点着，有人说那是份中国人民万人签名的文件，罗斯福头右偏，低着头，表情严肃，显然在认真地看着材料和听着胡适的说明。从这张照片，我们可能看出罗斯福对胡适是欣赏的，两人关系是密切的。现在，连胡适都忍不住发火了。罗斯福显然没想到，他露出了一脸惊异的表情看着胡适。

罗斯福随后继续解释：外长所拟办法，只限于局部的临时救急，其中确不能顾到全部中日战事。宋子文接着又给予了反击性的争持。

罗斯福听了这些话，没有直接答复，只非常含蓄地说了句：

"现时局势变化多端，难以逆料，一两星期后，太平洋上即有大战祸，亦未可知，我只盼望蒋先生对我不要遽生误会，就万幸了。"

赫尔听了胡适的反驳后，改变了态度，他来找罗斯福作汇报性商议。罗斯福在这次会见后，也感到临时协定的危害，再加上邱吉尔的反对与蒋介石的抗议，他立即指示赫尔，放弃临时协定，对赫尔重新拟定的备忘录表示赞同。

胡适，也包括宋子文遇住了历史的拐点，在这个拐点上，美国终于清醒并迅速回到正确的历史轨道上来。

11月26日晚，赫尔将"赫尔备忘录"面交野村、来栖。他们本来认为是好消息，当看了新方案后，两人顿时脸色变得煞白。其中第三、第四、第五点均涉及中国：（一）日本政府应从中国及印度支那半岛撤退其全部海陆空部队及警察。（二）美利坚合众国政府与日本政府除支援设在重庆的中华民国政府外，不得予其他任何在中国的政府或政权以军事、政治、经济的支援。（三）两国政府同意并努力取得英国同意：撤销有关中国境内租借地、租界、领事裁判权及《辛丑条约》各项权益。

日本帝国主义对此自然持完全否定态度。如果它应承下来，就意味着日本必须否定汪伪政权，它的军队要无条件地撤出中国，并完全平等地对待中国；如果它应承下来，不仅涉及解决九一八事变以来的中日问题，而且还追溯到中华民国成立以前列强侵略时代的所有问题，对此要作根本解决。对以侵略中国、称霸亚洲为目标的日本军国主义来说，这无疑于与虎谋皮。

赫尔在送走日本大使后，转身以轻松的语调通知英国政府："我们和日本的谈判，事实上已告结束，今后的事情应转归军事统帅部负责了。"

11月27日，罗斯福接见了野村等人，询问日本对新方案有什么看法。

野村首先表示：日本对美国此案非常失望。

罗斯福当即答复："在赫尔国务卿和贵大使的会谈中，未曾听到贵国领导者有任何和平的表示，使交涉进行得非常困难；美日双方的根本方针如果不能一致，虽则有一时性的解决，但其结果还是不会有什么意义的。"

美日谈判就此破裂结束，中国在外交上取得了决定性的胜利，并就此引发了太平洋战争。

11月26日，赫尔将新案寄交野村的当天，日本联合舰队向珍珠港进发了。

美国时间12月6日，罗斯福两次致电日本天皇，要求其撤退在越南的日本军队，同时也说非常希望继续与日本政府进行谈判。这是对日本的最后忠告。日本军部将后一封"希望"的电文压下了。

同一天，日本政府致电野村，这是对美国新案的"复照"，虽然没有明确说明"宣战"，却强调这是"最后的意见"，美国的新案是对"日本自身生存的威胁"，"继续谈判也不可能达成协议"。电文要求野村于美国时间12月7日13时（开战后）将其交给赫尔。

当天深夜，罗斯福接到破译出来的电文，看后，将电文重重甩在办公桌上说，"这就是战争"。

第二天一早，太平洋战争爆发了。

12 月 6 日夜，胡适在纽约参加一个宴会，照例发表演说。宴会中间，胡适接到华府电话说，罗斯福总统第二天约晤。宴会结束后，胡适连夜乘车赶回华盛顿。第二天上午，胡适即按约前往白宫。罗斯福一见面，就笑着对胡适说："我尊敬的胡大使，现在你可以放心了。刚才我才把那两个家伙（指野村和来栖）打发走，我把美国不能妥协的话，又一次坚定地告诉他们了。你现在可以即刻电告蒋委员长，从此太平洋上随时都有发生战争的可能（其实已经发生），发生在菲律宾、关岛一带的可能性最大。"

胡适向罗斯福表示感谢。从白宫出来后，胡适又到国务院看了看，很快回到大使馆，正想等吃过午饭再给蒋介石发电，没想到正吃午饭，罗斯福总统亲自给胡适打来电话："胡适，日本海空军已在猛袭珍珠港。"胡适听罢，立即推开饭碗去给国民政府发电，报告太平洋战争爆发了。同时，胡适也深为民族国家命运松了一口气，自己所预言的"苦撑待变"终于等来了，应验了。

关于胡适在促使美国坚持原则从而导致太平洋战争爆发这一二战最为标志性事件中的作用，前人多有评价，当时重庆方面有人认为，美日由和谈变为宣战，完全是胡适说项之功，并称之为中国外交史上的一大胜利；美国方面也有人说是罗斯福"不幸上了那位颇为干练的中国大使胡适的圈套，才引起了日军前来偷袭"。日本人在 1940 年已做出了这样的评价——有人说现在日本对现代中国名人都有研究，唯独没有胡适研究，而胡适在日本也有朋友。为什么会出现这种现象？正是到现在日本人心中还有着胡适将美国拖入太平洋战争，从而导致日本战败的难以忘怀的历史情结。这些评价未免过重，即使胡适自己也不这样认为。他认为美国这样一个法治国家在二战中的变化，一切言辞都属无用，只能靠事实演变的推动。这也是胡适"苦撑待变"著名判断的现实依据。但看了上述胡适在这样一个历史关键时刻的表现，我们也不能不说，胡适在中华民族的危急关头，的确不辱使命。具体说来，其一，他的"苦撑待变"与日本海军的覆灭的预言得到了验证；其二，他出使美国，首先靠广泛的演说，让美国人民充分认识了中国抗战的世界意义，在一定程度上改变了美国人民"中立"反战孤立的态度；其三，靠着自己的影响与努力，他逐渐在美国政府核心层得到了信任，在密切了关系后，为中国外交争得了话语权，每到节点或出现新的情况，使美国政府能够向中国大使通报情况，或听取中国政府的意见，这不能不说是中国外交史的一个突破。虽然美国考虑的首先是自己国家的利益，在远东问题尤其是对日态度上有妥协、有动摇，但胡适毕竟运用这个难得的话语权，通过自己顽强的话语，推动美国逐渐置身远东战事之中，从而最终坚定了美国在处理或考虑远东事务上以中国抗战作为必要重点的基点。

到底是谁"护送"胡适离开北平？

1948 年 11 月 29 日，平津战役打响，12 月 15 日，北平被和平解放。虽然中国共产党的意见是，只要胡适先生留下来，就请他担任北平图书馆馆长。但胡适还是于 12 月 15 日永远离开了北平，离开了北大。

关于胡适离开北平，他自己记有日记：

（1948 年 12 月 14 日）早晨还没有出门，得陈雪屏忽从南京来电话，力劝我南行，即有飞机来接我南去，我说，并没有机来。十点到校，见雪屏电："顷经兄又转达，务请师与师母即日登程，万勿迟疑，当有人来洽机，宜充分利用。"毅生（郑天挺）与枚荪（周炳琳）均劝我走。我指天说："看这样青天无片云，从今早到现在，没有一只飞机的声音，飞机已不能来了！"我十二点到家，又得电报，机仍无消息。到一点半始得剿总电话，要我三点钟到勤政殿聚齐。后来我们（有陈寅恪夫妇及二女）因路阻，不能到机场。

（1948 年 12 月 15 日）昨晚十一点多钟，傅宜生将军自己打电话来，说总统有电话，要我南飞，飞机今早八点可到。我在电话上告诉他不能同他留守北平的歉意，他很能谅解。今天早上八点到勤政殿。但总部劝我们等待消息，直到下午两点才起程，三点多到南苑机场，有两机，分载二十五人。我们的飞机直飞南京，晚六点半到，有许多朋友来接。儿子思杜留在北平，没有同行。（《胡适日记全集》第七卷）

过程写得很明白，讲得也很平静，完全是一副积极配合急迫想走的样子。

但真的如此吗？其实不是，此时出现在胡适身边的还有一个身影，他就是"赫赫有名"的军统特务叶翔之。

叶翔之此时担任国民党保密局第二处处长，1947年9月参与侦破"北平共谍案"，使中共整个北方情报系统被吞噬；之后，又于1950年一手瓦解了中共台湾省工作委员会，整个中共台湾省工委，从各级干部到党员共1800余人，除极少数几人逃脱外，全部被捕，使台湾中国共产党组织和力量遭到毁灭性打击。（《叶翔之百年冥诞纪念文集》，台湾黄埔忠义会编2011年版）

有这样一个人出现在胡适身边，胡适想不走行吗？其实胡适日记也隐藏着有人来"护送"的蛛丝马迹。最初突然通知胡适的是陈雪屏，陈雪屏曾任北大训导长，此时出任国民党中央青年部部长，他电报的第一句话"顷经兄"，"经"就是蒋经国，此时蒋经国已开始逐渐掌控情报系统，电报中那句话"有人来洽机"，就是表示国民党要派人来"护送"他们走，再结合"万勿迟疑""宜充分利用"，这一方面表示国民党高层包括蒋介石、蒋经国父子对胡适的重视，一方面也隐含着他们对用军队系统"护送"的不放心，是不是还隐含着万一这些人不愿走，有留下来等待共产党的倾向，就给予就地处理的秘示呢？

叶翔之后来为此事感到光荣和自豪。但他在回忆中又把此事很神秘地称之为"特殊工作"。为什么要如此"定性"呢？

傅斯年就公开说过他这位老师处理事务的能力很差，14 日下午，胡适从一点半到三点，在事先无准备的情况下，用这么短的时间把离家的事处理好然后离开，如果没有人帮忙是不可想象的事。

1928 年 4 月至 1930 年 5 月胡适任中国公学校长，这期间因批评国民党人权与约法问题遭到国民党当局猛烈围攻，只好离开上海中国公学返回北大。他是 1930 年 11 月 28 日搬家离开上海的。那天他的日记记得很平静，可跟随他的罗尔纲后来却说情况其实十分险恶，国民党特务的枪口暗中可能随时会将他们打死。离开北平的这一次他的日记仍然记得很平静，通过近些年国民党老特工们的回忆，可以看出那天胡适离开北平仍然充满着危险，表面上是保护他们平安离开，实际上只要他们表露出一点点不愿意，枪口随时会对准他们。

第四辑

觉醒时代

警励欧美同学会的格言

　　胡适在美国哥伦比亚大学博士还没毕业，就因在《新青年》上发表《文学改良刍议》、提倡白话文而在国内声名大振。他归国后，很快成为欧美同学甚至整个知识界的核心人物。他热心并积极参与欧美同学会的事务，二十世纪四十年代中后期一度担任欧美同学会的领导职务。他引荷马的诗句给欧美同学会提出了这样的警励格言："现在我们回来了，你们请看，便不同了。"1926年7月1日，他在北京"求真学会"演讲中这样说："我常说牛曼（Newman）所引荷马的这句诗，应该刻在欧美同学会的门匾上，作为一种自警的格言。"

　　胡适为什么会用这两句诗来警励欧美同学会？

　　1917年元月27日，哈佛大学"女校友协会"举行"年宴"。时任哈佛校长的康福曾在康奈尔大学任教，年宴演讲康福邀请了美国前总统塔夫脱和康奈尔大学校长休曼，休曼因故不能前来，于是康福推荐胡适代表休曼前来演讲。费城位于纽约与华盛顿之间，胡适觉得"已行半途，不容不一访经农（注：朱经农）。故南下至华盛顿小住，与经农相见甚欢。一夜经农曰：'我们预备要中国人十年后有什么思想？'"此话激起了胡适同感："此一问题最为重要，非一人所能解决也，然吾辈人人心中当刻刻存此思想耳。"（胡适日记）

胡适开始就这个问题进行深入思索。当他读牛津运动诸领袖的事迹时，忽然发觉这些人喜欢引的荷马的诗完全能够概括他的心迹，留学欧美的同学在回国后也应该以此作为座右铭来激励自己，运用自己的学识报效祖国，一步步改变积贫积弱的社会，引领祖国和人民走向民主自由、走向科学富强。3月8日，他在日记中写道："英国前世纪之'牛津运动'（The Oxford Movement）(宗教改良之运动) 未起时，其未来之领袖牛曼(Newman)、傅鲁得(Froude)、客白儿(Keble)诸人久以改良宗教相期许，三人写其所作宗教的诗歌成一集。牛曼取荷马诗中语题其上"，其诗为："You shall know the difference now that we are back again." 胡适当时将其译为："如今我们已回来，你们请看分晓吧。"由这句诗，胡适引申道："其气象可想。此亦可作吾辈留学生之先锋旗也。"

用丁文江先生的评价，正是这两句诗的激励，使胡适回国后，面对积重难返的祖国始终是一个无可救药的乐观主义者。他相信一切有意识的、本凭良心的努力，都不会白白地浪费掉的。他一步步地努力着，从语言学的角度，继白话文主张推出后，又推出了文学的国语、国语的文学，加上标点符号和文法研究的提倡与实践，为中国语言的解放、规范的建立，以及中国人表述方式、思维方式的拓展与现代化打下了坚实且开创性的基础；就思想的角度，在与李大钊等平等、朋友式地探讨问题与主义时，高度评价马克思主义在史学上开一个新纪元，从另一个侧面为马克思主义的传播做出了独特贡献。虽然他一直反对阶级斗争，并由此开始疏离马克思主义，但他的"实验主义，也并非全无道理。其实胡讲的并不都是西方的实用主义哲学，如说凡事都要问一个为什么，这有什么错呢？又如'大胆假设，小心求证'，恐怕也应当说是对的"（胡绳晚年对胡适的评价，转引自《龚育之回忆"阎王殿"旧事》）。胡适所提倡的科学与科学精神也是中国思想界的一个进步。胡绳认为胡适思想中也有社会主义元素，而有人还说胡适思想是实用主义与马克思主义中历史唯物主义的结合体。也是由此，胡适当时的主张对毛泽东很有吸引力，毛泽东不仅和胡适走得很近，而且回到湖南组织了问题研究会，对胡适的观点进行呼应。习近平同志在担任浙江省委书记时更是直接化用胡适的观点，提出"搞试点要'大胆设想小心求证'"（《之江新语》第17页）。

从自身经验出发，胡适生怕留学归来之人，面对"政治愈演愈糊涂，思想愈进愈颓败"的"江河日下之势"而走向悲观，他希望他们一定要坚持这般理想，并且一定要把它转化成人生信条，或者说人生的"宗教信仰"——这也是胡适警励欧美同学会的动机与目的。"只要你的工作是有意义的，有目的的，那么你这一分的努力，就有一分的效果，虽然这一分的效果，就宇宙的大洪流里头看来，也许有'渺沧海之粟'的感慨，然而安知这一分的效果，一分加一分，一点复一滴，[不会]终于变成滔滔大浪的江河呢！语云:'涓涓之水，可成江河。'而爝火倒可以燎原。固知我们的力量有非我们自己所能预料的。我曾亲撰一联云:'胆欲大而心欲小，诚其意在致其知。'这副联的上文，即是说一切都是一点一滴小小心心地做去，我们无论做什么事，都得从大处着眼，小处下手，功夫决不会空费的。(《胡适全集》第20卷，安徽教育出版社2003年9月第138页）"这里透着胡适赞佩的"徽骆驼"的坚韧。胡适后来将此凝练成"功不唐捐"。如果承认胡适当年思想中有其科学性，应该吸取发扬其合理成分。这里胡适对欧美同学会警励的格言以及坚持理想、坚实努力、坚韧报国的教诲，对我们今天做好欧美同学会工作，留学归来的各种人才如何大展宏图共促中国梦的实现也大有借鉴与启迪——何况我们今天的祖国同那时相比，已经发生了翻天覆地的变化，提供给大家实现抱负的环境与机遇不知大大改善或增加了多少，我们更应有胡适所提倡这句格言的心胸、信心与豪迈。

《独立评论》创刊的"动议"

　　《独立评论》是我国二十世纪三十年代前中期一份有很大影响的政治思想文化刊物，一批思想文化大家参与其中，一批思想文化新秀从这里走出。但关于这份刊物的创立过程，现在只有胡适先生在纪念丁文江先生文章中有"说明"。"丁文江先生是《独立评论》的创办人之一。最初我们一班人在'九一八'事变之后，时时聚餐，谈论国家问题，后来有人发起办一个刊物。在君和我都有过创办《努力周报》的经验，知道这件事不是容易的，所以都不很热心。后来因为一些朋友的热心主张，我们也赞成了。在君提议，先由各人捐出每月固定收入的百分之五，先积三个月的捐款，然后开办。恰巧我因盲肠炎在医院住了四十天，《独立》的开办因此展缓了两个月，我们差不多积了五个月的捐款，才出版第一期。最初一年半，《独立》的经费全靠我们十来个人的月捐维持，这都是在君的计划。"

　　《独立评论》是1932年5月22日出版创刊号的。根据胡适的说明，既然是"差不多""五个月"，则动议的确立应该是在上年底本年初；既然是"先积三个月的捐款"然后开办，则原本应该定在 3 月中下旬。提议创办时，胡适鉴于自己和丁以往办刊的教训，他们并不热心，正是由于提议者的坚持，自己才勉强同意，也才使丁文江想出了那么一个实用且管用的创刊方法。

这在胡适本年初行踪以及日记、书信中都能得到印证，并且也勾勒了一个大致的进程。1 月 27 日，"在君、咏霓和我同宴请国难会议的北方熟人，到者有周作民、王叔鲁、汤尔和、蒋廷黻、徐淑希、陈博生、傅孟真、周寄梅、叔永、林宰平、李石曾共十四人。大家交换意见，都以为这会议不当限于讨论中日问题，但也不应对国民党取敌对态度。当以非革命的方法求得政治的改善"。1 月 28 日，"拟了一个办周报的计划，送给聚餐会的朋友们看。蒋廷黻也拟了一个大政方针"。这说明 27 日前大家意见已经一致，并确定了这个报刊的"周期"，以及请胡适等人拟订办刊计划与宗旨。2 月 13 日，胡适日记记道："独立社聚餐。"此句话交代了 28 日开始拟计划到此这段时间，确定了刊物的名称，以及由这批参与刊物创办核心成员组成的"小团体"的名称。

遗憾的是，2 月 14 日胡适即患上盲肠炎，2 月 15 日是胡适第一天到北大"去接受院长办公室"，忙完后，即住进协和医院进行救治，45 天后才出院，此时已经 4 月初。期间的 3 月 19 日，由傅斯年代胡适拟了致张学良秘书王卓然的信，请王向北平市公安局局长鲍毓麟询问办报立案的事；可能王已向鲍通报，之后，病中的胡适又亲自给鲍去了封信。一切手续办妥后，胡适也已出院一个多月，主编的担子已能担起，《独立评论》正式创刊。

这里有一个疑问，胡适说是"有人"提议创办此刊，那这个人是谁。许多说到此刊的文章至今仍然使用"有人"。蒋廷黻先生的回忆道出了源头。

"九一八"之后那段时间，蒋廷黻每周要到北平城里的北大授课一次，因此和城里的朋友保持着密切接触。"在清华俱乐部举行一次晚餐，当日出席的有胡适、丁文江、傅斯年、翁文灏、陶孟和、任鸿隽、任夫人陈衡哲、张奚若和吴宪。席间曾讨论到知识分子在国难时期所能尽的责任问题，我提议办个周刊，讨论并提出中国所面对的问题。"陶孟和首先给他泼了冷水，因为陶办过刊物，深知其难，并警告在座诸位，不可掉以轻心、不假思索地冒险尝试。更让他泄气的是胡适的反对，"因为当时在座的人一致都认为不办刊物则已，设使办，则编务方面非胡莫属"，而此时胡适虽然没有陶孟和那样激烈，却也反对，因为胡适多次办过报刊，才因《新月》与国民政府对抗，不得已从上海跑回北大，所以胡适说，"经验使他不敢轻易创办一个新刊物"。蒋廷黻一听，"因为我对办周刊毫无经验，我想我应该接受这些有经验的人的意见"。

但蒋廷黻是执拗的，下一周，任鸿隽约他们去吃饭，席间他又提出此议，再次遭到反对，但出乎他意料的是丁文江开始附和，"丁文江倡议：为了测量一下我们的热诚，不妨先来筹集办刊物的经费"，于是就提出了那个大家已非常熟悉的"百分之五"。没想到大家都接受了。"从那时起，我们每周聚会一次。起初是讨论发行日期问题，接着是准备出刊"，丁文江又提出请银行家竹垚生来帮助处理财务。"几周过去了，捐款也都交进来，大家提出好几个刊物的名称，最后选用了胡适先生所提的《独立评论》。我们成立了一个编辑委员会，委员三人，由胡适总其事，我和丁文江协助编务。"

从这段回忆，我们可看出，《独立评论》这份现代思想史上的大刊，提议办刊来自蒋廷黻先生的执着，办刊方法来自丁文江的睿智，办刊宗旨来自胡适的灵魂。把"几周过去了"，和胡适"1月 28 日"记载进行对照，提议和确定的时间与进程也大致吻合。

蒋廷黻对此时的傅斯年和丁文江都给予了高度赞扬，对傅，"他把文章重要内容摘出来登在前面，此举成为出版界的创举。令许多朋友吃惊的是，他的文章不仅能引起读者知识上的共鸣，而且也能引起他们心灵上的共鸣"，丁文江"不仅多才多艺，而且实事求是"。当然他更不会忘了胡适，"办一个刊物需要花费很多人的力量，《独立评论》的成功，无疑的，胡适贡献最大。他的朋友和熟人一致认为他是个最能吸引人的人。幽默、细心、聪明。谈话时，态度和蔼，富理性。他反对教条主义，对一些莫名其妙的人却特别有耐性。如果根据以上两点认为他处事没有原则的话，那可能就大错特错了。他对自己的信念坚定不移"，"终其一生，他都是主张自由、民主和实用的"。

《华侨日报》及对胡适的影响

　　1939 年 10 月，中国共产党在巴黎主办的《救国时报》虽然刊登启事宣布因编辑人员全体回国参战而暂时停刊清理，但实际上已于当年 2 月将此刊迁到美国纽约与其他报合并后出版发行。

　　此时在美国纽约有一份中国共产党在华侨中进行宣传的小型周刊——《先锋报》。《救国时报》迁到美国，与《先锋报》合并，改名为《救国日报》。1940 年 7 月，《救国日报》经过扩充改组，更名为《华侨日报》。冀贡泉出任总编，社长为唐明照，副刊主笔为梅参天，会计流通部负责人为张希先，张希先是唐明照的妻子，他们的女儿就是曾任毛泽东翻译的大名鼎鼎的唐闻生。

　　冀贡泉，山西汾阳人，1905 年留学日本，获明治大学法学学士学位。1912 年回国后，曾担任教育部社会教育司主事，与鲁迅同事。返回山西后，先后担任山西省法政专门学校校长、山西大学教授兼法科学长、山西省司法厅厅长等。新中国成立后，曾担任山西省政协副主席。抗战爆发后，跟随大儿子，其时正担任国民政府驻美经济特使陈光甫助手的冀朝鼎来到美国（冀朝鼎在新中国成立后创建了中国贸易促进会，是新中国国际贸易的开创者和领导人，另一子冀朝柱曾担任外交部副部长，邓小平访美时担任翻译）。由于冀贡泉的社会地位和努力，在他的主持下，《华侨日报》很快产生了较大的社会影响。《华侨日报》开辟专栏，聘请法律顾问，运用消息、社评、专论等形式，不断编发《新华日报》《解放日报》以及美国共产党所属《工人日报》《工作周刊》和《美亚》杂志的文章，其中有皖南事变的真相，斯诺等人的通讯，以及苏联和美国共产党的情况，从而使订户由原来的五六百户增加到九百多户。与此同时，该报还配合华侨青年救国团、抗日救国后援会等组织，利用举办训练班、合唱队和集会游行等形式，令"华侨青年趋之若鹜"，也使刚刚在美国立足的"三民主义青年团"相形见绌。何应钦在给国民党中央党部秘书长吴铁城的一份秘密报告中对此曾忧虑地指出："《华侨日报》组成后，编译人员及印刷工作等，皆较前充实，除巴黎救国时报人员外……并附设印刷公司，兼营印刷业，各埠分设摊推销员，订户日增，现每月销数已自五六百份增至九百余份。近年该报采访消息及写作社评，均见实力，不特足为中共在美有力之宣传机关，抑且为中共在美之活动中心。国内中共机关报之《新华日报》《解放日报》及延安通信社、五洲社、中国新闻社等，悉与声气相通，曩昔先锋报、救国日报所负之使命，今悉由《华侨日报》继续之，而气炎尤盛。"［秦孝仪主编《中华民国重要史料初编——对日抗战时期》第五编，中共活动真相（一），第571页〕从这段话可看出冀贡泉等人及其《华侨日报》在当时美国的影响。

在这段时间所登文章中，影响最大的莫过于第一次将毛泽东、朱德的诗词介绍到美国，为我们今天探索毛泽东、朱德诗词何时传到国外、产生了什么样的反响保留了份难得的历史资料。胡适日记记载了"介绍"的全貌，及其读后的评价。1941年2月1日，胡适日记黏附了毛泽东《清平乐·六盘山》和朱德的两首诗《寄语蜀中父老》)《太行春感》的剪报。毛泽东的词前没有标题，只有一句："还有词一首。"在这句前，胡适加了一个字"毛"。并在全词最后用小括号根据自己对诗词格律的掌握标出了词牌名。"天高云淡，望断南飞雁。""断"或者是介绍者错成或者是媒体印成"渐"字，胡适将它圈掉，在旁边加一问号。在朱德的两首诗前，原文有一句："朱德将军在华北战场上的诗有几首，照录如下。"这里显然不是两首，但胡适只摘了两首。那天胡适对毛泽东和朱德的诗词并没有交代出自哪里。2月2日日记，胡适记道："《华侨日报》转载《关于朱毛的片断》一文，署名'叶林'，里面有朱德的诗三首，毛泽东的诗一首，词一首。"胡适此日的日记交代了毛泽东和朱德诗词刊登的媒体、介绍的作者与文章。毛泽东的词即是《六盘山》，诗即后来公布的七律《长征》，于是在2日胡适将此抄出。朱德的诗是三首，还有一首胡适2日也将其抄出，即《贺友人诗》(即后来的《赠友人诗》)。当时胡适抄的毛泽东的《长征》为："红军不怕远征难，万水千山只等闲。五岭逶迤腾细浪，乌蒙磅礴走泥丸。金沙浪泊悬崖暖，大渡桥横铁索寒。更喜岷山千里雪，红军过后尽开颜。"胡适抄的与现在公开的有几处不一样，一个是最后一句的"红军"与现在的"三军"，一个是颈联的"浪泊悬崖"与现在的"水拍云崖"。这里不是胡适抄的不对，"红军"可能是传抄者的失误，"浪泊悬崖"处，胡适在"泊"后加了个小括号，括号中写了个"？"。如果把前面对词的疑问联系起来，"望渐"胡适疑问，果然疑对了。"泊"处，胡适加问号，再次"问"对了，毛泽东原文此处即是"浪拍"。毛泽东在说到此诗时曾说："水拍：改浪拍。这是一位不相识的朋友建议如此改的。他说不要一篇内有两个浪字，是可以的。"这些都显出胡适不仅对诗词抄得认真，读得认真，更可说是"英雄所见略同"。由此也可说毛泽东的诗词格律的严正。故而胡适在抄了毛泽东诗词后说："可看。"

以上的毛泽东诗词均作于 1935 年 10 月，又均公开发表于 1957 年 1 月号的《诗刊》。朱德的诗，前两首作于 1939 年，后一首作于 1941 年初，也都是新中国成立后才发表的。在一般人心目中，这些诗词都是公开发表后才广为流传的。但从胡适的记载来看，这些诗词在一开始写出时，即广为传抄，并立即被《华侨日报》介绍到了国外。

由于是哥大校友，冀朝鼎和胡适于 1936 年开始了交往，也许是慕胡适之名吧，冀朝鼎将自己的博士论文寄给胡适，请胡适指教。抗战后冀朝鼎担任陈光甫助手，而陈光甫正是国民政府派来会同胡适争取战时美援的，因而冀此时同胡适的交往更加频繁。1939 年 3 月，冀朝鼎带着父亲等人一起来到美国。一到美国，冀朝鼎就带着父亲冀贡泉前来拜访胡适。胡适早就认识冀贡泉老先生，并对他有很好的印象。之后，两人也是交往不断。冀贡泉曾请胡适帮助介绍工作，夫人张陶然是著名的指画家，曾带几幅指画，请求胡适题词。胡适应约题了首，"耐得雪，耐得寒，我们的国花，大家看。"冀贡泉来华盛顿，有时胡适不仅接待他，而且让他住在自己家中，还一连住好几天。正是有这样的交往，当冀贡泉开始主持《华侨日报》后，自然会约胡适写稿，并将每期报纸寄于胡适。胡适抄下毛泽东、朱德诗词正是这样来的。也正是由于每期阅读《华侨日报》，在对待随之发生的皖南事变问题上，胡适采取了较为审慎的态度。

1941 年元月 3 日，刚从国内来的冀朝鼎来拜访胡适，向他介绍了共产党领导的军队的好处以及目前的困难："(1) 兵士识字，有知识；(2) 兵官廉洁；(3) 确有民主倾向，如到处令人民选村长，最受欢迎。他们的短处：(1) 军械不够；(2) 给养不够。"（引自《胡适日记全编》）胡适毕竟存有偏见以及由于此时国民政府传来的对新四军的批评留下的先见，对冀朝鼎的介绍存有戒心，于是对冀朝鼎给予了规劝性的批评："共产党拿两师兵的钱去招二十师兵，军械如何能足？给养如何能够？从前冯玉祥等就是这样到底失败的。"皖南事变消息一传到美国后，据斯诺记载，斯诺关于皖南事变真相的报道出来后，"当时中国驻美大使胡适在华盛顿坚持要《先驱论坛报》在显著位置刊登他的一则谈话，诬蔑我的报道纯属捏造。他竟说中国根本就不存在共产党军队，他还要求我的编辑表示道歉，但遭到拒绝。"但在冀朝鼎和《华侨日报》影响下，胡适对皖南事变的态度很快变得审慎起来。

首先他没有随便听信国民政府的统一口径要求，而是要求国民政府提供事实真相。"新四军事件，美国人士颇多疑虑。其左倾者则公然批评我政府……故深盼部中将此事详情及本月初以来之经过，电告本馆，以便随时向美国朝野解释。共军十一月佳电已见。倘蒙将何（何应钦）、白（白崇禧）两部长十月皓电及其他重要文件摘要电示，并将全文航寄，至感。共方宣称十四个月不曾领饷械，药品；又称彼以五十万人至今犹领四万五千人之饷云云。此类宣传最能惑乱视听，故切盼多得资料证据，以供急用。"（胡适 1941 年 1 月 30 日致国民政府外交部电）

随后胡适又就全民族团结抗战提出了自己的思考。3 月 7 日，在给陈布雷的电报中，胡适说："共党事，委座苦心应付，良深钦佩。美方舆论，大抵可分三种：（一）左倾分子当然不免与共党同情。适遇机解释，恐无大效。幸为数不多，无足轻重；（二）一般民众不知我国详情，亦不愿深知一切，只望我国不起内争，不影响抗日前途；（三）政府领袖明悉我国实况，同情政府苦心，但因美国民众意见，深望我政府能：（A）避免直接冲突，以息外间反感；（B）官场营私舞弊恶习竭力肃清；（C）资产阶级应使平均负担战争责任；(D) 现中国米珠薪桂，必有极多不满意分子，政府当设法助之，以免左倾；(E) 农工情形，当有明显救济办法，如此则共党或可失去其号召能力，而不再扩充云云。"虽然发出这三种"舆论"的人的身份和倾向不一样，但有一样是一致的，那就是希望中国不起内争。虽然电文中有个别词句从我们今天的角度看有失偏颇，但我们不能不承认，这里胡适的思考已经跳开事件的单一性，已经站到了民族抗战的整体高度；虽然胡适仍站在国民政府的立场，但他无疑听取了"左倾人士"的介绍和《华侨日报》的宣传，并作了相当深的思考；虽然取的口吻是规劝性的，但其平静的表述下隐藏的正是无奈的焦虑与失望的批判。这里我们又看出这位国民政府驻美大使处境的尴尬，一方面他必须按照国民政府的口径作出解释，一方面他又不知道事实真相；一方面他必须维护政府的面子，一方面他又感到宣传的无能为力；一方面他对中国共产党抱着成见，一方面他又对国内局势忧心忡忡；一方面他恭维着蒋介石，一方面他对关于左倾的宣传又采取了相信的态度，并对蒋介石提出了自己的意见甚至批判。总之，胡适在美国对皖南事变采取了审慎的态度。从胡适态度变化这一个侧面，我们也可以非常明显地感受到《华侨日报》的影响力。

后记：走过杨桃岭

杨桃岭在哪？那是横亘在旌德江村与绩溪旺川、上庄之间的一座山岭，它曾是徽商古道的一部分，由于胡适相亲、娶亲两次爬过这道山岭并为此留下了诗篇，而至今留存在人们的记忆里。

一

胡适第一次走过杨桃岭是在 1917 年 8 月。那年年初，胡适因在《新青年》杂志发表《文学改良刍议》而名声大振，随之接受蔡元培和陈独秀的邀请，于 4 月份博士论文答辩后从美国回国担任北京大学教授。至此母亲冯顺弟一颗悬着的心放了下来。胡适留美期间一直有传言，说他在美国已经有了情人，要退了这门亲事。虽然胡适回信辟谣，但他一天不归国，母亲便一天不能放心。母亲得知消息后，立即去信要胡适先回上庄结婚。胡适本就是为了母亲才没有退掉这门亲事的，此时对结婚一点思想准备也没有，就马上回信母亲，说夏天太热，自己长途回国太累也想休息以备北上北大，更主要的是家中没钱，婚事办得太寒酸，对不起等待了这么多年的江冬秀以及为此事一直操心的双方老人。母亲一想也对，十几年都等下来了，还在乎再等几个月么？只要胡适回国了就行。但不马上结婚，见见总可以吧。胡适答应了，于是在同年 8 月，那个炎热的夏天，胡适翻过杨桃岭来到了江村。

一路上，胡适应该是既无奈又期待的。无奈的是自己从此再也无机会挣脱这个按照古老的传统刻下的磨道，期待的是自从 1904 年订婚以来，两人一直没有见过面，这次终于可以相见。虽然 1908 年双方把嫁妆和迎娶的物品都准备停当，但胡适在上海以学业为由将此硬拖了下来；虽然在美国留学期间，江冬秀也寄来信和照片，但这毕竟不是真人，传统的媒婆也会把对方说得赛似天仙。

现实中的江姐姐到底是一个什么样的人呢？

见面的那天胡适很失望，并差一点闹出了退婚的风波。

据程法德先生回忆，那时的江家虽然由于江冬秀其父兄抽吸鸦片已家道中落，但仍算得上江村的大户人家，厅堂宽敞，装饰精美，拥有一座四面可周转的楼（俗称通转楼，只有富裕人家造得起）。听说洋博士来相亲了，很多人都想来看热闹，楼上楼下暗中几乎全挤满了人。即使夏天起早，翻山来到，也已经完全中午了，胡适一行早饿了。江家立即备酒上菜。吃过饭，还得往回赶，几十里的山岭路，稍一耽搁可能就会摸黑。在哥哥江耘圃的陪同下，胡适来到江冬秀的卧房外，江耘圃让胡适在外面翻书等着，自己先进去说。过一会，哥哥出来了，脸上一副为难表情，让七都（现绩溪旺川）的姑婆再进去劝说。姑婆进去不一会儿，走到房门口向胡适招手，请胡适进房去。这下终于能见了吧？房间很暗，胡适定了会神才适应，可等到他隐约看清一切时，他看到的只是放下的床帐。江冬秀已躲入其中，姑婆正想把帐子强行拉开，胡适见此摇手阻止，随后便退了出来。既然不愿见，那就不见吧！

下午回到上庄，看见洋博士相亲回来了，凡碰见的人都笑嘻嘻问胡适见到新人了没有，胡适只勉强应付，见过了，很好！但同去的叔公知道江冬秀没让胡适相见，此话传了出去，人们再见胡适，都调侃地问他，他只好笑而不答。回到家，母亲问此行怎么样，胡适只好把实情告诉了母亲。母亲一听非常生气，不说其他，这么个大夏天，走那么远的路，翻那么难爬的山，竟然一面都不让见，是江家太不给儿子和胡家的面子，还是江冬秀太不通情达理？

胡适后来说，那时确是危机一发之时。在江家时，"我若打轿走了，或搬到客店去歇，那时便僵了"，在母亲生气时，自己稍一推波助澜顺势而为，这门自己根本不想成的亲事也可能就此化为泡影，何况村子里的人已经知道真相，自己根本不必担负舆论甚至道德的责任。但在江家时，胡适就感到"此必非冬秀之过，乃旧家庭与旧习惯之过"，面对母亲的生气，胡适拿出这些同样的话来劝母亲不要错怪江冬秀。胡适用自己的君子之风与宽仁之见化解了这场风波。

为此，胡适写了两首《如梦令》："（一）他把门儿深掩，不肯出来相见。／难道不关情？怕是因情生怨。／休怨！休怨！他日凭君发遣。（二）几次曾看小像，几次传书来往，／见见又何妨！休做女孩儿相。／凝想，凝想，想是这般模样。"胡适在作了上述理性推测后又从感情的角度对江冬秀的做法作了"宽恕"，既然你让我等了十几年，我为什么就不能拒绝你一次，胡适觉得这仍然是女孩子的可爱心理。胡适的这种想法是他路上期待的进一步美化幻想。一年后，江冬秀来到北京，两人已经结婚，初来乍到的晚上，两人在房中又说到此事，胡适打趣江冬秀躲着不见自己，江冬秀一派娇羞，胡适又将此景化成了诗："天上风吹云破，／月照你我两个。／问你去年时，／为甚闭门深躲？／'谁躲？谁躲？／那是去年的我！'"

胡适第二次走过杨桃岭则是这年年底了。胡适兑现了对母亲所说寒假回来结婚的诺言。1917 年 12 月 30 日，即胡适阴历 26 周岁生日，他在老家上庄与江冬秀举行了婚礼。主婚人仍是江冬秀的哥哥江耘圃。胡适自写了两副喜联："旧约十三年，环游七万里。""三十夜大月亮，廿七岁老新郎。"胡适担任教授的薪水开始是 260 元，到了 10 月增到 280 元。这是北大教授中最高的薪俸，他在北京的开销，每月伙食费仅 9 元，房租仅 3 元，因此有了足够的钱成家。结婚时胡适穿的是黑呢西装礼服、黑皮鞋，头戴黑呢礼帽；江冬秀穿黑花缎棉袄、花缎裙子、绣花大红缎鞋。新人用鞠躬代替了跪拜礼。

按照旧礼，新人结婚后三天要回门，即携新妇去岳家拜见岳父母及其家一干亲戚。回来的路上，他们爬到了山顶，胡适虽然是坐轿，但也肯定坐得很累，需要停下来歇歇。走下轿来，回首来时路，看着岳家的江村及其附近的村庄，胡适突然涌起了一种兴亡之感及个人在时间长河中的沧桑之感。"〔与新妇同至江村，归途在杨桃岭上望江村、庙首（本书作者注：江冬秀的外公家）诸村，及其北诸山。〕重山叠嶂，／都似一重重奔涛东向！／山脚下几个村乡，／一百年来多少兴亡，不堪回想！——更不须回想！／想十万万年前，这多少山头，都不过是大海里一些儿微波暗浪！"胡适此次一共在家住了45天（婚前17天）。1918年2月初，胡适回到北京。1月间，胡适即将离别时，写了五首新诗。除了上述一首外，还有这样的诗句："十三年没见面的相思，于今完结。／把一桩桩伤心旧事，从头细说。／你莫说你对不住我，／我也不说我对不住你，——／且牢牢记取这十二月三十夜的中天明月！""十儿年的相思刚才完结，／没满月的夫妻又匆匆分别。／昨夜灯前絮语，全不管天上月圆月缺。／今宵别后，便觉得这窗前明月，格外清圆，格外亲切！／你该笑我，饱尝了作客情怀，别离滋味，还逃不了这个时节！"这些诗句都是胡适在大秀新婚甜蜜，相比之下，那首站在杨桃岭上的诗句则显得有点另类——隐隐透着一丝丝压抑的无奈。既然个人在时间长河中算不得什么，那么自己婚恋上的得失又何必要挂在心中，还是承认现实，尽情地享受眼前这新婚的甜蜜与快乐吧。

二

既然杨桃岭随胡适的诗篇和无奈的婚姻载入了史册，现在还有人再去走过它么？

写完了《做了过河卒子——胡适的大使岁月》，将书稿送给上庄胡适纪念馆后，我自己想去走一趟杨桃岭。在安徽还有什么路是胡适走过的原生态的路么？上庄已没有年轻人认识这条路，上了年纪的人以当时是中午爬过去已赶不回来为由不愿带路。只好作罢。今年十一长假，刚刚写完《胡适》，插入了胡适在美国、台北等地故居的图片，何不乘机去走一趟杨桃岭，一是了了自己前两年就有的心愿，二是也把此图插入书中。这次先去的是江村。江村很冷清，没有多少游人。江冬秀故居更没游人，一个偌大空旷的院子，现住房的女主人正坐在门槛上翻晒着板栗。见我们走进来，头仅抬了下说"不对外开放"。我们指着门口的标牌，"不是列入保护景点了么？""不给钱维修，我干吗要给他们赚钱。""既然来了，总不能就这样退出去吧。"我心想。我爱人看她还晒着其他土特产，便问她这些东西卖不卖——后来我们真买了她不少东西，质量真不错。见有生意做，她的态度缓和了。我便乘机走进了屋子。

通转楼的门楼和前进大厅看来是倒了或拆了，这大大的院子就是它们曾有的空间。仅剩了后进也就是小姐的闺房——可能就是江冬秀不愿见胡适躲了起来的地方。那里也是残破不堪。正中间作了此家的厅堂，挂着不知什么人对着胡适新婚后站在江冬秀身后与江合影画的条屏，两边的房间仍然住人，即使大白天仍然幽暗得很，相机打闪光灯也照不甚分明，只隐约看见床上杂乱堆着衣物，楼是坐西朝东，西边是楼梯，许久没有人上了，一走近扑面而来的就是呛鼻的老旧的灰尘味。楼梯的木板也几近老朽，踩上去嘎嘎响，生怕稍一用劲即从什么地方断了或脱了榫；楼上更是不堪入目，胡乱放着废弃似乎又想要的一切东西：塑料瓶、掉了色的旧灯笼、碰了瓷的痰盂、没有把的铁锹、断了头的犁尖、散了装订的书页、没了绊的竹篮……脚似乎不能移动，每一步小小迈动都可能碰到什么而且会碰出响声，碰得所有这一切来个大散架，然后似乎能让这座楼也来个大散架。由于是通转楼，东面自然原本是空的，至今没有封拦，只是加盖了伸檐，透亮处，没有搅动也能看见细小的灰尘在光带中欢快地跳舞。"下来吧！"走到门外，爱人已经买好东西，指着说怪重的怎么带，我却觉得阳光好亮，在刺目中有点恍惚。如果说胡适当年在杨桃岭上涌起的是上亿年的兴亡之感，可时间才过了不足百年，这里还有一丝丝胡适与江冬秀的气息么？

可这里毕竟是胡适走向另一种生活的端点。

三

　　我决定还是以这里为起点去爬杨桃岭。想来自然决不会在这即使多事的百年中有多大的改变。

　　山脚下一位张姓中年人认识路。他说自己从小就在山上砍柴放牛。他拿着把锋利的大砍刀带着我们钻进了密密的灌木丛。山顶上有品质相当好的石英矿，为了运输，新修了机耕路，老路早已废弃。两三年没人走，路面便被灌木丛占领。他先用大砍刀将其砍倒。应该说当年的路修得还是相当好的。顺着山坡面较缓的地方朝山顶蜿蜒而去，一般都修得比较宽，中间还铺了石板条，推车骑马抬轿也比较方便。那位老兄一边砍草，一边指着某处说，这里原本有座供人休息观景的石亭，这里石壁凹进去原来也是个凿出来的石房子，供夜晚赶路的人过夜或供下雨时没有雨具的人躲雨，你看这里好像是处冲田，确实曾经是上等的水田，不过不是我们旌德山下村庄的，是绩溪人的。绩溪人会累、能累，他们有"徽骆驼"外号，他们往往从山那边跑到这边来开荒，由于会累，旌德这边的人往往都愿意或喜欢把女儿嫁给他们，有时不陪丰厚的嫁妆，就送一两块田地，这样女儿女婿往往还能因种田常回来看看，这样旌德这边就有了很多绩溪的"飞地"。

　　这路还是江冬秀修过的，好像是抗战期间江冬秀回来过，当她从上庄回江村探亲再走这条路时，发现许多处由于战乱年久失修，或坍塌或坑洼，已经十分难走，她当即决定从带的不多的钱中拿出一部分请人修补——对，当我来到江村说要走杨桃岭时，有人曾说过那路是江冬秀修的，我当时还想这路怎么是江冬秀修的？看来在谣传中，人们已经把这条路的修建之功完全放在江冬秀一个人身上了。我后来查了绩溪、旌德两县所出的文史资料，江冬秀回来是 1941 年。根据江泽涵于 1945 年 8 月 5 日给胡适的信可知，江冬秀在 1945 年 4 月又回到绩溪，并于 5 月份去了江村。江冬秀故居北后方仅隔一坡菜园地，就是江泽涵故居。抗战爆发胡适出使美国时，他曾想让江冬秀回到老家来，但后来江冬秀一直住在上海。1941 年 4 月 10 日，胡适决定让已沾染了不良习气的小儿子胡思杜也到美国上学，江冬秀想必应该是在思杜离去之后回来的。江冬秀母子的生活费用是胡适从工资中节省寄回来的，在决定思杜去美时，胡适说："我从现在起，要替他储蓄一笔学费。凡我在外面讲演或卖文字收入的钱，都存在这个储蓄户头，作为小儿子求学的费用。"由此可知，胡适一家在当时的日子并不太宽裕，也由此可知，江冬秀的慷慨以及对这条胡适相亲娶亲之路的看重。而修路之功，从源头上说，毋宁说也有胡适的一半。

由于没人走，路边涧谷的小溪似乎流得更响，竹林梢的淡雾更闲散，枝头的小鸟更不怕人。即使你走过鸟儿旁边，它也只是呆呆地看着你。背阴处的露珠仍厚，时不时会碰洒到你的脸面。秋天正盛开的野菊也会将它的花粉和花瓣粘上你的衣裤。由于机耕路多处将老路斩断，快到山顶时我们已无法再走到老路上去。山顶上有座石亭，不知现在怎么样了？机耕路走得到么？能不能上去看看？那就只有砍出一条路来。看着那纠结缠绕得密不透风的灌木林，真的不想难为向导。但他已经挥动着砍刀钻了进去，只听见刀的唰唰声，"上来吧！踩着我的脚印走。"腐叶很厚很软，每走一步都陷得很深，由于山很陡，腐叶也很滑，他知道什么地方坚实。我们就这样踩着他的脚印、揪着树藤，钻过了这个灌木林的"隧道"。

山顶果然有座石亭，我本来认为恐怕也倒了，没想到竟然完好。它是利用两边山崖在隘口上盖起来的。南边的门梁上还有着题额："拱天济美。"看两边的落款：明万历十七年仲冬月绩邑旺川曹世科立。走到里面，看到墙上还靠着梯子，地上还散放着没带走的碗盆等。显然才修过。果然，西面墙上嵌着两块新碑，一块记载着 2011 年 4 月绩溪旺川村委会重修此亭，一块刻着一首诗："徽池古道杨桃岭，拱天揽胜客留连。联姻之路多佳偶，伟人（指江泽民）故里若比邻。（原注：胡适夫人与曹世科夫人皆为江村江氏。）公元 2011 年春立"。虽然此诗写得不怎么出色，但它毕竟记下了这里曾经发生的"史迹"，同时也让人佩服旺川人重修这前后不到靠石亭所表现的对曾经"文化"的热爱。亭内两边门上石条均刻有字，可惜年久风化，即使爬梯子上去凑近看也看不甚明了。出得石亭北门，向导又将西面小山头砍出了一条路，来到山顶，竟然横卧着一条深沟。"这里原来是座炮台，

我小时上来还能捡到铁壳。""是什么人的？""大概是太平军的
吧。"我想到胡适在自传开始曾说到太平军对这里的毁灭性破坏，
也想到他曾对罗尔纲发火，批评罗尔纲写太平天国只写革命性一
面而不写其曾经的焚掠以及对乡间造成的糜烂。假如这里就是胡
适回门回来休息、站立、瞭望、写诗的地方，那么那诗的前两
句："山脚下几个村乡，/一百年来多少兴亡，不堪回想！"是不
是又包含着胡适的胸怀天下。面对这些兴亡中乡民的苦难，何必
还去讲求个人的悲欢，胡适终生对"革命""阶级斗争"有种本
能的担忧，认为它造成的是阶级的极端对立以及由此带来的对人
的生命的屠戮。这里是不是他这种思想形成的一个支点呢？

下山经过汇川、宅坦、旺川即可到上庄。在旺川到县城的路
口，我看见扎了道彩门，原来是将上庄以胡适故居为核心的景区
扩大到这好几里路的地方。虽然胡适当年声名显赫，但他并没有
为当地老百姓带来物质实惠，另一个在上海经商的上庄人胡卓
林却能常常将上庄人带出去发财，于是老百姓编了个口诀："宁
要一个胡卓林，不要十个胡适之。"可时间没过一个世纪，还有
什么人再想到胡卓林呢？而胡适之这个人以及他的"文化"，正
在越来越多地给家乡带来"光彩"——岂止又仅仅惠及一个绩
溪呢？